Error in Persona

Anwaltskrimi Köln

von

Ulrich M. Hambitzer

Impressum

Math. Lempertz GmbH
Hauptstraße 354
53639 Königswinter
Tel.: 02223 / 90 00 36
Fax: 02223 / 90 00 38
info@edition-lempertz.de
www.edition-lempertz.de

1. Auflage – April 2015

Text: Ulrich M. Hambitzer

Umschlaggestaltung, Satz: Ralph Handmann, Bonn
Lektorat: Laura Liebeskind-Weiland, Philipp Gierenstein
Titelbild: fotolia

Quellenvermerk zu den Zitaten:

S. 95: „Von der Kindesmörderin Marie Farrar", aus: Bertolt Brechts Hauspostille, in Bertolt Brecht, Werke. Große kommentierte Berliner und Frankfurter Ausgabe, Band 11: Gedichte 1.
© Bertolt Brecht-Erben / Suhrkamp Verlag 1988
S. 52/53: Botho Strauß, Der Aufstand gegen die sekundäre Welt. Aufsätze © Carl Hanser Verlag München 2012
Seite 41, 183 und 199: Pablo Neruda, Das lyrische Werk III, hrsg. von Karsten Garscha © Luchterhand Literaturverlag, München, in der Verlagsgruppe Random House GmbH
Übersetzung: Monika Lopéz und Fritz Vogelsang

Printed and bound in Germany
ISBN: 978-3- 945152-89-8

Error in Persona

Anwaltskrimi Köln

von

Ulrich M. Hambitzer

EDITION
LEMPERTZ

Ulrich M. Hambitzer, geboren am 10.10.1954 in Bonn-Beuel, Sternbild und Aszendent Waage, hat sich nach abgebrochenem Kunst- und Literaturstudium den Rechtswissenschaften zugewandt. Er arbeitet seit 30 Jahren in eigener Anwaltskanzlei. Auch privat schätzt er Krimis, kulinarische Genüsse und – natürlich – Hunde.

In Erinnerung an Alice,
für Heinrich und natürlich für Emma.

Vorwort

Der Leser wird bemerken, dass der Erzähler seine Bildungsabenteuer und Lesefrüchte oft in einer Art Privatsprache zum Besten gibt, die vielleicht nicht jedem rückzuübersetzen leichtfällt. Deshalb hier einige Hilfen:
Mit dem Olympier ist Goethe, mit Pulverkopf, dem Dichter des Zarathustra, ist offenbar Friedrich Nietzsche gemeint, mit Holder, einem seiner Lieblingsdichter, Friedrich Hölderlin. Der vergessene Dichter ist Stefan George. Der Königsberger bucklige Pedant ist Kant. Schlomo ist einer der ursprünglichen Vornamen des großen Wiener Seelenbeschwörers, der natürlich Sigmund Freud ist. Der große chilenische Dichter ist Pablo Neruda, der „Ein Hund ist gestorben", ein wunderbares Gedicht auf seinen verstorbenen Freund, geschrieben hat. Hieraus sind einige Gedichtzeilen entnommen.
Die weiteren Zitate, die die Ich-Figur freigiebig über ihre Erzählung hinstreut, wird der Leser sicher erkennen. Zu Sicherheit sei darauf hingewiesen, dass die Gedichtstrophe, mit der er Kussowski zu einem Gespräch bewegt, von Eichendorff und die beiden nachfolgenden Zitate von Goethe stammen. Die Passage aus dem „Anschwellenden Bocksgesang" stammt selbstverständlich von Botho Strauss. Das Kirchenlied, das zu traurigem Anlass gesungen wird und auszugsweise wiedergegeben ist, hat Johann Major 1654 gedichtet. Das allerletzte Zitat – „Wer spricht vom Siegen? Überstehen ist alles." – stammt von Rilke.

1.

Der Zweck heiligt die Mittel. Seitdem die Ereignisse, in die ich an dem denkwürdigen 28. August 1995 eingebunden wurde und die wenigstens einen Menschen in eine vorübergehende und zwei in die endgültige Katastrophe führten, ihren seltsamen Höhepunkten zustrebten, habe ich oft über diesen Satz nachgedacht. Heiligt der Zweck tatsächlich die Mittel oder ist dies nur eine uns seit Kindertagen immer wiederholte verlogene Phrase, die wir aus Gewohnheit nicht mehr hinterfragen? In der Kunst gilt das Gegenteil. Im Leben ist damit gemeint, dass auch schlechte Mittel gerechtfertigt sind, wenn sie zu einem guten Ergebnis führen. Um die Mittel heiligen zu können, muss allerdings der Zweck heilig sein. Von welchem Zweck lässt sich das schon behaupten? Und was, wenn ein Mittel mehreren Zwecken dient, die sich im Extremfall widersprechen? Oder wenn sich hinter dem offensichtlich verfolgten Zweck ein anderer, zweiter oder gar dritter verbirgt?
Ein Strafverfahren ist das Mittel, ein gerechtes Urteil herbeizuführen, also ein solches, bei dem die Strafe nach geltendem Strafrecht der Schuld entspricht. Das Prozessrecht soll außerdem einen geordneten Ablauf garantieren und formal die Rechte des Angeklagten wahren. Deshalb kann aus prozessrechtlichen Gründen ein Urteil geboten sein, das der Gerechtigkeit nicht genügt, aber trotzdem unangreifbar ist. Dann heiligen die Mittel, wie in der Kunst, den Zweck. Im Prozessrecht eine Kunstform zu sehen, scheint allerdings etwas hochgegriffen.

Am Vormittag des 28. August 1995 begann die Katastrophe mit einem Telefonanruf. Ich hatte zu dieser Zeit seit knapp sechs Jahren meine Anwaltszulassung und gerade mal wieder nicht genügend Arbeit. Mein Büro und meine darüberliegende Wohnung befanden sich in einem alten Haus am Rand des Belgischen Viertels, von dem der Putz abblätterte. Dafür war die Miete niedrig. Ich nahm den Hörer ab, am anderen Ende sprach Richter Dr. Legatz in die Muschel. Ich war ihm in einem drittklassigen Verfahren aufgefallen, in dem ich versucht hatte, ein wahres Schwein so gut wie möglich und mit allen zu Gebote stehenden

Mitteln seiner gerechten Strafe zu entziehen. Der Einsatz war groß gewesen, der Erfolg mäßig. Möglicherweise hatte ihm meine Verteidigung gefallen, denn er offerierte mir eine Pflichtverteidigung. Schon damals hatte ich eine Abwehrhaltung gegenüber solcher Anwaltstätigkeit. Dass der Staat, um sein Strafverfolgungsinteresse durchzusetzen, selber den Anwalt bestellt und bezahlt, der hiergegen verteidigen soll, ist mir zutiefst suspekt. Umso mehr, wenn der am Ende des Verfahrens urteilende Richter den Verteidiger auswählt. Hätte ich mehr zu tun gehabt, hätte ich das richterliche Ansinnen ohne Überlegung abgelehnt. Stattdessen überlegte ich.

Der Fall, den mir Dr. Legatz jetzt schilderte, war einfach gelagert, in seinen Konsequenzen allerdings erheblich und für mich möglicherweise werbeträchtig. Ein Tatverdächtigter saß in Untersuchungshaft und bedurfte eines Pflichtverteidigers. Man warf ihm Mord vor. Während des Telefonats versuchte ich, mir meinen Gesprächspartner Dr. Legatz vorzustellen. Ein intelligenter, verschmitzt wirkender, kahlköpfiger Familienvater mit einem selbstzufriedenen Hang zur Fettleibigkeit und auf dem sicheren Weg zur Pension, der vielleicht nicht ohne Wohlwollen, bestimmt jedoch nicht ohne Eigeninteresse einen leicht zu handhabenden Verteidiger suchte. Oder ging es ihm darum, eine optimale Verteidigung für einen einfach gelagerten, in seinen Auswirkungen allerdings beträchtlichen Fall sicherzustellen? Vielleicht, dies allerdings als letzte denkbare Möglichkeit, wollte er mir einfach nur einen Gefallen erweisen.

Er schilderte mir kurz und präzise die Situation. Peter Kussowski saß seit drei Monaten in Untersuchungshaft. Man hatte ihn betrunken in einer Kneipe aufgegriffen. Am Mittag desselben Tages war einer 75 Jahre alten Dame in der sonntäglich unbelebten Kölner Innenstadt mit einem Stilett die Kehle durchgeschnitten worden. Ein Zeuge hatte den Täter identifiziert, der jetzt in der Untersuchungshaft auf seinen Prozess wartete. Da er keinen Verteidiger benannt hatte, sei ihm nach Ablauf von drei Monaten einer zu bestellen und er, der Herr Richter Legatz, habe an mich gedacht. Die Verfahrenseröffnung sei so gut wie sicher, die Besuchserlaubnis läge mit der Akte im Geschäftszimmer für mich bereit. Auch sparte er nicht mit Direktiven für die Verteidigung. Diese könne sinnvollerweise nur auf das Strafmaß abzielen, weil Alkohol im Spiel

war; der Sachverhalt sei klar und so gut wie erwiesen. Es sei nun an mir, abzulehnen oder anzunehmen.
Ich sagte zu, holte mir Besuchserlaubnis und Akte aus der Geschäftsstelle und begab mich in den Knast, um die Tatversion meines Mandanten, der bisher zu den Vorwürfen geschwiegen hatte, und ihn selbst kennen zu lernen. Vor allem Letzteres war maßgeblich, denn schließlich verteidigt man nicht die Tat, sondern den Täter.
Die Fahrt zum Gefängnis in Köln-Ossendorf nahm etwa 45 Minuten in Anspruch. Köln versteckt seinen Klingelpütz hinter Baumbepflanzung; andere Städte verbergen Gefängnisse hinter Industriegebieten. Jeder weiß, dass sie da sind, sehen möchte sie keiner. Während ich die übliche Prozedur über mich ergehen ließ, Ausweis und Besuchserlaubnis überprüft wurden, ich drei Schleusen mit je zwei Schlössern an den doppelten Türen passierte, hinter denen mich jeweils ein anderer Beamter weiterbegleitete, nahm ich die Atmosphäre dieses mit vermeintlicher Heilwirkung versehenen Mikrokosmos auf und erreichte die Besucherzelle. Diese besitzt zwei gegenüberliegende Stahltüren, eine für den Besucher und eine zum Gefangenentrakt, ferner einen abgeschabten Tisch mit einem schmutzigen Aschenbecher, zwei ebensolche wackeligen Stühle und eine Klingel, die der Besucher betätigen muss, damit ihm bei Besuchsende geöffnet wird.
Zweck dieser Justizvollzugsanstalt ist es, Freiheitsstrafen sinnvoll und human zu vollstrecken und Untersuchungshäftlinge ihrem Verfahren zuzuführen. Zweck der Freiheitsstrafe ist, wie der Jurist schon im ersten Semester erfährt, auch in unserem aufgeklärten Säkulum ein dreifacher: Schutz der Allgemeinheit vor dem Täter, Abschreckung der Allgemeinheit, Straftaten zu begehen, und Abschreckung des Täters, solche zu wiederholen. Das gerechte Strafmaß ist das der Schuld angemessene. Die Resozialisierung soll auch ein Strafzweck sein. Aber die Strafe macht diese unmöglich. Denn nicht der mehr oder weniger lang andauernde Freiheitsentzug ist es, der den Täter am empfindlichsten trifft, sondern die damit einhergehende Totalvernichtung seiner bürgerlichen Existenz. Schulden können nicht mehr bezahlt werden, Vermögenswerte, falls vorhanden, werden zerschlagen, Wohnung und Arbeit sind weg, Beziehungen gehen in die Brüche, so dass der Täter schließlich als dau-

erhaft Ausgestoßener vor den Scherben seiner Vergangenheit steht, die durch nichts mehr zu kitten ist. Freilich ist dies bei einer lebenslangen Haftstrafe nicht mehr bedeutungsvoll. Aber der, der aus dem Gefängnis wieder herauskommt, gerät zwangsläufig erneut hinein, und wenn sich dieser Rhythmus lange genug wiederholt hat, bleibt er schließlich für immer drin. Müsste nicht die Strafe das Gegenteil bewirken? Wäre nicht bei richtiger Betrachtungsweise die soziale Reintegration, mit welchen Mitteln auch immer, das vordringliche Ziel jeder Strafe?

Solche Gedanken wurden drastisch unterbrochen, als mein zukünftiger Mandant durch die für ihn bestimmte Tür in die Besucherzelle geführt wurde. Zunächst fiel der typische Gefängnisgeruch auf, den jeder Inhaftierte schon nach kurzer Gefangenschaft ausdünstet, als ob er nie anders gerochen hätte: eine Synthese aus Kohl, Kernseife, Fett und Schweiß. Zum Teil Folge der physischen Haftbedingungen, zum Teil Folge der Angstsituation, die sich durch die Poren schlägt.
Kussowski betrat den Raum, musterte mich teilnahmslos und setzte sich grußlos auf den mir gegenüberstehenden Stuhl, während mit brutalem Schlüsselgeklapper die Tür hinter ihm verschlossen wurde. Ich stellte mich als sein ausgewählter Pflichtverteidiger vor. Er erwiderte: „Mit Ihnen habe ich nichts zu besprechen."
Er nahm nicht das Privileg der Untersuchungsgefangenen, eigene Kleidung zu tragen, in Anspruch, sondern war mit dem blauen Anstaltsdrillich der Gefangenenuniform bekleidet. Ich deutete dies als Zeichen, dass er keinerlei Hoffnung auf Freiheit hegte, sondern den nahtlosen Übergang der Untersuchungshaft in die Strafhaft erwartete. Deswegen war es aus seiner Sicht sinnvoll, sich so früh wie möglich nicht mehr von den anderen Häftlingen zu unterscheiden und seine Integration in dieser abgeschlossenen Welt schnell voranzutreiben.
Man soll eine Situation oder einen Menschen nie vorschnell beurteilen, sondern sich gründlich ein eigenes Bild machen. Alles andere führt fast immer zu einer ungerechten Wertung. Dies fiel mir nach Einsicht in die angenehm dünne Ermittlungsakte schwer. Vor mir saß einer, der von vornherein chancenlos auf die Welt gekommen war und der einen Schicksalsweg abzuschreiten hatte, der notwendigerweise an einem Ort

wie diesem enden musste. Er übertraf meine negativen Erwartungen bei Weitem. Aus dem der Akte in einem Sonderumschlag beigefügten Vorstrafenregister ergab sich vor dem Hintergrund des in Hellgrün aufgedruckten Bundesadlers ein verheerendes Bild: im zarten Alter von zwölf Jahren die ersten Ladendiebstähle, dann Einbrüche, dann die üblichen Verkehrsdelikte – Fahren ohne Fahrerlaubnis mit geknackten Autos und erheblichem Sachschaden. Schon mit sechzehn hatte er einen Schuldenberg angehäuft, von dem sicher war, dass er ihn bis an sein Lebensende nicht würde abtragen können. Die Möglichkeit der Privatinsolvenz mit Restschuldbefreiung nach sieben Jahren Wohlverhalten gab es damals noch nicht, stattdessen verjährten titulierte Forderungen erst in dreißig Jahren. Sozialstunden und Ermahnungen, dann Jugendhaft. Danach Beleidigungen, Körperverletzungen in allen Abstufungen, nach der Pubertät zwei Vergewaltigungen, eine begangen an einer 61 Jahre alten Rollstuhlfahrerin, der man einen Fuß amputiert hatte, mehrere Verstöße gegen das Betäubungsmittelgesetz, der erste Raubüberfall mit dreiundzwanzig, schließlich fahrlässige Tötung. Ein Vorsatz war nicht nachweisbar gewesen. Der Mann war ein Monster. Bis zu seinem vor wenigen Wochen erreichten vierzigsten Lebensjahr hatte er ein gutes Drittel seines Lebens in Gefängnissen zugebracht. Zwischendurch gab es trotz der dort geknüpften Verbindungen mit anderen Straftätern eine fünfjährige Pause, in die eine gescheiterte Ehe, die Geburt eines unehelichen Sohnes und einer ehelichen Tochter fiel, deren Unterhaltsansprüche er nicht bediente und mit denen er auch sonst keine Verbindung pflegte. In seinem Vernehmungsbogen, der außer Angaben zur Person nichts enthielt, fand sich als Berufsbezeichnung „Sozialhilfeempfänger“, eingetragen von einem klugen Kriminalbeamten. Richtig müsste es heißen „Arbeiter“, denn das war er während der fünf Jahre gewesen, in denen er strafrechtlich nicht in Erscheinung getreten war. Nun saß er vor mir und bestätigte den spärlichen kalten Akteninhalt durch seine Erscheinung. Alles das, was auf dieser Welt schön sein kann, war ihm verschlossen. Besuch der Hauptschule ohne Abschluss. Intelligenz, Empathie und Sozialfähigkeit verkümmert. Aufgewachsen in einer Vorstadtsiedlung bei einer Mutter, die ab und zu auf den Strich ging, damit etwas in die Haushaltskasse

kam, bevor sie hierfür zu fett und unansehnlich wurde, und bei einem ständig alkoholisierten Stiefvater, dessen Zuwendung an den Sohn in täglichen Prügelorgien bestand.
Mit über der Brust verschränkten Armen saß er vor mir. Seine Nägel waren bis aufs Blut abgekaut, die Augen umrändert, mit strähnigen öligen Haaren, die bis in den Nacken reichten, den Blick auf einen Punkt über meinem Kopf gerichtet. Für ihn war ich Teil des Systems, das ihn wegsperren wollte. Ein bestellter Verteidiger, der ihn möglichst schnell und einfach einer Strafe zuführte, der das Pflichtverteidigerhonorar kassieren wollte und dessen Interesse allenfalls darin bestand, durch geschickte Prozessführung die Verhandlung zu verzögern und zu verlängern, um dieses zu erhöhen.
Ich legte ein Päckchen Tabak und Zigarettenpapier vor ihn auf den Tisch, denn im Knast dreht man selbst und kleine Geschenke sind hier immer willkommen. Statt eine Zigarette zu rauchen und damit ein Gespräch einzuleiten, steckte er den Tabak wortlos in die Hemdtasche und verschränkte wieder die Arme, ohne mich anzusehen. Wir schwiegen einige Sekunden. Um irgendeinen Anfang zu machen, fragte ich ihn, wo er am Tattag gewesen sei. Er reagierte, indem er die Hände hinter dem Kopf verschränkte, seinen Oberkörper zurücklehnte, seine Beine lang ausstreckte und zur schmutzigen Decke sah. Ich bereute spätestens jetzt, mich auf diese Sache eingelassen zu haben, und unternahm dann einen letzten Versuch. Ich zitierte diesem Menschen, der wahrscheinlich außer dem EXPRESS und seinem monatlichen Sozialhilfebescheid nichts las, eine Gedichtstrophe:

„Es singen und klingen die Wellen
Des Frühlings wohl über mir
Und seh´ ich so kecke Gesellen;
Die Tränen im Auge mir schwellen –
Ach Gott, führ uns liebreich zu dir!“

An die Macht der Dichtung habe ich nämlich schon immer geglaubt. Natürlich trug ich mit ironischen Überbetonungen vor. Er schaute mich halb erstaunt und halb bösartig an. Während ich noch überlegte, wie lange es dauern würde, bis ich in diesem nicht überwachten Elendsraum die Klingel gedrückt hätte, und wie viele Blessuren er mir beibringen könnte, bevor mich ein Wärter befreien würde, setzte ich ein Zweites hinterher:

„Allein der Vortrag macht des Redners Glück."

Mir war klar, wenn er jetzt nicht zuschlägt, könnte ein Gespräch gelingen. Er beugte sich vor, legte seine Pranken auf den Tisch und schaute mir zum ersten Mal frontal ins Gesicht. Ich trieb die Sache auf die Spitze und zitierte ein Drittes:

„... Jegliche Rede,
Wie sie auch weise sei, der erdgeborenen Menschen
Löset das Rätsel nicht der undurchdringlichen Zukunft."

Damit war das Maß voll und mein Zitatenvorrat erst einmal erschöpft. Ich erwartete, wie damals als Schüler, als mich der Mathematiklehrer dabei ertappte, dass ich während der Unterrichtsstunde in den unter der Bank liegenden Hyperionroman vertieft war, allerdings erheblich Empfindlicheres als die damalige Kopfnuss. Er beugte sich vor und ich mich zurück, in Erwartung des ersten Faustschlags. Stattdessen verzog sich sein Gesicht zu einem Lächeln. „Sie sind aber ein komischer Vogel", sagte er. Damit war der Kontakt hergestellt, der Rest war ein Kinderspiel. Die poetischen Beschwörungsformeln hatten sich, wie schon oft in meinem Leben, bewährt.
Er kramte den Tabak aus seiner Tasche, drehte sich geübt eine Zigarette, steckte sie an und paffte mit sichtlichem Genuss den Rauch in meine Richtung. Dann schob er mir den Tabak zu und ich tat dasselbe. Wie in alten Indianerritualen löste sich der Bann zwischen uns langsam in Rauch auf. Während seines Verfahrens würde ich meinen Vorsatz, endlich mit dem Rauchen aufzuhören, nicht umsetzen können.
Ich stellte zunächst keine Frage mehr. Vor allem nicht die nach seiner Täterschaft, die jeder Laie erwarten würde. Diese Frage stellt der gute Verteidiger nie. Denn ihn hat entgegen landläufigem Aberglauben auf der beruflich-sachlichen Ebene nicht zu interessieren, ob sein Mandant

schuldig ist oder nicht. Schließlich ist er kein Moralapostel, sondern der Wahrer und Sachwalter ihm anvertrauter dringender Interessen. Er hat die Beweissituation zu klären und mit welcher Strategie ihr für den Angeklagten am günstigsten Rechnung zu tragen ist. Hiernach richtet sich dann zunächst die grundsätzliche Frage, ob zu gestehen ist. Denn ein frühes Geständnis kann strafmindernd wirken. Wenn dies nicht in Betracht kommt, weil die Beweislage noch offen ist, hat er abzuwägen, ob der Angeklagte während des Verfahrens schweigt, was nicht zu seinem Nachteil gewertet werden darf, oder ob er sich zur Tat bestreitend erklärt, was das Strafmaß erhöht, wenn das Gericht letztendlich von seiner Täterschaft überzeugt sein sollte. Die sinnvolle Verteidigung besteht nun zunächst darin, die in der Akte enthaltenen Ermittlungsergebnisse zu würdigen und hiernach frühzeitig das Verhalten des Angeklagten optimal, das heißt zu dem für ihn bestmöglichen Ergebnis führend, einzurichten.
Ich fragte also nichts, sondern ging mit Kussowski Stück für Stück den Inhalt der angenehm dünnen Akte durch. Diese enthielt im Wesentlichen, außer dem erwähnten beeindruckenden Vorstrafenregister, dessen Erörterung ich lieber erst einmal zurückstellte, bis wir uns besser kennengelernt haben würden, drei umfangreiche Ermittlungsberichte, zwei maßgebliche und einige unwichtige Zeugenaussagen, einen Obduktionsbericht, eine Blutalkoholbestimmung Kussowskis, einen zusammenfassenden Abschlussbericht und die Anklage.

Der Bericht des KOK Möller und des KK Müller leitete knapp den Sachverhalt ein. Tattag war Sonntag, der 28.5.1995, Tatzeit 13.39 Uhr. Das Wetter war sommerlich heiß und schwül, einer der ersten Tage, die die dann später eintretende Sommerhitze vorwegnahmen. In einer ruhigen Straße der unbelebten Kölner Innenstadt wurde die 75-jährige Frau von Loewen-Kampen sehr prosaisch, aber nicht undramatisch mit einem einzigen gezielten Messerschnitt durch die Halsschlagader vom Leben zum Tod befördert. In einem sich anschließenden Vernehmungsprotokoll bekundete ein Zeuge namens Dietrich Bunsch auf die jeweiligen Fragen des Vernehmungsbeamten KOK Möller seine Beobachtungen. Bunsch war 31 Jahre alt und von Beruf Versicherungsagent. Die Tat hatte sich in der Kleinen Budengasse ereignet, eine Straße, die direkt auf eine von Kölns beliebtesten Fußgängerstraßen, die Hohe Straße, zuführt. Vom Standort der Hauptakteure des Verbrechens gesehen, stand Bunsch auf der anderen Straßenseite. Dort liegt ebenerdig eine auf irisch stilisierte Kneipe, in der das gute Stout frisch gezapft wird. Der Zeuge hatte den verhängnisvollen Vorfall aus einer Entfernung von etwa 10 bis 15 Metern beobachtet. Er beschrieb zunächst auf Befragung des Vernehmungsbeamten den Tathergang und dann den Täter.

Wieder einmal fragte ich mich, ob dieser Frage-und-Antwort-Stil eines drittklassigen Librettos mit vertauschten Rollen eigentlich Authentizität vermitteln soll oder eine besondere Glaubwürdigkeit der Vernehmung suggerieren will.

„War Ihr Standpunkt zum Beobachtungszeitpunkt in dem dem Fußgängerverkehr gewidmeten öffentlichen Verkehrsbereich oder befanden Sie sich in einem dem Privateigentum der Anwohner zugehörigen Privatbereich?" – „Mein Standort war im öffentlichen Fußgängerverkehrsbereich."- „Haben Sie gesehen, wie ein mutmaßlicher Schädiger der mutmaßlich Geschädigten mit einer genau gezielten 180 Grad-Bewegung die Kehle mit einem scharfen Gegenstand auf gefährliche Weise zerschnitt und hierdurch ursächlich den Tod der Geschädigten willentlich und wissentlich bewirkte?" – „Ich habe gesehen, wie der Täter den Kopf der Geschädigten nach hinten drückte und dann mit einem scharfen Gegenstand waagerecht den Schnitt durchführte. Dabei muss er ersichtlich gewusst haben, dass er die Geschädigte hierdurch verletzte." – „Wie viele Minuten lagen zwischen dem vom Ihnen anvisierten Sachverhalt und dem Eintreffen der ermittelnden Beamten?" – „Nur sehr kurze Zeit."

Das holprige Frage- und Antwortspiel im teilweise unerträglichen Polizistendeutsch, das wahrscheinlich mühselig und von langen Pausen unterbrochen mit zwei Fingern in die Schreibmaschine getippt worden war, dokumentierte zunächst den Tathergang.

Alles war blitzschnell gegangen. Eingreifen konnte Bunsch nicht, zumal er in einen Schockzustand geriet. Der Täter hatte sich von hinten dem Opfer genähert, ihre Stirn mit der linken Hand nach hinten gedrückt, während die rechte mit einem Messer blitzschnell den Kehlenschnitt von links nach rechts führte. Das Blut schoss wie eine Fontäne nach

vorne heraus. Blutstillende Maßnahmen schienen bereits auf den ersten Blick sinnlos.
Dann folgte eine detaillierte Beschreibung des Opfers und vor allem des Täters. Zunächst dessen Kleidung: Unter einer blauen Jeansjacke ein weißes T-Shirt, eng geschnittene Jeanshosen und Westernstiefel aus Leder, auf deren Beschreibung der Zeuge besondere Mühe verwandte. Anscheinend waren sie wirklich etwas Besonderes. Ihre Farbe war schwarz, das Leder aufgerautes Antik, handvernäht, in der Form liefen sie vorne spitz zu, mit einem breiten höheren Absatz, der nach hinten abgeschrägt war und in einem leichten Winkel nach innen lief. „Könnte man sagen er trug Westernstyle, also war gekleidet wie ein Cowboy?“, lautete daraufhin die trefflich formulierte Frage des Ermittlungsbeamten, der hierdurch die Vernehmung mit seiner weltoffenen Kenntnis folkloristischer Trachten bereicherte. Dann die Statur des Täters: circa 1,80 m bis 1,85 m groß, höchstens 85 Kilo Körpergewicht, breitschultrig, schmal in den Hüften, athletischer Typus. Alter um die 40. Dichte schwarze Haare, die vorne mit einem wirren Mittelscheitel ins Gesicht hingen und hinten knapp über den Kragen reichten. Das Gesicht markant mit einem starken, männlichen Kinn. Zur Augenfarbe konnte der Zeuge, anders als zur Farbe der Schuhe, aufgrund der Entfernung nichts sagen. Die Beschreibung passte exakt auf Kussowski.
Die Aussage der zweiten Zeugin, die einen schwer auszusprechenden ausländischen Namen trug, war wesentlich kürzer. Wahrscheinlich hatte KOK Möller zu diesem Zeitpunkt schon die Lust verlassen, zumal er inzwischen durch die erste Vernehmung alles Wichtige wusste. Die Kleidung, einschließlich der Stiefel, an denen ihr vor allem der Absatz aufgefallen war, dessen Höhe sie mit mindestens 6 Zentimeter angab, schilderte sie ebenso wie ihr Vorgänger, allerdings weniger detailliert. Dafür beschrieb sie Statur, Haare, Frisur des Täters sehr viel genauer und sparte ungewöhnlicherweise auch nicht daran, seine Bewegungen und seine Körperhaltung zu schildern. Im Vernehmungsdeutsch ergab dies seltsame Blüten wie „ungewöhnliche raubtierhafte Geschmeidigkeit in seiner Körpermotorik, betont katzenhafter Beinauftritt“ und ähnliche Alltagslyrismen. Sie konnte sein Gesicht lediglich im Profil sehen – und auch das nur teilweise von schräg hinten – und seine Rückenansicht be-

schreiben. Sie befand sich auf derselben Straße wie Täter und Opfer und hatte Tat und Täter aus etwa 25 Metern Entfernung gesehen. Den Täter hatte sie erst relativ spät bemerkt, da sie zunächst in die Betrachtung des Brunnens vor dem Spanischen Bau vertieft gewesen war.
Nach dem Vorfall rannte der Täter in eine Seitenstraße; die Zeugin suchte verzweifelt eine Möglichkeit zu telefonieren und wurde schließlich in einem etwa 200 Meter entfernten Café auf dem Alter Markt fündig, von dem aus sie die Polizei alarmierte. Der Zeuge dagegen rannte in seine nahe gelegene Wohnung, um von dort aus anzurufen. Im schönen stillen Sommer 1995 waren Handys in Deutschland noch nicht verbreitet. Notarzt und Polizei trafen gleichzeitig exakt neun Minuten nach der Tat am Tatort ein. Das Opfer war zu diesem Zeitpunkt bereits sieben Minuten tot.
Der ermittelnde Leitende Oberstaatsanwalt hatte an den Zeugenvernehmungen teilgenommen.

Bunsch hatte, nachdem er sechs Stunden lang die einschlägigen Karteien durchsucht hatte, Kussowski unzweifelhaft identifiziert. Die zur selben Zeit vernommene Zeugin konnte ihn anhand der Karteien nicht ermitteln. Kussowski konnte nicht in seiner Wohnung in einem Wohnblock in Neubrück festgenommen werden, die KOK Möller und KK Müller mithilfe einer Einsatztruppe von neun geschulten Polizeibeamten und nicht unerheblichem Sachschaden am 28.5.1995 gegen 19.00 Uhr stürmten, als auf ihr Klingeln nicht geöffnet wurde. Ein erst anschließend befragter Nachbar erklärte, Kussowski sei um diese Zeit höchstwahrscheinlich im „Halben Stier", seiner Stammkneipe, die sich zwei Straßenzüge von seiner Wohnung befand. Dort griffen ihn die Ermittlungsbeamten um 20.09 Uhr in volltrunkenem Zustand mit einer später festgestellten Blutalkoholkonzentration von über drei Promille auf. Sein Vernehmungsprotokoll vom nächsten Morgen enthielt lediglich Angaben zur Person, zur Tat hatte er die Aussage verweigert. Einen Anwalt wünschte er nicht.
Daran schloss sich eine ausführliche Gegenüberstellungsdokumentation an, in der der Zeuge Bunsch Kussowski unter sechs Personen eindeutig identifizierte, während die Zeugin ihn nicht als Täter erkannte.

„Blödsinn", kommentierte Kussowski entrüstet, nachdem ich ihm den Akteninhalt vorgelesen hatte. „Schwachsinn! Ich würde niemals solche Tuntenschuhe mit Sechszentimeterabsätzen anziehen. Meine haben höchsten drei Zentimeter." Der Mann verstand es, mich zu verblüffen. Dass man ihm solches Schuhwerk zutraute, schien für ihn eine noch größere Zumutung zu sein, als ihm einen Mord zu unterstellen.
„Ich habe am Sonntag wie immer einen Waldspaziergang mit dem Hund gemacht. Gegen 15.00 Uhr war ich wieder zu Hause, hab mir ein paar Bier gezischt und ein paar Klare, und als es nichts mehr zu trinken gab, bin ich irgendwann eingepennt, und als ich wieder wach wurde, in den ‚Halben Stier' gegangen. Da wollt ich noch einen kippen." Er neigte offenbar dazu, sich über die Bewusstseinsgrenze hinaus zu betrinken. Weder an seine Festnahme noch an die ärztliche Blutalkoholkontrolle und an seine hierzu erklärte Einwilligung, welche Rechtswirkungen diese auch immer haben mochte, konnte er sich erinnern. Auch nicht, wie er die Nacht in der Zelle verbracht hatte.
Ich wandte ein, dass ihn immerhin ein Zeuge identifiziert habe, und fragte nach seinem Alibi. Kussowski lebte allein. Freunde hatte er keine, nur ein paar Saufkumpane, die er im „Halben Stier" traf. Niemand konnte bestätigen, dass er am Nachmittag des 28.5.1995 während der Tatzeit im Wald gewesen war.
Ich wollte ihn nicht überstrapazieren. Immerhin war seine Weigerung, mit mir zu sprechen, gerade einmal anderthalb Stunden her. Außerdem hielt ich die Knastatmosphäre, an die man sich bei jedem Fall neu und am besten in kleinen Dosen gewöhnen muss, allmählich nicht mehr aus.
„Also gehen wir auf Freispruch", sagte ich, um meinen Abgang wirkungsvoll einzuleiten. Kussowski lachte trocken und hämisch auf. „Das ist doch nicht Ihr Ernst, wo die so einen Passenden wie mich gefunden haben."
Ich erwiderte mit betonter Selbstsicherheit: „Warten Sie ab, ich werde diese Akte auseinandernehmen. Kein Buchstabe wird hinterher mehr derselbe sein. Ich werde nichts unversucht lassen, Ihre Unschuld zu beweisen."
Um noch stärkere Verbindlichkeit aufkommen zu lassen, fragte ich ihn, wie er hier zurechtkomme. „Der Fraß ist furchtbar! Gäb's doch

mal eine Currywurst mit diesem irren Ketchup, wie in der Bude bei mir um die Ecke und hinterher 'ne Frikadelle mit 'nem kühlen Blonden und 'nem Klaren wie im ‚Halben Stier'", sagte er leise mit sehnsüchtiger Stimme. Das traf. Nicht ein erlesenes Menü mit den entsprechenden Getränken, keine Kresseschaumsuppe, deren Konsistenz und zarte zitronige Aromen die Deftigkeit grüner saftiger Kleewiesen erahnen ließen, kein nachfolgender, sorgsam in edlem Chablis angedünsteter Saibling mit dem Zusatz von Zitronengras, das dessen zarten Eigengeschmack ins Unendliche steigert. Kein Gedanke an das dazu unerlässliche Glas Champagner aus einer kleinen Winzerei in Le Mesnil-sur-Oger, dessen fruchtig herber Geschmack sich jeder Beschreibung entzieht, den aber keiner vergisst, der ihn einmal genossen hat. Nicht auf einer glatt gebügelten, weißen Leinentischdecke von einem freundlichen, unaufdringlichen Ober serviertes, sanft mit frischem Estragon auf den Punkt gebratenes Rinderzwischenstück, dessen Zartheit sich beim ersten Bissen offenbart, in Begleitung einer exakt passenden, dunklen, aus einem Fond von Rinderknochenmark unter dem behutsamen Zusatz einer erlesenen Balsamicomischung komponierten Soße von ungeahnter Aromenfülle, kredenzt mit einem edlen Burgunder aus der flachen Côte d'Or. Auch nicht den darauf folgenden Baba, der, mit jahrzehntelang gelagertem Jamaika getränkt, die vorangegangenen Genüsse abrundet und nicht an den heißen, schaumigen Espresso mit dem wohltemperierten edlen Calvados zum Abschluss. Nein, an all das dachte Kussowski nicht, würde an Derartiges nie denken, weil er eine solche Mahlzeit nicht kannte und auch nie kennen lernen würde. Seine Wünsche und seine Vorstellung äußerster Genüsse beschränkten sich auf eine Currywurst, gebraten in billigem, abgestandenem Fett, deren Geschmack durch alle möglichen Verstärker wie Saccharose, Dextrose, Ascorbin, Superwasserstoffoxid erreicht und deren Verfall durch die Konservierungsmittel E 250 und E 252 herausgezögert wurde. Dann als zweiten Gang eine abgelagerte, zusammengepanschte Frikadelle aus undefinierbarem Fleisch, braun verbrannter Zwiebel und altem, in Wasser aufgeweichtem Brot. Dazu immerhin ein frisch gezapftes Kölsch, missmutig serviert auf der verschmutzten Theke von dem nach Schweiß stinkenden, übel gelaunten, übernächtigten Wirt. Kussowskis Sehnsüchte lösten eine Art Rührung und verhaltene Wehmut über das Verteilungssystem unserer Welt aus, gegen die auch das Wissen nicht half, dass gutes Essen keine Frage des Geldes, sondern des guten Geschmacks ist, weil die Ungerechtigkeit nicht nur in der Verteilung der materiellen Güter liegt, sondern jede Möglichkeit der Entwicklung und Lebensgestaltung betrifft, die – nach welchen Maßstäben auch immer – dem einen eingeräumt wird und dem anderen versagt bleibt. Bevor sich dies bemerkbar machte, fragte ich, ekelhaft professionell, ob ich etwas für ihn tun könne. Üblicherweise kommen dann Bitten um Rücksprache mit dem Vermieter oder mit Gläubigerbanken, Grüße an die Ehefrau oder Verwandte oder Ähnliches.

Kussowski dagegen hatte anderes im Sinn. Er griff umständlich in die Gesäßtasche seiner Gefängnishose und wühlte ein zerknittertes Foto hervor. Darauf war ein mittelgroßer weißer Hund in sitzender Stellung abgebildet. Es war sicher nicht einfach gewesen, dieses Bild durch die Gefängniskontrolle zu bringen. Dass ihm dies gelungen war, verriet jahrzehntelange Knastroutine.

„Das ist Emma", sagte er. „Sie war bei mir, als ich verhaftet wurde. Ich wüsste gerne, wo sie jetzt ist." Dabei bekamen seine Augen einen bekümmerten Ausdruck. Ich schaute mir das Foto genau an, damit ich das Tier wiedererkennen würde und versprach ihm, herauszufinden, was aus ihm geworden war. Kussowski nahm stetig menschlichere Züge an, hinter denen das Monster aus der Ermittlungsakte zurücktrat. Ich verabredete mit ihm, binnen der nächsten Woche mit einer ausgearbeiteten Verteidigungsstrategie wiederzukommen, und betätigte die Klingel. Die Tür hinter Kussowski wurde zuerst geöffnet. Ich streckte ihm die Hand hin, die er ungewöhnlich kräftig drückte. Vielleicht hatte er Vertrauen zu mir gefasst. Dann wurde er abgeführt. Ich hatte noch 2 Minuten zu warten, bevor der Schließer den Weg in die andere, für mich bestimmte Richtung eröffnete, und ich dachte mit Befriedigung und einem gewissen Stolz daran, welch günstige Wendung das Gespräch mit Kussowski genommen hatte. Knapp 2 Minuten hatte es gedauert, bis Frau von Loewen-Kampen nach dem Schnitt verblutet war.

Als sich die Außenknasttore hinter mir schlossen, war es früher Abend. Die Sonne stand noch am Himmel, die Schwüle wich langsam und die Luft begann, angenehme Kühle aufzunehmen und weiterzuverbreiten. Während noch die Bilder, die ich bei unserem Gespräch aufgenommen hatte, bruchstückhaft durch meine frische Erinnerung der Verarbeitung entgegenflossen, verspürte ich Hunger. In der Nähe befand sich eine Imbissbude. Auf einer Plastiktafel wurden Döner, Pommes frites und Currywurst angeboten. Ich entschied mich zur Feier meines neuen Mandats für Letztere und führte experimentell die vorgeschnittenen, mit gelbem Curry bestreuten Wurststücke von einem rechteckigen, an den Seiten gewellten Pappteller mit einer kleinen Plastikgabel zum Mund. Gar nicht so übel, stellte ich fest, während ich die sauber geschnittenen, kross gebratenen Stücke in dem würzigen, scharfen Ketchup wälzte. Der Pappteller war an allen vier Ecken mit sanften Rundungen ornamentiert. Dahinter steckte der Wille zur Verschönerung. Also auch hier ein kleines Stück Kultur. Alles ist eine Frage der Perspektive. Nach dem Verzehr fuhr ich zurück in die Altstadtcity und ging in ein in Tatortnähe liegendes Szenebistro. Da ich öfter dort bin und immer dasselbe bestelle, stellte der junge Student hinter der Theke einen Espresso und ein Glas Leitungswasser vor mich hin, nachdem wir uns vertraut kommentarlos zugenickt hatten. Ich fasste den Entschluss, mir auch Kussowskis zweiten Traumgang zu Gemüte zu führen und zwar im „Halben Stier", um gleichzeitig den Verbleib seines Hundes zu klären. Als ich dort eintraf, war die Dämmerung eingebrochen. Ich setze niemals ohne zwingenden Grund meinen Fuß in diese Asyle der Elenden und Vereinsamten. Die Einrichtung solcher Tränken und ihre Atmosphäre sind überall in Europa gleich. Ein paar einsame Männer hocken auf Barhockern, in sich gekehrt, versammelt um einen hoffentlich erbarmungsvollen Wirt, der über ihr Glück oder Unglück entscheidet, welches davon abhängt, ob er ihnen noch etwas zu trinken gibt oder nicht. Getrunken wird Bier und Schnaps und zwar solange, wie sich der Gast aufrecht halten und bezahlen kann. Die allabendliche Besetzung der Handvoll Gäste unterscheidet sich kaum. Hagere Gestalten, die zum Teil merkwürdigerweise trotz ihrer Dürre dicke Bäuche tragen, wahrscheinlich als Folge einer Lebererkrankung. Die herrschenden Rituale sind, vor allem für einen

Fremden, der hier fast eine Sensation darstellt, zu beachten. Das geringste falsche Wort kann Anlass für einen handfesten Streit werden. Untereinander verhält man sich immer gleich. Man trinkt in rasantem Tempo, redet kaum, und die wenigen untereinander gewechselten Worte werden wie die Blicke je nach Höhe des Alkoholpegels immer inhaltsloser, bis geistleeres Nirwana und vollständige Sprachlosigkeit eintreten. Hinter der Theke war ein altes ausrangiertes oder irgendwo gestohlenes Autoradio unter der Decke installiert. Hieraus drang das die Stille übertünchende, blechern klingende Schlagergemisch, das gesellige Dynamik vortäuschen soll und von Liebe, Hoffnung, rassigen Frauen und dem Lebensglück handelt, kurz von alledem, was die traurige Belegschaft dieses Etablissements bitter nötig hatte und nie bekommen würde.
Ich schlug den verdreckten Filzvorhang am Eingang zurück und betrat den dämmrig beleuchteten Raum. Ich grüßte selbstbewusst in die Runde, ohne dass jemand etwas erwiderte, und setzte mich auf einen leeren Hocker neben eine mit rotgeäderten Augen stumpfsinnig in ihr halb leeres Bierglas stierende, hagere Gestalt.
„Was darf's sein?", fragte der sich von seinen Gästen allenfalls durch den Grad seiner Trunkenheit unterscheidende Wirt.
„Gedeck", sagte ich, worunter man das aus dem Hausmarkenbier und einem Schnaps zusammengesetzte Hausgericht versteht, um vorzugaukeln, wie heimisch ich in solcher Umgebung war. Wenn Kussowski sich hier wohlfühlte, würde er den Knast ohne weiteren Schaden überstehen. Auch dort gab's nahezu täglich die auf unbekannten Wegen hineingelangte Flasche Klaren und Drogen aller Art. Sie sind dort zwar teurer, aber leichter zu beschaffen als draußen. Die Mithäftlinge, die man beim täglichen Umschluss besuchen konnte, waren auch nicht schlimmer als die Gäste des „Halben Stiers" und die Beziehungen zu ihnen nicht weniger herzlich.
Das Radio im „Halben Stier" spielte mit einem Mal unvermittelt den 3. Satz der 4. Symphonie Beethovens. Anscheinend war der Sender nach den Verkehrsdurchsagen mit den Staumitteilungen nicht umgesprungen. Ich nahm dies als gutes Zeichen; der erhebend heitere Heroismus der Klänge erfüllte selbst diesen Elendsort und hob meine Stimmung. Als der Wirt den Schlagersender wieder einstellen wollte, rief ich ihm

zu: „Wenn Sie die Musik lassen, gebe ich meinen Einstand mit einer Lokalrunde." Dies war nur ein kleines Opfer, denn außer dem Wirt befanden sich nur drei Gestalten in der Kaschemme. Die neben mir prostete mir mit dem spendierten Bier zu, begleitet von beschwingten Beethovenklängen. Ich sagte ihm meinen Vornamen und stieß mit ihm an. „Scheißzeiten", sagte ich. „An der Sozialkohle wollen se jetzt wieder knappsen."

„Die Arschlöcher machen mit uns sowieso, was sie wollen", war die zu erwartende richtige Antwort.

„Kennst du vielleicht Kussowski?", fragte ich ihn.

Der Hagere schaute mich misstrauisch an. „Wieso willst du das wissen?"

Im Grunde wahrheitsgemäß antwortete ich, wir wären zusammen im Knast gewesen und ich hätte ihm versprochen, mich um seinen Hund zu kümmern. Wie dieser heiße, wollte der andere wissen, wohl als Beweis für den Wahrheitsgehalt meiner Erklärung.

„Emma", sagte ich und damit sowie durch meine guten Referenzen waren die Zweifel an meiner Glaubwürdigkeit beseitigt.

„Wie geht's ihm?", fragte der Hagere.

„Heute gegen Mittag bevor ich raus bin, war ein Pflichtverteidiger bei ihm, den sie ihm gestellt haben."

„Die sind nix! Wieso hat er denn nicht den Zülpiger?"

„Keine Ahnung", sagte ich. „Wahrscheinlich zu teuer."

Verständnisvoll und konform mit den Gesetzen der freien Marktwirtschaft erklärte der Hagere: „Zülpiger ist der Beste und deshalb auch der Teuerste. Umsonst kann der nix machen."

Ich erwiderte: „Nein, eine gute Verteidigung ist eine teure Sache, aber allemal die Kohle wert, eh man sich mit der Kreisliga abgibt und eine saftige Packung einfängt." Wiederum waren wir uns einig. Er war im „Halben Stier" gewesen, als Kussowski verhaftet wurde. Dessen Hund war von einem Polizisten eingefangen und ins Tierheim gebracht worden, wie dieser dem Hageren seinerzeit erklärt hatte.

Nachdem der Zweck meines Besuchs erfüllt war, aß ich noch eine Frikadelle, die, wie ich zugeben muss, den herben Geschmack des Bieres aufs Trefflichste ergänzte. Ich kaufte noch zwei, die ich für Kussowski in den Knast schmuggeln wollte, wünschte allseits Guten Abend und verließ diesen glücklosen Ort, in dem die Einsamen und Gescheiterten ihre traurige Geborgenheit oder Erlösung suchten.

Draußen stand ein sich erbarmender Vollmond leuchtend am aufgeklarten Himmel und breitete sein Licht über die Neubrücker Betonhäuserklötze mit ihren schmutzigen Graffiti und über die Straße, deren Schwarzdecke breite, notdürftig geflickte Risse aufwies. Mir kamen die unsterblich schönen und tröstenden Verse des Olympiers an den Mond in den Sinn.

„Selig, wer sich vor der Welt
Ohne Hass verschließt,
Einen Freund am Busen hält
Und mit dem genießt,

Was, von Menschen nicht gewußt
Oder nicht bedacht,
Durch das Labyrinth der Brust
Wandelt in der Nacht.“

Unbewusstes oder nicht Bedachtes ohne Hass gemeinsam zu genießen, war nicht Sache der Kumpels im „Halben Stier“. Ihnen spendete der Mond keinen Trost. Hier war jeder sich selbst der Nächste Beste und keine Erlösung in Sicht. In der Nacht schlief ich tief und traumlos; nichts nächtlich durch das Labyrinth meiner Brust Wandelndes störte meine Ruhe.

2.

Am nächsten Morgen fühlte ich mich stark und kräftig. Die belebende Anspannung eines Strafrechtsmandats, in dem es um das gesamte weitere Schicksal meines Mandanten ging, setzte ein. Ich hoffte, diese Phase geistiger und körperlicher Stabilität würde anhalten und wusste zugleich aus den wenigen – genauer gesagt zwei – Kapitalstrafrechtsfällen, die ich bisher bearbeitet hatte und die beide nach hartem Kampf in der Verurteilung endeten, dass bald eine Überdrehtheit folgen würde und dann eine resignative Erschöpfung. Stramm durchhalten würde ich bis zum Schluss, mochte der Ausgang so oder so sein. Während eines solchen Verfahrens entfernt man sich von den anderen Menschen und danach würde man nicht mehr derselbe sein. Erfahrung ist immer Zuwachs, redete ich mir wider bessere Erkenntnis ein und überlegte, wie der Tag zu gestalten sei. Nach der Erledigung einiger Routinearbeiten nahm ich mir Kussowskis Akte vor. Allzuviel Hoffnung sollte ich ihm nicht machen. Er war immerhin von einem Zeugen eindeutig erkannt worden. Die Tat entsprach seiner Persönlichkeit und seinem Vorleben. Ansätze für seine Verteidigung waren die Zeugin, die ihn nicht identifiziert hatte, das fehlende Motiv und sein offenbar heftiger Alkoholkonsum. Für Dr. Legatz war er sicher schon so gut wie verurteilt. Vielleicht arbeitete er schon an der treffsicheren knappen Urteilsbegründung mit den sorgfältig geschliffenen Formulierungen, für die er bekannt war. Zunächst würde ich aus den Zeugen herauszuholen haben, was möglich war. Möglicherweise würde sich der Zeuge in Widersprüche verwickeln, die dann vielleicht durch die Zeugin verstärkt werden könnten. Ein Motiv würde sich die Staatsanwaltschaft schon zurechtstricken, darin ist die Fantasie der Verfolgungsbehörde nämlich grenzenlos. Aber Kussowskis schwere Trunkenheit nach der Tat ließ auch für die Staatsanwaltschaft kaum den Schluss zu, dass er zur Tatzeit nüchtern gewesen war. Meine Aufgabe war es, ihn optimal zu verteidigen: Freispruch oder möglichst milde Strafe.

Ohne zu wissen, dass sich jetzt die erste der drei großen Veränderungen einleitete, die dieses Mandat und die Bekanntschaft mit Kussowski für mein weiteres Leben mit sich bringen sollte, machte ich mich ins Tierheim auf.

Ich hatte nie eine besondere Beziehung zu Tieren und fand es eher unnatürlich, dass Menschen mit Hunden zusammenleben. Nach meiner Auffassung gehörten Tiere in die Natur und unter sich. Alles, was an ihnen schön ist, hat in der Wildnis seinen Platz und nicht in der Stadt. Der Begriff „Haustier" galt mir als Karikatur von Lebewesen, die durch Zähmung alles verloren haben, was ihre Eigenart und ihre kreatürliche Würde ausmacht. Trotzdem sah ich gerne Hunde und Katzen und genoss ihre animalische Anmut oder ihr freundliches Wesen, wenn sie mir in Entfernung begegneten. In meiner Nähe fand ich sie lästig.

Das Tierheim lag in entgegengesetzter Richtung zur Strafanstalt außerhalb der Stadt, versteckt zwischen verkommenen Industriezonen. Sein Eingang lag zwischen zwei Schrottplätzen. Einige Ähnlichkeiten beider Anstalten drängten sich auf. Hinter der mit einem Vorhängeschloss versehenen Gittertür des Eingangs, an deren Seite wie im Gefängnis eine Klingel angebracht war, erstreckte sich ein Gang zwischen Mauern, der sich nach etwa 10 Metern in ein größeres Gelände öffnete, auf dem sich die Gehege befanden. Dort stand ein flaches Betonplattengebäude, das in Reihen nebeneinanderliegender Zwinger aufgeteilt war. Deren Vorderfronten waren mit Gitterstäben versehen, während Seiten- und Rückenteile die einzelnen Verliese mit Gussbetonmauern abtrennten. Rückseitig schloss sich dieselbe Raumkonstruktion an, sodass sich, wenn man um das rechteckige Gebäude herumging, von vorne und hinten dasselbe Bild ergab: Tiere in abgetrennten Räumen hinter Gittern. Im Grundsatz unterschied sich die Anlage nicht wesentlich von Kussowskis derzeitiger Unterkunft. Nur dass er in einem größeren Bauwerk in vollständig ummauerten Räumen einsaß und lediglich ein erhöht liegendes vergittertes Fenster den Blick nach draußen gewährte. Bei Kussowskis Festnahme hatte es also zwei Verhaftungen gegeben, wobei einer der Unterschiede darin bestand, dass sein Hund sicher nichts verbrochen hatte, während Kussowskis Unschuld fraglich war. Für Kussowski war ein Haftbefehl nötig gewesen, wogegen es für seinen Hund lediglich einer verwaltungsbehördlichen Anordnung bedurfte. Sie wurde städti-

scherseits verfügt, aber Kussowski in seiner Zelle nie zugestellt, weil sie angeblich auf dem Postweg verlorengegangen war.
Auf mein Klingeln schloss eine junge städtische Angestellte umständlich die Tür auf und fragte, was ich wolle. Ich erklärte ihr, ich sei von dem inhaftierten Kussowski beauftragt, nach seinem Hund zu sehen. Nachdem sie meinen Anwaltsausweis, der mir schon manche Tür und manches Herz geöffnet hat, sorgfältig inspiziert hatte, führte sie mich zu den Gehegen. Mir wehte ein übler Gestank entgegen. Ich unterdrückte den aufsteigenden Ekel – meine Nase ist sehr empfindlich – und wechselte einige freundliche Worte mit der jungen Frau. Als wir uns den Zwingern näherten, begann ein unerträgliches Gebelle, Gebrumme und Gefauche in allen Tonlagen, das immer stärker wurde. Nicht nur meine Nase ist empfindlich, meine Ohren stehen ihr darin nicht nach.
Meine Begleiterin zeigte auf einen etwa in der Mitte liegenden Zwinger und ich erkannte darin Kussowskis Hund, der traurig und allein in seiner Zelle saß. Während ich mich näherte, sprang im links angrenzenden Raum ein großer, äußerst aggressiver, unablässig bellend und knurrend die Zähne fletschender Dobermannmischling an seinem Gitter auf und ab. In der Zelle rechts daneben drückten sich zwei Spitzdackelmischlinge mit eingezogenen Schwänzen ängstlich in die äußerste hintere Ecke ihrer Behausung.
Kussowskis Hündin hockte in der Mitte ihrer Box und fixierte mich aufmerksam. Als ich mich dem Gitter näherte und sie mit ihrem Namen rief, kam sie vorsichtig näher, wedelte mit dem Schwanz und versuchte, meine an die Stäbe geführte Hand zu lecken. Ihr Nachbar zur Rechten hatte sich inzwischen einigermaßen beruhigt und fletschte nur noch mit üblen tiefen Knurrgeräuschen seine Zähne in meine Richtung. Ich sagte mehrfach, was sie für ein guter, braver Hund sei und nannte sie weiter bei ihrem Namen, woraufhin sie sich auf ihre Hinterläufe vor mich setzte und mich lange und durchdringend ansah. Ich bemerkte, wie schön ihre mandelförmig geschnittenen, schwarz eingefassten Augen waren und verstand, dass sich Kussowski um seinen Hund sorgte. Ihr Pelz war an mehreren Stellen durchlöchert und schmutzig. In der Zelle lag ein Haufen Hundekot, neben der halb leeren Wasserschüssel ein alter, abgenagter Knochen, auf dem sich die Fliegen tummelten.

Für dich scheint es wichtiger zu sein als für Kussowski, dass du schnell wieder rauskommst, dachte ich, er sieht um einiges gesünder aus, und schämte mich meiner Gedanken.
„Die Kastration hat sie gut überstanden. Ihr Besitzer kann sie jederzeit abholen, wenn er unsere Fütterungskosten und die Tierarztkosten ersetzt. Der Hund ist hier nur in Verwahrung. Nach einem halben Jahr werden wir ihn vermitteln oder er verbringt den Rest seines Lebens hier in der Zelle, falls ihn keiner nimmt", erklärte die Tierheimangestellte, während sie mich zum Tor begleitete.
Hunde werden nämlich bei der Aufnahme ins Tierheim einer Operation unterzogen, die ein für alle Mal ihre Fortpflanzung verhindert. Im kynologischen Sprachgebrauch nennt man diesen Eingriff treffend Kastration, unabhängig vom Geschlecht des Hundes, an dem er vollzogen wird.
Ich verließ diesen Ort der tierischen Kümmernisse, um mich den menschlichen zu widmen, und begab mich zu Kussowski. Zwar war mein nächster Besuch erst später geplant, aber ich verspürte das dringende Bedürfnis, ihm von Emma zu berichten und hatte eine merkwürdige Unruhe in mir, vielleicht aus schlechtem Gewissen, weil ich die Befreiung seines Hundes vordringlicher fand als seine eigene, vielleicht auch aus gutem Instinkt, denn mein Besuch sollte sich als dringend notwendig herausstellen. Während mich ein schnauzbärtiger schweigsamer Justizvollzugsbeamter von der dritten Schleusentür zur Besucherzelle führte, rutschten die Frikadellen, die ich über Nacht kühl gestellt und frisch in eine Plastiktüte in meiner unter den Arm geklemmten Handakte versteckt hatte, heraus und klatschten links neben mir auf den Boden.
„Was ham' wir denn da?", sagte der Schnauzbärtige, der wahrscheinlich vermutete, ein großes Stück Haschisch oder noch Schlimmeres bei dem Herrn Verteidiger entdeckt zu haben, und hoffte, auf meine Kosten endlich zur langersehnten Beförderung zu kommen. Von jeher finde ich Schließer komisch. Sie zeichnen sich oft durch einen seltsamen Humor und eine noch seltsamere Lebenskonzeption aus. Denn wer begibt sich schon freiwillig in den Knast und unterscheidet sich, was Anwesenheitszeiten anbelangt, bei Nachtdienst dann noch nicht einmal von Freigängern? Er griff erwartungsvoll nach der Plastiktüte.
„Irgendwann muss ich ja mal was essen", sagte ich, während er den In-

halt feststellte. Seine Hoffnung auf den grandiosen Fund löste sich in nichts auf.
„Das sind meine Lieblingsfrikadellen", erklärte ich, ihn anlächelnd, ohne zu lügen, denn andere kannte ich nicht. Er lächelte zurück — wahrscheinlich freute ihn, dass mein Mittagessen spärlicher ausfiel als seines — und reichte mir die Plastiktüte. „Das nächste Mal essen Sie draußen. Aber diesmal will ich mal nicht so sein."
Ich bedankte mich artig und steckte die Frikadellen wieder in meine Handakte.

Üblicherweise wartet der Anwalt auf Untersuchungsgefangene mindestens eine halbe Stunde. Bei diesem Besuch fiel das Warten aus. Kussowski befand sich bereits in der Besucherzelle und ihm gegenüber saß Rechtsanwalt Zülpiger, der entspannt seine Füße auf dem Tisch gelagert hatte. Zwar hatte ich viel von ihm gehört, persönlich begegnet waren wir uns aber noch nie. Der Mann gab zur Legendenbildung, der er gerne nachhalf, allen Anlass. Zunächst fiel seine bis in jedes Detail austarierte, schlanke und gepflegte Erscheinung auf. Die trotz seines Alters von etwa Mitte 50 vollen braunen Haare waren straff aus der Stirn gekämmt. Jedes Härchen saß an seinem Platz. Trotzdem fuhr er bisweilen mit einem lässig eleganten Handgriff über seinen eindrucksvollen Schopf und strich sich imaginäre in die Stirn und über die Ohren fallende Strähnen nach hinten. Er besaß einen Charakterkopf mit eindrucksvollen eingegerbten Falten um den Mund und auffallend klaren und hellen Augen, mit denen er energisch fordernd in die Welt sah. Ich suchte höchstens dreimal im Jahr einen Frisör auf, wenn es sich nicht mehr vermeiden ließ; er ließ die kaum notwendigen Korrekturen sicher alle zwei Wochen vornehmen. Während Zülpiger unbestreitbar ein Meister der Selbstdarstellung war, lautete einer meiner ehernen Grundsätze: Mehr Sein als Schein. Gekleidet war er ebenso auffallend korrekt in einen mit einem dezenten schwarzen Streifen durchwirkten dunkelblauen Anzug; die Bügelfalte seiner Hose hielt selbst jetzt akkurat, während er auf seinem Stuhl nach hinten wippte. Das von dem schmalen Deckenfenster einfallende Licht spiegelte sich auf dem blank geputzten Leder seiner handgefertigten italienischen Schuhe. Seine äußere Erscheinung, die den überzeugenden

Eindruck einer konservativen Seriosität vermittelte, hatte er durch einen kleinen goldenen Ring in seinem linken Ohr, einen breiten, locker an seinem rechten Handgelenk sitzenden Platinreifen und einen funkelnden Diamantring an seinem linken Finger etwas zu üppig aufgelockert. Anders als die kleinen Mädchen in China, die als Kinder zu große Jadereifen umlegen, in die sie im Laufe der Jahre hineinwuchsen und die sie nie wieder über ihre Hände ziehen könnten, hatte sich Zülpiger seinen Armreifen anschmieden lassen. Unter der gestärkten Manschette seines weißen Hemdes, die mit einem eingefassten, blau-rosa schimmernden Mondsteinknopf zusammengehalten wurde, ringelte sich eine grellbunte Tätowierung hervor, die um sein Handgelenk geführt war. Sie stellte eine Schlange dar, deren züngelnder Kopf auf dem Rücken seiner linken Hand lagerte. Vermutlich setzte sich die Körperzeichnung auf seinem gesamten linken Arm fort. Auch Haftbrüder erkennt man an ihren Tätowierungen. In geistiger und körperlicher Unfreiheit nehmen Verletzungen bei sich selbst und beim Nächsten zu, die körperliche Integrität verliert an Wert. Solche Barbarei kann zu unvorstellbaren Dimensionen wachsen. Vor über einem halben Jahrhundert wurden in Deutschland Häftlinge von Amts wegen durch Körpergravur gekennzeichnet und ihre Schinder ließen sich Blutgruppen und Parteimitgliedsnummern stechen. In den Neuziger Jahren kündigte sich ein unvergleichbar weniger schlimmes, aber ernstzunehmendes Symptom an. Aber die Tatoomode, die irgendwelche amerikanischen Popikonen in die Welt setzten und die wenige Jahre nach unserer bevorstehenden Jahrhundertwende dazu führen sollte, dass jedes modebewusste junge oder alte Mädchen irgendwo eine mehr oder weniger große Verzierung auf ihren Körper stechen lassen würde, war noch in angenehmer Ferne.
Eben Zülpigers sorgfältige Mischung von großbürgerlicher Gepflegtheit und subkultureller Verwegenheit verkörperte perfekt die Eleganz, von der alle Drillichanzugsträger träumten. Er praktizierte seit über dreißig Jahren und übernahm ausschließlich Strafrechtsfälle. Zurzeit vertrat er etwa drei Viertel aller Inhaftierten der im Umkreis von 500 km liegenden Gefängnisse, die untereinander seinen Ruhm verbreiteten. So hatten seine Mithäftlinge auch Kussowski so lange in den Ohren gelegen, unbedingt Kontakt mit Zülpiger aufzunehmen, bis er sich hierzu

schließlich bereitgefunden hatte. Alles, was in Zülpigers Leben zählte, waren Quantität und Qualität seiner Arbeit. Ohne Zweifel war er ein hervorragender Strafverteidiger, der seine Mandanten entsprechend seinem Ruf erstklassig gegen erstklassige Bezahlung vertrat.
Ich begrüßte zunächst Kussowski, der mich nicht ansah, als ich ihm die Hand schüttelte. Zülpiger dagegen begrüßte mich, indem er halb liegend, halb sitzend, ohne seine Position zu verändern mit seiner rechten Faust leicht gegen meine Brust klopfte. Konventionelle, bürgerliche Verhaltensweisen hatte er, zumindest in dem Rahmen, in dem wir uns hier erstmalig begegneten, abgelegt.
„Hey Alter, ich hab von dir gehört", log er mich freundlich an. Nicht etwa, dass ich ein besonders exponierter Strafverteidiger gewesen wäre. Meine Leidenschaft in beruflichen Dingen, falls es so etwas gibt, gilt anspruchsvollen Zivilrechtsfällen, in denen es darum geht, schwierige Sachverhalte und Rechtsfragen bis in ihre feinsten Verästelungen durch Auslegungskünste dem gewünschten Ergebnis zuzuführen. In den anspruchsvolleren Fällen feilte ich an meinen Schriftsätzen so lange herum, bis die entwickelten Rechtslösungen zu juristischen Kabinettstückchen wurden, wie Kieselsteine durch eine kunstvolle trügerische Schleiftechnik das Ansehen von Diamanten bekommen können oder Blech durch geschickte Politur das von Silber annimmt. Manchmal schrieb ich meine Ausführungen zu Aufsätzen um, die in der juristischen Fachpresse veröffentlicht wurden und zu dem ein oder anderem Rechtsproblem eine kleine Fachdiskussion unter den Rechtsgelehrten in Gang setzten. Das befriedigte meine Eitelkeit, brachte aber keine Einnahmen.
Promoviert hatte ich im Arbeitsrecht. Zwar hatte auch ich einschlägige Erfahrungen anderer Art zu verzeichnen; ich kannte die Urerfahrung, die die Verteidigung eines Kapitalverbrechers mit sich bringt. Da es für den Mandanten hierbei in aller Regel um alles geht, fallen bei dem guten Verteidiger alle Schranken. Begriffe wie Peinlichkeit, Schamhaftigkeit, Respekt vor dem Gericht verlieren ihren Sinn. Die eigene Person wird ihm bedeutungslos, dem Verteidiger wird gleichgültig, wie die anderen Prozessbeteiligten, die Öffentlichkeit und selbst sein Mandant ihn sehen. Es geht nur noch darum, für diesen das Bestmögliche zu erreichen.

Während des Mandats ist der Verteidiger ausschließlich darauf fixiert, was als Nächstes zu tun ist. Dabei kann sich das Tempo rasant beschleunigen und die wesentlichen Ereignisse können in den Zeitraum kurz vor Prozessende fallen, wie sich auch in Kussowskis Fall zeigen sollte. Das schließt, solange das Verfahren dauert, aus der Gesellschaft ähnlich wie eine Strafhaft aus. Hat man einmal diese Erfahrung hinter sich gebracht, verändert sich das Prozessverhalten auch in Zivilrechtsfällen. Das Parteiengehabe tritt zurück, die Sachlichkeit hervor. Gegen unsachlich handelnde Richter ist man gewappneter als ein ausschließlich zivilrechtlich tätiger Anwalt.
Zülpiger hatte selbstverständlich nichts von mir gehört. Er kannte mich überhaupt nicht. Seine Bemerkung diente allein dem Zweck, Kussowski zu zeigen, dass er alles und jeden kannte, der mit seiner Materie in Berührung stand.
„Hör zu, Alter“, erklärte er ihm, „für dich geht’s jetzt um die Wurst. Du brauchst die beste Verteidigung, die möglich ist. Du bist für die so was wie ein Alien, ein Exterritorialer aus der fremden, wilden Welt. Die verstehen von dir nichts. Aber wir beide wissen’s besser. Wir werden denen zeigen, wo’s lang geht.“
Zülpigers Masche war leicht zu durchschauen, aber wirkungsvoll. Zunächst traf er die jeweilige Sprachebene des zu akquirierenden Häftlings. Er benutzte exakt die Sprache, die dem Sozialstand seines Gegenübers entsprach. Bei Bedarf flocht er in seine Formulierungen Versatzstücke aus dem Ganovenrotwelsch ein, das er wie seine Muttersprache beherrschte. Sein Repertoire umfasste die von Anglizismen durchsetzte Modesprache jugendlicher Drogentäter ebenso wie ihm der Gossenjargon zweitklassiger Vorstadtzuhälter mühelos zu Gebote stand. Dadurch stellte er sich mit seinen Kunden auf dieselbe soziale Stufe, was dem hilflosen, ausgestoßenen Knastbruder schmeichelte und in seiner Situation unendlich wohltat. Hernach beeindruckte er durch großtuerische Sprüche, die seinem Gesprächspartner Sicherheit vermittelten; nebenher ließ er seine Erfahrungen einfließen.
„Du wirst sehen, die fressen mir aus der Hand.“ Und: „Wenn ich will, dass der Richter lacht, dann lacht er, wenn ich will, dass der Richter weint, dann weint er.“

Er duzte sofort fast jeden, hiervon blieb auch ich, der Wert auf das „Pathos der Distanz“ legt, nicht verschont. Ich habe nie wieder jemanden getroffen, der derart schnell und intuitiv erfasste, was er wie und wann sagen musste, um der grenzenlosen Bewunderung seines Gegenübers sicher sein zu können.

Als vor Jahren eine buddhistisch orientierte Sekte in Verruf gekommen war und mehrere ihrer führenden Mitglieder verhaftet wurden, ließ Zülpiger das Gerücht ausstreuen, er habe sein Leben geändert und sei Buddhist geworden. In der Gerichtskantine aß er seitdem nur noch fleischlose Gerichte. In den Folgejahren bis heute vertrat er daraufhin sämtliche Sektenmitglieder, gegen die Ermittlungsverfahren liefen, und verdiente sich hierdurch mehrere Eigentumswohnungen. Dies hinderte ihn allerdings nicht daran, nach einer der Frikadellen zu greifen, die ich vor Kussowski auf den Tisch legte. Kussowskis Augen begannen sofort zu strahlen. Er schnappte schnell nach der zweiten und im Fleischgenuss vereint kauten er und Zülpiger einträchtig.

Als er fertig war, rülpste Zülpiger, zog seinen Nasenschleim hoch und fuhr dann fort: „Wir müssen denen klarmachen, wer du bist. Du bist doch nicht dumm. So klug wie die bist du schon längst. Was der Schmier fehlt, ist dein Motiv. Die Zeugin hat dich nicht erkannt, das ist hinzubekommen.“ Zu mir gewandt: „Ich habe nix dagegen, wenn du mir bei der Verteidigung hilfst. Wir machen das zusammen, vielleicht kannst du noch was von mir lernen.“

Ich fragte: „Wie viel kostet das denn?“

Da Zülpiger mit acht Verhandlungstagen à 2.500 Mark rechnete, wollte er ein Pauschalhonorar von 20.000 Mark, die Hälfte im Voraus. Kussowski zog die Augenbrauen hoch.

„Wenn Sie einen Wahlverteidiger nehmen, entfällt die Pflichtverteidigung“, erläuterte ich ihm. „Umsonst arbeite auch ich nicht.“

Kussowski konnte unmöglich 20.000 Mark aufbringen. Ich war erleichtert. Ich war schon in der Sache mittendrin und wollte das Mandat jetzt auf jeden Fall weiterführen. Nicht anders stand es bei Zülpiger. Das Renommée der Verteidigung in einem weiteren Mordprozess, von denen er schon über 200 geführt hatte, wollte er sich unter keinen Umständen entgehen lassen. Überraschend sagte er deshalb zu Kussowski, nachdem

dieser erklärt hatte, kein Geld zu haben: „Okay, du tust mir leid, Alter, du bist ein netter Kerl und du brauchst den Besten. Ich mach's ausnahmsweise als Pflichtverteidiger."
Damit wäre die Sache für mich erledigt gewesen. Denn ein Angeklagter darf nun mal nur einen einzigen Pflichtverteidiger haben und dies wäre dann Zülpiger an meiner Stelle.
„Wie geht's Emma?", fragte Kussowski unvermittelt.
Und jetzt spielte ich meinen Trumpf aus. „Sie war im Tierheim, in einem miserablen Zustand. Sie haben sie kastriert", berichtete ich wahrheitsgemäß. Lügend fügte ich hinzu: „Ich hab sie ausgelöst und zu mir genommen, bis Sie wieder draußen sind."
Diese anderthalbfache Notlüge erlaubte ich mir, denn sie diente einem guten Zweck, und außerdem würde ich sie nachträglich, soweit sie seinen Hund betraf, zur Wahrheit korrigieren. Ob Kussowskis Hund noch lebte, bis er aus dem Knast kam, war allerdings durchaus zweifelhaft und deshalb war meine Aussage allenfalls die halbe Wahrheit. Wenn ich das Mandat behielt, würde ich sofort im Anschluss den Hund aus dem Tierheim holen und bei mir pflegen. Kussowskis Augen wurden leicht wässrig. Mit leiser Stimme fragte er: „Das haben Sie tatsächlich für mich getan?"
„Klar", antwortete ich, gewissermaßen meine Güte antizipierend. „Wer sollte das denn sonst für Sie tun?"
„Also was ist jetzt, Alter?", unterbrach Zülpiger die aufkommende Rührseligkeit.
„Unser Treffen hat sich erledigt. Du kannst gehen", antwortete Kussowski.
In Zülpigers Augen blitzte Wut auf. „Das war ein großer Fehler", sagte er mühsam gesichtswahrend und betätigte sofort die Klingel. Ich ließ mir nichts anmerken und sagte ganz leise und mit gespielter Wehmut: „Tja, Herr Kollege, jetzt kommt wohl die Zeit des schweren Abschieds von meinem Mandanten und mir", und dachte darüber nach, dass das Goldblech an Zülpigers manikürten Händchen und aurikürten Öhrchen dem Edelkitsch entsprach, den er soeben von sich gegeben hatte und mit dem er Kussowski als Mandanten hatte gewinnen wollen. Dann setzte ich mein schönstes Grinsen auf, das ich zwischen Zülpiger und Kussowski gerecht verteilte. Zülpiger schaute mich völlig verblüfft an.

Bevor er etwas erwidern konnte, öffnete der Schließer und Zülpiger verließ wortlos die Zelle. Seitdem nannte mich Kussowski „Doc", wenn er mich direkt ansprach.

Im Nachhinein fragte ich mich oft, welchen sicher anderen Verlauf die Dinge ohne meine Notlüge genommen hätten. Vielleicht wäre einiges glückhafter geraten und ich hätte mir und Kussowski vieles erspart. Aber man stellt die entscheidenden Weichen oft, ohne sich dessen bewusst zu sein, und das ist gut so. Oder, um mit den Worten eines großen und schon immer im Verborgenen wirkenden und nur von wenigen Eingeweihten verstandenen, heute fast vergessenen Dichters zu sprechen:

„Wie man zurücksieht nach dem klippensteg
Den man nur einmal heil durchmisst – nie mehr
Nachdem man jedes tritts gefahr schon kennt."

Unbekannte Gefahren, die mich in ernsthafte Krisen stürzten, sollten noch kommen.

Ich wollte mit Kussowski über die weitere Vorgehensweise seiner Verteidigung sprechen. Dies war nicht möglich. Alles, was ihn jetzt interessierte, war sein Hund. Er wollte eine gründliche Beschreibung seines Zustands, die ich bereitwillig lieferte. Dann wollte er wissen, ob Emma schon Lieblingsplätze in meiner Wohnung habe, ob sie aufs Sofa dürfe, neben meinem Bett schlief, wie oft ich sie allein ließ, was ich fütterte, ob ich Spaziergänge mit ihr machte, und so weiter.
Bei jeder Antwort verstrickte ich mich weiter in ein bald der Wahrheit entsprechendes Lügengespinst. Deswegen lüge ich äußerst ungern. Denn eine Lüge zieht die nächste nach sich und je umfangreicher die Nebenlügen werden, die die Hauptlüge zwingend erfordert, umso komplizierter und unübersichtlicher wird das ganze Illusionsgebäude.
Meine Erwägungen sind allerdings mehr praktischer und weniger moralischer Natur. Schon mancher hat nur deshalb die falsche Wahrheit gesagt, weil ihm die richtige Lüge zu anstrengend war. Auch wenn der bucklige, frauenlose, systemverliebte Königsberger Zwangspedant, den

eine auserlesene, verstaubte Anhängerschaft noch nach über 200 Jahren als den größten deutschen Philosophen feiert, zeit seines Lebens das Gegenteil behauptet hat. Ein verquasterer Unfug als seine Schrift „Über ein vermeintes Recht, aus Menschenliebe zu lügen“ ist aus meiner Sicht kaum denkbar. Hierin handelt er tatsächlich die Frage ab, ob man einem Mörder, vor dem man seinen Freund in seinem Haus versteckt hat, darüber belügen darf, wo sich der versteckte Freund befindet. Der Königsberger verneint dies. Solches erinnert mich an einen so eleganten wie geistvollen Professor, der mir im Studium aufgefallen war, weil er mit viel Grübelei in einer sehr exklusiven und renommierten juristischen Fachzeitschrift die nach meiner Auffassung höchst überflüssige Frage diskutierte, ob der Eigentümer eines Flussgrundstückes auch Eigentümer des in Jahrzehnten in Millimeterdicke angesetzten Uferschlamms wird, der sich verfestigend das Grundstück in Jahrhunderten um Zentimeter vergrößert hatte. Die akademische Welt ist voller solcher Skurrilitäten, die im Gewand ehrbarer Wissenschaft daherkommen.

Da steht mir der Dichter-Philosoph des Zarathustra, der von sich selbst gesagt hat, er sei Dynamit und der nicht nur deshalb von Ernst Jünger als „der alte Pulverkopf“ bezeichnet wurde, dessen Philosophie auf das Deutschland des Zwanzigsten Jahrhunderts vielleicht den größten Einfluss hatte und nicht ganz ohne seine Schuld leider gründlich missverstanden wurde und immer noch wird, wesentlich näher. Alt war er allerdings nicht, denn alle seine bedeutenden Werke hat er als junger Mann verfasst. Seine letzten Aufzeichnungen stammen aus dem Jahr 1890, als er sein 46. Lebensjahr erreicht hat. In seiner Abhandlung „Über Wahrheit und Lüge im außermoralischen Sinn“ entlarvt er die Wahrheit als lebensnotwendige Lüge, ohne die die Welt als sinnlich erfahrbare nicht zu ertragen sei.

Beide Philosophen gehen also von einer Erkenntnistheorie aus. Der Königsberger Bucklige führt jede Erkenntnis auf eine allgemeingültige und allein herrschende Vernunft zurück, während Pulverkopf seine Sache auf Leben und Instinkt stellt und nur ihnen die Überwindung des Nichts zutraut.

Nachdem ich detailreich über Emmas Zustand und meine Pflegebemühungen berichtet hatte, beschrieb mir Kussowski seinen Hund mit allen ihm im bescheidenen Maße zur Verfügung stehenden sprachlichen Mitteln. Dann schilderte er die geeigneten Umfangsformen, wie oft sie am Tag rausmüsse, welche Befehle sie kannte, was man sagen musste, wenn sie dies und jenes tun sollte: „Sitz, Platz, Fuß." Dann ging er über zu den Feinheiten. Der Befehl „Toter Hund" beispielsweise bewirkte, dass sich Emma umgehend auf die Seite fallen ließ, was für die regelmäßige, mindestens wöchentlich durchzuführende Ohr- und Zahnuntersuchung erforderlich war.

Dann kam der Speiseplan an die Reihe und die Zeiten ihrer Spaziergänge und kürzeren Ausläufe. Zweimal täglich eine halbe Stunde, alle vier Tage einen mindestens einstündigen Waldlauf. An Wochenenden über die Mittagszeit einen ausgedehnten Waldgang. Dabei nannte er mir seine bevorzugten Plätze und Wege, bevor er nochmals auf die Ernährung zu sprechen kam. Ihre Lieblingsspeise sei grüner Pansen mit halbverdautem Mageninhalt, den es jeweils dienstags und donnerstags im Schlachthof unter der Hand für 50 Pfennig bei einem bestimmten Arbeiter gab, dessen Namen er nannte und dessen Aussehen er mir genau beschrieb. Freitags sollte die ungetaufte Emma ernsthaft Fisch bekommen. Leicht angedünstete Lachsfilets, die es in einem Billig-Supermarkt für 1,30 DM die Packung gab. Nicht zu glauben, der Frikadellen- und Currywurstliebhaber entwickelte mir ausgeklügelte Menüvorschläge für seinen Hund. Mittwochs musste es eine Beinscheibe aus frischer Schlachtung sein. Auch hier nannte er Bezugsquelle und Preis. Über seinen Fall war indessen auch weiterhin kein Gespräch möglich.

Ich notierte seine Informationen über Emma, denn im Gedächtnis konnte ich diese Fülle unmöglich behalten. Als wir nach einer Stunde fertig waren und auch noch detailliert Fell-, Augen- und Ohrenpflege abgehandelt hatten, sagte ich ihm, ich müsste jetzt weg, um mich um Emma zu kümmern. Er hatte volles Verständnis. Er wusste glücklicherweise nicht, dass ich seinen Hund erst mal zu mir holen musste.

Gegen 15.00 Uhr traf ich im Tierheim ein. Ich hatte Kussowskis Vollmacht aus der Akte gerissen und präsentierte diese stolz der Tierheimangestellten, die mich sofort wiedererkannte. Sie verlangte für 104 Tage je 5 Mark Unterbringungskosten und für die unbestellte Kastration 200 Mark, insgesamt also 720 Mark. Die 200 Mark, die ich in meiner Reverstasche hatte, reichten nicht, einen Scheck wollte sie nicht akzeptieren. Also raste ich zu meiner Sparkasse und holte den restlichen Betrag ab, den ich auf 750 Mark aufrundete und den Überschuss als Spende darbot. Kussowskis Pflichtverteidigung würde für jeden Verhandlungstag 720 Mark bringen. Der erste Tag war also wahrscheinlich schon umsonst, dachte ich, während ich der Angestellten das Geld übergab. Dann legte sie Emma, die mich freudig in ihrem Verlies anwedelte und mir die Hand leckte, eine billige Plastikleine um, und ich verließ mit dem Tier, das erstaunlich wohlerzogen an der Leine freudig neben mir stolzierte, das Tierasyl. Emma stieg durch die Kofferraumtür in meinen verbeulten alten Citroën und begab sich während der Fahrt nach vorne auf den Beifahrersitz, von wo aus sie, in eleganter Haltung auf den Hinterläufen sitzend und auf die Vorderpfoten gestützt, die Fahrtrichtung beobachtete. Einige Leute am Straßenrand lächelten uns fröhlich an.

Zu Hause angekommen, beschloss ich, mir als Ausgleich für das heute Erduldete etwas Entspannung zu gönnen. Emma trottete die Treppe vom Büro zu meiner Wohnung herauf, schnüffelte die drei kleinen Zimmer und vor allem die Küche gründlich ab und legte sich vor einen großen silbernen Wassernapf, den ich für sie bereitstellte. Ich rasierte mich nach Tagen endlich wieder einmal gründlich und legte mich etwa eine halbe Stunde in die heiße Badewanne, während Emma weiter die Wohnung inspizierte. Dann zog ich mir meinen gemütlich verschlissenen, aber weichen Bademantel an, der genauso schmutzig weich wie Emmas Fell war, holte einige Haferflocken aus dem Schrank, die ich mit kurz aufgekochtem argentinischem Rindermark, das ich üblicherweise zur Verfeinerung von Soßen verwende, beträufelte und Emma auf einem Teller servierte. In Sekundenschnelle fraß sie den Teller leer und schaute mich erwartungsvoll und dankbar, wie ich interpretierte, mit ihren schwarz umrandeten Mandelaugen an.

Da ich kaum etwas gegessen hatte, knurrte mein Magen. Auch für mich sollte es nach diesem Tag etwas Einfaches, aber Gutes geben. Im Kühlschrank fanden sich frischer Rosmarin und Thymian, ein Stück des originalen Pancettas und ebensolchen Pecorinos und Parmesan. Neben dem Großmarkt verkaufte ein Italiener namens Luigi an Zwischenhändler frisch importierte Lebensmittel aus dem Ursprungsland. Dort deckte ich mich von Zeit zu Zeit ein. Wir waren fast so etwas wie Freunde, nachdem ich ihm in einem Mietprozess eine beträchtliche Summe erwirtschaftet hatte und die gegen ihn gerichtete Räumungsklage abwehren konnte. Während die Fettuccine genau anderthalb Minuten kochten und dann 10 bis 15 Minuten sanft zogen, schnitt ich die frischen Kräuter, die ihren Duft immer mehr intensivierten, sodass die Küche wie ein Kräutergarten roch.

Nachdem der in kleine Würfel geschnittene Pancetta in einem Topf sein Fett verflüssigt hatte, legte ich einen kleinen Teil der Kräuter dazu und ließ sie kurz und heftig mitbraten, nicht zu lange, damit sie nicht bitter würden, sondern sich voll entfaltete, was in ihnen steckte. Dann fügte ich noch einige schwarze, frisch gemörserte Pfefferkörner hinzu. Nachdem der Schinken mit diesen Zutaten seine vielversprechende heiße Kommunion eingegangen war und der entsprechende Duft den Raum erfüllte, goss ich bei weiterhin großer Hitze italienische Kochsahne mit einem Kleckser Ricotta hinzu.

Emma lag inzwischen behaglich vor dem Herd und ließ sich nicht dadurch stören, dass ich ständig über sie steigen musste. Später sollte ich feststellen, dass Hunde beim Kochen immer im Weg liegen, man sich daran gewöhnt, es bald urgemütlich findet und zuletzt keinen im Weg liegenden Hund mehr missen möchte.

In die aufgekochte Sahne, die langsam den leicht bräunlichen Ton des nussig schmeckenden Schinkenspecks angenommen hatte, gab ich den Rest der Kräuter und den frisch geriebenen Pecorino. Der mit einem leichten Flair von zitroniger Molke versetzte Käse schmolz sofort und vereinte sich mit der Sahne-Kräuter-Mischung. Ich freute mich auf die bevorstehende Aromaorgie, goss das Wasser von den à point bissfest gegarten Fettuccine ab und schwenkte diese dann in dem Soßentopf.

Anschließend öffnete ich eine Flasche Montepulciano, die ebenfalls vom Italiener stammte und derart ehrlich und naturrein war, dass der Winzer noch nicht einmal ein Etikett angebracht hatte und der Jahrgang offen war. Ich trank den ersten kleinen Schluck aus der Flasche und nahm die schwere Herbe durch die Nerven meiner Zunge auf. Als der Wein meinen Gaumen erreichte, entwickelte sich ein vollendetes Geschmackskombinat, das sich jeglicher Beschreibung entzog. Ich hasse das aufgesetzte Gerede der sogenannten Weinkenner von Nuss-, Schokolade-, Pfeffer-, Zimt-, Ananas- und Kokosnussaromen. Wenn ich Schokolade schmecken will, dann esse ich Schokolade und trinke keinen Wein. Erst recht gilt dies für Nüsse aller Art. Wein schmeckt nicht nach solchen Dingen und wenn's die Kenner in ihren nichtssagenden 4-Sterne-Tempeln noch so oft vor sich herbeten! Ich schätzte den Wein auf einen 89er, goss mir ein, häufte das Nudelgericht auf einen flachen Teller und zweigte für Emma, mehr des Geschmacks wegen und der geselligen Geste halber, eine kleine Portion ab.

Das Mahl übertraf meine Erwartungen und auch Emma schmatzte hingebungsvoll vor sich hin. Einfache, aber vollendete Genüsse sind gerade nach Tagen wie diesen ein unverzichtbarer Ausgleich. Sie hatte sich mittlerweile von der Küche in mein sich daran anschließendes Wohnzimmer begeben. Vom Küchentisch aus konnte ich sie mittig im Zimmer liegen sehen, da ich keine Türen habe. Ich fühle mich in umschlossenen Räumen mit geschlossenen Türen unwohl. Deshalb habe ich die große Flügeltür ausgehängt; beide Räume gehen fast ineinander über.

Nach dem Essen legte ich das Klavierkonzert Köchelverzeichnis 482 Nr. 22 in Es-Dur auf, genehmigte mir ein zweites und drittes Glas und hörte der Musik zu. Als die Geigen, gefolgt und schließlich überholt von Bässen, gegenseitig ihr Thema umspielten und den Klaviereinsatz vorbereiteten, der sich in ein behändes und leichtes minutenlanges Solo fortspann, beobachtete ich das Tier. Sie hatte ihren Kopf zwischen ihre ausgestreckten Vorderpfoten gelegt und schien hingegossen zu lauschen. Und jetzt sah ich es: Sie war unendlich entspannt. Nein, mehr noch, sie war die reine unbeeinträchtigte Entspannung, die Entspannung an sich. Ein solcher Zustand der Ruhe und des Mit-sich-eins-Seins in dieser Welt konnte für mich als Mensch nur ein Ideal bleiben, dem man sich allenfalls annäherte. Emma erreichte ihn mühelos. Und jetzt begriff ich mit einem Schlag. Nicht nur in der Entspannung, in allen anderen Gefühlslagen und Situationen war der Hund absolut authentisch. Alles an diesem Seelenwesen war genau das, was es vorstellte, und genau so, wie es schien. Lüge und Täuschung seiner selbst oder anderer war ihm gänzlich unmöglich. Alles passierte für ihn im Hier und Jetzt, kein Gedanke an gestern oder morgen. Alles geschah ihm unmittelbar und unverfälscht.

„Fröhlich, fröhlich, fröhlich
wie die Hunde glücklich sein können,
einfach so, mit der Unumschränktheit unverschämter Natur",

wie ein in den 70er Jahren noch zeitgenössischer, großer chilenischer Dichter in einer Nänie für seinen verstorbenen Hund schrieb. Stark getroffen genoss ich die Aura des Hundes und ließ sie zum ersten Mal in aller Stärke auf mich wirken. Spätestens mit dieser Erleuchtung waren die struppig oder weich Bepelzten, Schönäugigen, Kühlnasigen ein für alle Mal in mein Leben getreten. Nie wieder war ich – bis auf kurze, erzwungene Unterbrechungen – seitdem hundelos, und dies wird wohl bis ans Ende meiner Tage so bleiben. Alle Vorstellungen und Gedanken, soweit ich sie mir überhaupt über Hunde gemacht hatte, gab ich in diesem Moment unwiderruflich auf. Die Botschaft dieses Vertreters einer fremden anderen Nation war in aller Deutlichkeit bei mir angekommen. Emma schien Mozarts Musik zuzuhören; bei einer besonders gefühlvollen Stelle richtete sie, ohne etwas von ihrer Entspannung einzubüßen, ein Ohr leicht auf. Denn auch Hunde können wie Menschen mehrere Dinge auf einmal tun. Als die Platte zu Ende gespielt hatte, kam sie zu mir. Ich kraulte ihren Nacken, während sie leicht ihren Fächerschwanz schwenkte. Dann räumte ich den Tisch ab und schenkte mir zum Abschluss einen alten Grappa ein, zu dem ich eine schwarze Zigarillo rauchte und voller Sympathie an Kussowski dachte, dem dieser Hund alles war.
In der Nacht erwachte ich irgendwann, spürte und roch Emma, die in Kopfnähe zusammengerollt neben mir lag. Sie leckte zwei, drei Mal mit ihrer rauen Zunge über mein Gesicht, dann schlief ich traumlos weiter.

3.

Am nächsten Morgen klingelte das Telefon gegen 9.00 Uhr, als ich mich gerade zu meinem Schreibtisch begeben hatte. Dr. Legatz wollte mit mir die Hauptverhandlungstermine absprechen. Mit seiner üblichen leichten Ironie sagte er: „Dem Herrn Strafverteidiger einen schönen guten Morgen. Ich würde gerne die Tage mit Ihnen vereinbaren, an denen ich Kussowski seiner gerechten St…“ Er unterbrach sich und spann den Satz korrigierend weiter: „… seinem gerechten Urteil zuführen werde.“
Ich konnte mich einer kleinen Spitze nicht enthalten und erwiderte: „Ebenso schönen guten Morgen dem Herrn Vorsitzenden. Zweifelsohne werden Sie dieses Verfahren wie auch jedes Ihrer anderen vorurteilsfrei führen und gerecht entscheiden.“
Dr. Legatz schwieg einige Sekunden. Ich hoffte, er würde sich seiner sprachlichen Fehlleistung schämen, aber wahrscheinlich ärgerte er sich über meine vermeintliche Frechheit. Er hatte die Verhandlung auf acht Tage festgesetzt, erwartete aber, in sechs Tagen fertig zu sein, zwei Tage reservierte er für unvorhersehbare Verlängerungen. Kussowski war jetzt dreieinhalb Monate in Untersuchungshaft. Die schnelle Terminierung war nicht ganz uneigennützig, denn nach sechs Monaten darf die Haft nur fortgesetzt werden, wenn die besondere Schwierigkeit, der besondere Umfang der Ermittlungen oder ein anderer wichtiger Grund das Urteil noch nicht zulassen und die Fortdauer der Haft rechtfertigen. Eine solche Begründung würde Dr. Legatz nicht liefern können.

Jetzt musste ich mit Kussowski die Verteidigungsstrategie durchsprechen. Er sollte zunächst von seinem Recht zu schweigen Gebrauch machen. Ob Erklärungen seinerseits, durch ihn oder mich, sinnvoll wären, würde sich im Laufe des Prozesses zeigen.
Das Hauptproblem stellte die Aussage des Zeugen Bunsch dar. Wenn dieser überzeugend wiederholte, was in der Ermittlungsakte protokolliert war, kam alles auf die zweite Zeugin an. Meine Aufgabe war es, die Zeugenaussagen durch geschickte Fragen in die gewünschte Richtung

zu lenken und eventuelle Widersprüche oder Unklarheiten, die Zweifel aufwerfen konnten, aufzudecken. Ferner hatte ich die Möglichkeit, durch eigene Ermittlungen oder Beweisanträge den Prozessstoff zugunsten meines Mandanten anzureichern.
Dazu bot sich zunächst an, Zeugen für seine Trinkgewohnheiten während des um die Tatzeit liegenden Zeitraums beizubringen. Da Kussowski eigentlich immer trank und zu gewissen Zeiten täglich bis zur Besinnungslosigkeit und auch die Tat wenig zufällig in eine dieser Zeiten fiel, musste es möglich sein, Zeugen hierfür zu finden.
Einen weiteren Anhaltspunkt ergab seine Kleidung, vor allem die hochhackigen Stiefel. Kussowski trug fast ausschließlich verschlissene, einfache Bluejeans und Jacken aus dem gleichen Material. Ein weißes T-Shirt war ebenso Bestandteil seiner üblichen Garderobe wie Cowboystiefel, die in seinem Milieu nun einmal zur korrekten Kleidung gehörten. Allerdings die Art schnörkelloser, abgelatschter, schwarzer, spitzer und flacher Stiefel, die die harten Burschen bevorzugen und die man mehrere Monate lang einlaufen muss, bevor sie halbwegs passen und keine Blasen mehr verursachen. Manchmal trug er auch fußverschwitzte Turnschuhe. Vielleicht ließen sich Zeugen finden, die bestätigen konnten, dass Kussowski niemals ihm unzumutbare 3-4 Zentimeter höhere Schuhe wie die des Täters tragen würde.
Aber der Beweis negativer Tatsachen ist schwer und in der Regel selbst im Strafprozess nicht zu führen. Denkbar wäre auch, in sämtlichen Schuhgeschäften der Stadt und Umgebung zu ermitteln, wann und ob solche Stiefel überhaupt dort gehandelt wurden. Vielleicht konnte sich eine aufmerksame Schuhverkäuferin an den Käufer erinnern. Und was, wenn dieser Kussowski war?
Offen blieb das fehlende Motiv, darauf würde ich spätestens in meinem Plädoyer hemmungslos herumreiten.
Bei unserem nächsten Gespräch erschien Kussowski in anderer Kleidung. Statt der Häftlingsuniform trug er Jeans und ein verwaschenes Sweatshirt. Offenbar hatte er wieder Hoffnung auf Freiheit geschöpft. Wir schwärmten uns zunächst gegenseitig von Emma vor. Ich erzählte ihm meine gestrigen Erkenntnisse, was Kussowski mit der Bemerkung: „Das haben Sie aber schön gesagt, Doc“, kommentierte. Dann erklärte

ich ihm, wo die Ansatzpunkte unserer Verteidigung lägen. Er nannte mir die Namen seiner Kumpel aus dem „Halben Stier“ und den des Wirtes. Adressen kannte er keine. Dann zählte er seine Nachbarn auf, die seine tägliche Trunkenheit im schönen Monat Mai – der nicht nur die Säfte steigen ließ, sondern auch den Alkoholpegel in Kussowskis Blut, weil er in eine besonders heftige Trinkphase fiel – und seine Kleidungsgewohnheiten bestätigen könnten. In Schuhgeschäften den Kauf der hochhackigen Schuhe durch einen anderen ermitteln zu können, schien Kussowski und mir aussichtslos.

Dann gab ich ihm Verhaltensmaßregeln. Er sollte während des Prozesses zwar aufmerksam den Ablauf verfolgen, aber sonst möglichst keine Regung zeigen. Vor allem durfte er nicht in Wut geraten oder über Aussagen lachen. Sehr unangenehm würde die Verlesung seiner Vorstrafen sein, die er ohne Reaktion über sich ergehen lassen sollte. Nach der geltenden Prozessordnung sind die Vorstrafen zu verlesen. Zwar sollen sie nur insoweit festgestellt werden, als sie für die Entscheidung von Bedeutung sind. Das sind sie jedoch immer und deshalb werden sie in aller Regel vollständig verlesen. Wann dies geschieht, bestimmt der Vorsitzende des Gerichts. Im Fall Kussowski war dies der Vorsitzende der 9. Strafkammer am Landgericht, Dr. Legatz. Die Schwurgerichtskammer, deren Vorsitz er innehatte, ist mit zwei von Gesetz wegen als Schöffen bezeichneten Laien und drei Berufsrichtern besetzt.

Kussowski fragte mich plötzlich, was seine zu erwartende Höchststrafe sei. Gegenüber Mandanten sage ich stets die Wahrheit, wenn es um meine Rechtseinschätzung geht, und antwortete: „Lebenslange Freiheitsstrafe.“

„Klar“, sagte Kussowski, „und wenn ich besoffen war?“

„Zeitige Freiheitsstrafe mit dem Höchstmaß von 15 Jahren.“

„Zwei Drittel Bewährung?“, fragte Kussowski professionell. Ausweichend antwortete ich: „Unwahrscheinlich, aber kann sein.“

„Und die mildeste?“, wollte er wissen.

„Keine, Freispruch“, antwortete ich, „das ist es, worauf wir hinauswollen.“ Dabei nahm ich wider besseres Wissen billigend in Kauf, das Unwahrscheinliche als sicher erreichbar hinzustellen.

Mir ging es jetzt darum, seine Vorstrafen im Einzelnen kennen zu lernen. Ich bat deshalb unverfänglich Kussowski, mir seine Entwicklung aus seiner Sicht zu schildern. Er legte knapp und präzise seinen Werdegang dar. Das soziale Umfeld war mir ja schon bekannt. Mit zwölf Jahren hatte er sich einer Jugendbande angeschlossen, mit der er die ersten kleinen Einbruchsdiebstähle in Lebensmittelsupermärkten oder kleinen Geschäften begangen hatte. Aus der Zeit rührte auch Kussowskis Bekanntschaft mit Alkohol und Cannabis her. Er war meistens stoned. Mit dreizehn wurde er der Hauptschule verwiesen, in diese Zeit fielen auch die Autoknackereien. Oft machten er und seine Kumpels nur kurze Spritztouren mit den aufgebrochenen Luxuslimousinen, rissen dann das Autoradio heraus, um es irgendwem unter Preis zu verkaufen, schlitzten aus reiner Zerstörungswut die Polster auf und ließen den Wagen irgendwo mit leerem Tank stehen.

Es war die übliche langweilige Geschichte, bis Kussowski eine nächste Überraschung offenbarte. Außer seinem Hund hatte er eine zweite Leidenschaft, nämlich den Fußball. Er referierte zunächst begeistert verschiedene Spiele aus dem unvergesslichen Weltmeisterschaftssommer 1974. Auch ich bin für ein gutes Fußballspiel durchaus zu begeistern, obgleich ich die Obsession, der Kussowski verfallen war, in ihrer Intensität nicht zu teilen vermochte.

„Und dann das letzte Spiel der zweiten Finalrunde gegen Polen. Das Feld stand nach einem Gewitterregen unter Wasser wie ein Aquarium, die zwei Wasserwalzen und die Pumpen brachten auch nicht viel. Als die Sonne wieder rauskam, begann das Spiel mit einer halben Stunde Verzögerung. So 'ne Wasserschlacht würde heute gar nicht mehr angepfiffen und die erste Halbzeit sah überhaupt nicht gut für uns aus. Maier, die Katze von Anzing, hat genial drei Tore verhindert, der Mann war Wahnsinn, und dann in der 76. Minute das Eins zu Null, als der Linksaußen Hölzenbein die polnische Abwehr knackte, als wär's nix und einen unglaublichen Pass zum Mittelfeldspieler Bonhof gab, der blitzschnell schnallte, dass Gerd Müller reichlich ungedeckt da vorne rumstand. Er drückte ihm das Leder rüber und der setzte dann, ohne zu zögern, die Pille in die linke Ecke neben dem Tomaszewski rein, der völlig baff war. Da war mir klar, wir würden's bis zum Gipfel packen, das war nicht mehr aufzuhalten und dann wurden wir wieder Weltmeister!"

Kussowski brüllte fast und kam dann auf seine eigene hoffnungsvolle, aber leider kurze Karriere zu sprechen. Er hatte als 14-Jähriger in der Kreisliga rechts außen als Verteidiger begonnen, nahm aber zunehmend Stürmerfunktionen wahr. Schnell wurde er Mittelfeldspieler. Jedes Spiel, an dem er beteiligt war, gewann seine Mannschaft. Dann wurden die Talentsucher auf ihn aufmerksam. Kussowski war damals schon in seinen jungen Jahren ein tolles und trotzdem noch ausbaufähiges Talent. Mit sechzehn war sein Eintritt in eine Bundesligamannschaft beschlossene Sache. Bis dahin hatte er ein eisernes Training vor sich, dem er sich mit für ihn nicht zu erwartender Disziplin stellte.

An diesem Punkt hätte Kussowskis Leben fast zwangsläufig eine grundsätzlich andere Wendung nehmen sollen. Er hatte das entdeckt, wofür er, wie nur sehr wenige, begabt war. Kussowski hatte seine Berufung gefunden. Er war hart, blieb bei der Stange, trainierte jeden Tag sechs Stunden, die er bald auf acht und manchmal zehn steigerte. Seine Vorstrafen interessierten hier keinen. Auf dem Platz, auf dem bekanntlich die Wahrheit liegt, zählt nur die Leistung, die er unbestreitbar immer wieder brachte. Kein Alleingang war ihm zu anstrengend, kein Pass zu weit; seine Treffsicherheit war erstaunlich. Kussowski beschäftigte sich auch außerhalb des Trainings vierundzwanzig Stunden am Tag mit dem runden Leder. Wenn er nicht trainierte, analysierte er bedeutende Spiele; nachts träumte er plastisch von dramatischen Fußballszenen. Bald würde er den erträumten Maserati fahren und mit einer hübschen Blondine in jedem Arm die champagnergetränkten Nächte nach den Siegen durchfeiern, in Geld schwimmen und der Welt in wichtigen Interviews sagen, was er zu sagen hätte, so wie es Volkshelden nun einmal tun. Dann geschah die Katastrophe. In einem unwichtigen Kreisligaspiel hatte Kussowski in der neunten Minute in einem unglaublichen Alleingang das erste Tor geschossen, indem er vom Mittelfeld aus einen Stürmer und zwei gegnerische Verteidiger mit geradezu schlafwandlerischer Geschicklichkeit umspielte. Dann sah er vor sich den Außenstürmer. Er gab den Ball jedoch nicht ab, da er erkannte, dass dieser sich im Abseits befand. Stattdessen umspielte er den letzten Verteidiger und verwandelte selbst.

Der Schiedsrichter ließ den Treffer nicht gelten, sondern erkannte auf Abseits. Er hatte nicht gesehen, dass der Außenstürmer nur im passiven

Abseits stand. Seiner Auffassung nach hätte dieser – Kussowski konnte sich nicht erklären, wie – ins Spiel eingreifen können oder den Torwart irritieren oder auf welche geheimnisvolle Weise auch immer das Spiel beeinflussen können. Eine klare Regelung des passiven Abseits stand damals trotz immer weiterer Lockerungen der Abseitsregeln noch nicht einmal im Raum; solche Wertungen waren Ermessenssache und sind dies im Grunde noch heute. Das Tor zählte nicht. Kussowski geriet außer sich. Zunächst brüllte er den Schiedsrichter an. Als dieser die gelbe Karte zückte, schlug Kussowski zu und zwar erbarmungslos. Er versetzte ihm drei gezielte Schläge ins Gesicht. Zuerst brach er ihm das Nasenbein, mit dem zweiten hob er den Kieferknochen aus den Angeln und der dritte zertrümmerte die obere Zahnreihe. Die Notoperation des Schiedsrichters nahm sechs Stunden in Anspruch. Bis heute leidet er an den Folgen. Kussowski erhielt hierfür zweieinhalb Jahre Jugendhaft ohne Bewährung und lebenslange Sperrzeit; aus seinem Verein wurde er ausgeschlossen. Eine hoffnungsvolle Fußballerkarriere hatte ihr vorzeitiges Ende gefunden. Die zweieinhalb Jahre saß er in vollem Umfang ab. Von guter Führung konnte keine Rede sein. Über dreißig Jahre später sollte ein berühmter Nationalspieler, der zu den Besten der Welt gehört hatte, mit einem ähnlichen, im Vergleich zu Kussowskis weitaus weniger gewalttätigen Wutausbruch das letzte Nationalspiel seiner Laufbahn beenden. Nachdem Kussowski wieder aus der Haft entlassen war, stand seine Karriere fest wie Zement und mit größerer Gewissheit als die frühere des angehenden Fußballhelden. Kussowski wurde Anführer seiner alten Jugendgang. Jetzt kam die Zeit des ununterbrochenen Kiffens. Kussowski soff noch nicht, sondern qualmte den sich erbarmenden, konditionsschwächenden Dunst alle zwei Stunden. Er dealte mit kleinen Mengen, zunächst um den eigenen Konsum zu finanzieren, später um sich etwas nebenher dazuzuverdienen neben der eigentlichen Arbeit, die in regelmäßigen Einbrüchen bestand. Langsam langweilte mich die Geschichte, die ich, bis auf die Fußballsequenz in dieser oder ähnlicher Form schon oft gehört hatte.

„Was war mit den Vergewaltigungen?", wollte ich wissen.

„Die eine war gar keine", antwortete er. „Ich hatte hinterher nicht genug Geld dabei, da hat mich diese blöde Nutte angezeigt. Dafür gab's auch nur neun Monate. Bei der anderen war alles ganz anders. Ich war achtzehn. In der Annonce hatte ich gelesen, dass eine behinderte Frau eine Hilfe suchte. Ich rief da an und ging hin. Das war eine Wahnsinnsfrau. Doc, ich schwöre, so was hab ich noch nie gesehen. Klar, sie war über sechzig, aber unglaublich schön. Sie sah jünger aus und sie hatte ein Gesicht wie ein Engel. Vor dem Autounfall war sie Schauspielerin gewesen. Nicht in irgend so einem blöden Film, sie war am Theater. Wir fanden uns sofort geil, als wir uns das erste Mal sahen. Ihr dunkelrotes Haar hatte sie hochgesteckt. Der Nacken war zum Anbeißen. Damals kannte ich nur die Mädchen aus unserer Gang, die wir der Reihe nach für fünf Mark vögelten. Die hier war anders. Der einzige Nachteil, den sie hatte, war ihr linker Fuß. Der war knapp unter der Fußwurzel ab. Sie ging mit einer Prothese; man merkte gar nicht, dass ihr was fehlte. Saß auch manchmal in einem Rollstuhl. Zwei Mal die Woche kaufte ich für sie ein. Sie gab mir einen Zettel und ich ging in die Feinkostläden. Meistens klaute ich da noch was für mich oder von den Waren, die sie bezahlte. Pro Einkauf gab's fünfundzwanzig Mark. Manchmal putzte ich auch ihre Fenster. Klar, war keine Arbeit für mich, aber die Bezahlung stimmte und die Frau war einfach klasse. Irgendwann, nachdem ich das schon zwei bis drei Monate gemacht hatte, bat sie mich, ihr beim Duschen zu helfen. Sie hätte Schwierigkeiten mit dem einen Fuß. Klar, ich zog sie aus und dann ist es eben passiert. Die hatte pralle Titten und einen strammen Arsch. Klar, die war nicht mehr die Jüngste, aber so was hab ich noch nicht gesehen. Sie war umwerfend und dieser geile Blick in ihren grünen Augen hat mir den Rest gegeben. Wir fanden's beide total scharf, kann ich Ihnen sagen, Doc. Ich hab noch jede befriedigt und bei der war's der Himmel auf Erden. Wie wir so richtig schön am Ficken waren, kommt plötzlich ihr ahnungsloser Alter nach Hause. Irgendso ein hohes reiches Tier. Sie fing an zu schreien, wir waren ziemlich heftig, sie hatte mir den Rücken mit ihren spitzen Fingernägeln blutig gekratzt und die Vergewaltigung war perfekt. Vielleicht hätte sie ihren Alten und seine Kohle sausen lassen und die Sache im Prozess richtiggestellt. Aber sie ist vorher an einem Herzinfarkt gestorben. Von den vier Jahren und neun Monaten haben sie mir neunzehn Monate auf Bewährung erlassen, wegen guter Führung. Man lernt ja dazu."

Kussowski grinste. „Hat mir aber nichts genützt, denn beim nächsten Mal haben sie die Bewährung widerrufen und ich hab die neunzehn auch noch abgerissen."

Wenn seine Geschichten stimmten, dann hatte Kussowski weitaus mehr Pech als Verstand, von dem er gar nicht so wenig hatte. Aber jeder denkt, sieht und erklärt sich die ihn selbst betreffenden Ereignisse auf seine ihm passende und gemäße Weise. Ob Pulverkopf oder Pedant, darüber besteht wohl Einigkeit, dass nicht jeder die Welt so sieht wie sein Nächster. Deshalb ist es auch fast nie das Gleiche, wenn zwei dasselbe sagen, und sich gut zu verhalten, ist trotz aller damit im Einklang stehenden, herrschenden und vielleicht fragwürdigen Moral immer noch besser, als zu schaden. Möglicherweise hatte Kussowski die Dinge ein wenig beschönigt. So könnte es sich beispielsweise bei der Beendigung seines Fußballerdaseins sehr wohl um ein Abseits gehandelt haben und vielleicht war es mit der hingebungsvollen Liebeslüsternheit der einfüßigen Schönheit, die ich mir wie eine berühmte italienische Chansonsängerin vorstellte, auch nicht so weit her. Vielleicht hatten Richter und Schiedsrichter nicht nur Recht gesprochen, sondern auch das richtige Urteil gefällt. Ich war nicht dabei gewesen und außerdem ging's mich nichts an. Ob ich in Mitleid für ihn zerfloss oder mein Misstrauen gegen ihn schürte, half Kussowski nicht weiter.
Ich erklärte ihm Folgendes: „Herr Kussowski, Sie wissen, in der Verhandlung werden Ihre Vorstrafen verlesen. Wann dies sein wird, bestimmt der Vorsitzende. Dr. Legatz hat die Angewohnheit, die Vorstrafen gleich zu Beginn, also nach Vernehmung des Angeklagten, zu verlesen, wenn er von dessen Schuld überzeugt ist. Wenn er Zweifel hat, wird er mit der Verlesung bis kurz vor der Urteilsverkündung warten. Möglicherweise wird er die Vorstrafen mit genussvoller Betonung vorlesen; vielleicht gibt er auch kleine Kommentare ab, die für einen Befangenheitsantrag aber nicht reichen werden, etwa in der Art wie ‚Und da haben wir dann als Nächstes noch eine Vergewaltigung, die ja auch nicht fehlt' oder ‚Und jetzt kommt endlich der Raubüberfall.' Es können auch Nachfragen kommen: ‚Und was hat es mit dieser oder jener Körperverletzung auf sich, was war das denn mit der Vergewaltigung?' Sie dürfen dann auf

keinen Fall die früheren Taten beschönigen oder gar richtigstellen, dass alles ganz anders war. Das glaubt Ihnen das Gericht sowieso nicht. Sie würden hierdurch nur als besonders uneinsichtig gelten und Dr. Legatz hätte Sie so dargestellt, wie er es sich wünscht. Das ist Sinn der Übung."
Dr. Legatz ging es nicht darum, unbedingt zu bestrafen. Er war ein gewissenhafter Richter und brauchte zur eigenen Absicherung die Gewissheit, dass er verurteilen muss und nicht nur wegen der Tat, sondern auch wegen des schlechten Charakters des Täters. Denn er verurteilte nicht nur die Tat, sondern auch den Täter, während ich nur den Täter, nicht aber die Tat verteidigte. Ein alter, erfahrener Kammervorsitzender sagte mir einmal in einer Verhandlungspause bei einem lehrreichen Kantinengespräch: „Letztlich geht es nur darum, ob Ihr Mandant ein fieser Kerl ist oder nicht."
Aber das lässt sich nicht daran festmachen, ob der Täter früher empfangene Strafen demütig bereuend als richtig anerkennt oder seine Bestrafung nachträglich anzweifelt. Denn obwohl Dr. Legatz und seine Kollegen daran glaubten, dass rechtskräftige Urteile Wahrheit schaffen, können diese im Strafmaß zu hoch oder schlicht falsch sein. Vielleicht beweist gerade der uneinsichtige Verurteilte, der zu seiner Tat steht, einen stärkeren Charakter als der reuige Sünder und ist deshalb weniger verachtenswert. Dr. Legatz und ich waren beide Teile desselben Systems, das sich Rechtspflege nennt. Jeder von uns spielte hierin die Rolle, die er sich ausgesucht hatte, so gut er konnte. Daher waren manche unserer Wertungen notwendig konträr.
Kussowski hörte mir nachdenklich zu und nickte anerkennend. „So was hat mir noch kein Rechtsanwalt gesagt."
Ich sagte leise: „Ich bin anders", und fuhr nach einer stimmungsvollen Pause fort: „Wenn es nötig ist, werde ich einschreiten. Aber Sie dürfen möglichst keine Regung zeigen. Am besten legen Sie Ihre Hände auf den Tisch, fixieren mit gesenktem Blick einen Punkt zwischen ihnen und denken an irgendein besonders gelungenes Tor oder an einen besonders schönen Spaziergang mit Emma, bis die quälende Vorleserei, die bei Ihrer Latte mindestens fünf bis acht Minuten dauert, zu Ende ist."
Kussowski hatte mir weiterhin aufmerksam zugehört. Am Anfang würde er sich bestimmt beherrschen. Er hatte genügend Verfahren hinter

sich gebracht, einige sogar ohne Anwalt, und verfügte sicherlich auch insoweit über Routine. Ob er diese Haltung bis zum Schluss der Hauptverhandlung durchhalten würde, war bei seinem impulsiven Temperament zweifelhaft.

Der Verbrecher befindet sich auf einer niedrigeren Kulturstufe als die Gesellschaft, in der er lebt. Dies macht allerdings auch seinen Reiz aus. Das Wilde, Ungezähmte übt von jeher eine Faszination aus, die mit fortschreitender Zivilisation immer stärker werden kann. Ein gutes Beispiel hierfür bietet die amerikanische Literatur, deren für mich stärkster Vertreter, David Thoreau, die Wildnis feiert wie keiner mehr nach ihm. Wahrscheinlich deswegen hat Pulverkopf, freilich in der Sache verheerend, formuliert:

„Die Advokaten eines Verbrechers sind selten Artisten genug, um das Schöne Schreckliche der Tat zugunsten des Täters zu wenden."

Verheerend deswegen, weil es eben keine Advokaten eines Verbrechens gibt und nicht geben kann, sondern nur Verteidiger des Täters. Der Verbrecher zieht nach Pulverkopfs richtiger Meinung die ihn aburteilende Gesellschaft in ihrer Reaktion auf seine niedrige Kulturstufe und nicht umgekehrt. Denn bei seiner Bestrafung geht es um den nach alttestamentarischem Prinzip ausgleichenden Abtrag der Schuld, wobei auf einen groben Klotz ein grober Keil gehört, der eben manchmal den Klotz spaltet, und jede andere Betrachtung ist eine schöne Lüge.

„Endlich frage man sich, ob nicht der Richter selber und die Strafe und das ganze Gerichtsverfahren in ihrer Wirkung auf die Nicht-Verbrecher viel eher niederdrückende als erhebende Erscheinungen sind; es wird nie gelingen, der Notwehr und Rache das Gewand der Unschuld umzulegen; und so oft man den Menschen als ein Mittel zum Zwecke der Gesellschaft benutzt und opfert, trauert alle höhere Menschlichkeit darüber", wie Pulverkopf mit der ihm eigenen, ehrlichen und schonungslosen Offenheit, in letzter Konsequenz schon fast versöhnt mit dem von ihm eigentlich doch verachteten Königsberger, erkannt hat. Un-

bestreitbar bewirken die praktizierenden Juristen und das System, das sie ermöglicht, auch viel Gutes. Die offensichtlichen Vorzüge, die ein geordneter Rechtsstaat mit sich bringt, liegen auf der Hand und bedürfen keiner Erwähnung. Weniger im allgemeinen Bewusstsein als diese ist ein gewissermaßen neben den eigentlichen Funktionen liegender Effekt. Denn außer dem Recht pflegen die Juristen auch die Sprache, wobei ich über den unerträglichen Nominalstil hinwegsehe. Zu Zeiten der verblühenden Kultur, in denen wir uns fraglos befinden, besteht die Gefahr des Sprachverlustes. Kaum noch irgendwo wird, wie im forensischen Zusammenhang, klar und schnörkellos ohne überflüssige Abschweifungen eine einfache Geschichte erzählt oder ein Gedanke fortlaufend logisch mit sprachlichen Mitteln stringent entwickelt. Manchmal brauche ich Stunden, um den Ablauf eines einfachen Sachverhaltes von einem Mandanten zu erfahren oder um mir das Aussehen einer gekauften schadhaften Sache beschreiben zu lassen, und stoße oftmals auf fast unüberwindliche Sprachbarrieren. Aber wie soll auch eine Generation über das Mindestmaß an Eloquenz verfügen, die täglich durch ein umfassendes, verderbendes Klischeebombardement aus mindestens 100 Televisionssendern von frühen Jahren an geistig gleichgeschaltet wird, statt an abendlichen Märchenerzählungen oder regelmäßiger Bibellektüre ihre Fantasie und ihre Ausdrucksmöglichkeiten zu schulen. Ein Großteil der gesendeten Bilder und Wörter nehmen nicht nur denen, die sie ausstrahlen, sondern auch denen, die sie vernehmen, nicht nur die Sprache, sondern auch die Würde. Mit meiner Meinung stehe ich nicht allein.
Ein großer zeitgenössischer Autor führt in seinem „Anschwellenden Bocksgesang", der ein großes Echo hatte, einen „Aufstand gegen die sekundäre Welt". Unter anderem verdammt er ganz in meinem Sinn die nun fast täglichen Talkshows:

„Ich sehe zwischen einem Schau-Gespräch und einem Schau-Prozess nur graduelle Unterschiede in der Vorführung von Denunzierten. Wer sich bei einer privaten Unterhaltung von Millionen Unbeteiligten begaffen lässt, verletzt die Würde und das Wunder des Zwiegesprächs, der Rede von Angesicht zu Angesicht und sollte mit einem lebenslangen Entzug der Intimsphäre bestraft werden. Das Regime der telekratischen

Gesellschaft ist die unblutigste Gewaltherrschaft und zugleich der umfassendste Totalitarismus der Geschichte."

Wo zu Zeiten gesicherter Kultur die Dichter das heilige Feuer der Sprache hüteten, glimmt heute nur ein Häufchen Asche vor sich hin, das allenfalls ab und zu einer, der sich dem Verfall nicht fügt und sich von Moden nicht einschüchtern lässt, zu einer kleinen Flamme bläst. Die Juristen tragen wie durchaus mancher gute Deutschlehrer im Alltag und im freilich bescheidenen Maß mit ihren bescheidenen Möglichkeiten bei, ein wenig von der Glut zu bewahren.

In vier Tagen sollte der Prozess in der Strafsache Kussowski, wen er auch immer erheben oder herabziehen würde, pünktlich ab 9.00 Uhr seinen Lauf nehmen.

Wir hatten also noch Zeit und neben meinen anderen Arbeiten ging ich täglich kurz zu Kussowski, um mit ihm immer wieder Verhaltensweisen einzuüben. Vordringlich sollte er unbedingt ruhig bleiben, aber auch nicht devot auftreten. Da ich mich während der Verhandlung vollkommen auf die jeweils Agierenden konzentrieren müssen würde, würde ich keine Zeit haben, Kussowski zu kontrollieren und gegebenenfalls zu mäßigen. Falls er mir etwas zu sagen hätte, sollte er mir dies zuflüstern oder auf einen Zettel schreiben. Bei der Zeugenbefragung durfte er mich keinesfalls unterbrechen, sondern sollte eigene Fragen stichwortartig notieren, die ich dann selbst bei Bedarf stellen würde.

Kussowski wünschte, dass ich ihm seinen einzigen Anzug aus seiner Wohnung holte. Die Wohnung wäre sicher noch nicht geräumt, da die Miete von seinem Konto, auf das die monatliche Sozialhilfe floss, abgebucht wurde. „Die von der Sozikohle haben bestimmt noch nicht mitgekriegt, dass ich hier drin bin. Bis die was merken, wird weitergeblecht", meinte Kussowski. Dies war sicher richtig, denn die Kommunikation zwischen so grundverschiedenen Behörden wie der Staatsanwaltschaft und der damals noch zuständigen Stadtverwaltung dürfte zu Kussowskis Vorteil eher schleppend verlaufen. Zu jener Zeit war der Sozialhilfebezug einfacher geregelt als heute und die Leistung noch nicht wie zum Hohn nach einem hochbezahlten Spitzenmanager benannt, der wegen

Untreue und Begünstigung zu zwei Jahren Freiheitsstrafe auf Bewährung und einer Geldstrafe von 360 Tagessätzen in Höhe von 576.000 Euro verurteilt wurde.
„Nein, keinen Anzug", erwiderte ich. „Sie gelten als unschuldig und treten weder provozierend noch devot auf. Sie tragen eine bequeme Jeans und als Ausdruck Ihrer dem Gericht zu erweisenden Achtung ein weißes Hemd. Keine Krawatte, keine Jacke."
Kussowski schaute mich überrascht an und begehrte auf: „Doc, ich hatte zu jedem meiner Verfahren einen Anzug und einen Schlips an."
„Eben, und ich habe Sie ja auch noch nie verteidigt", antwortete ich. Seine übliche Kleidung war bequemer, und sich nicht zu verkleiden, würde seine Selbstsicherheit stärken.

4.

Der erste Verhandlungstag war der 19.9.1995. Die Verhandlung sollte um 9.00 Uhr beginnen, verzögerte sich aber wie immer, weil Kussowski vom Gefängnis in die im Keller des modernen Gerichtsgebäudes gelegenen Sicherheitszellen gebracht und von dort in einem Aufzug einige Meter höher in den geräumigen Vorraum des Gerichtssaales transportiert werden musste. Dieser ist durch eine kugelsichere Glaswand von dem großen Flur, der zu den anderen Verhandlungsräumen führt, abgetrennt. Hier halten sich die wartenden Zeugen und die Prozessbeteiligten in den Pausen auf. Bevor man in den Sitzungssaal gelangt, hat man zwei Kontrollen zu passieren, sofern man kein Staatsanwalt ist und keinen Anwaltsausweis besitzt. Die erste befindet sich im Foyer des Gerichtsgebäudes, die zweite vor der in der Glaswand eingelassenen Glastür.

In dem gläsernen Vorraum standen der Leitende Oberstaatsanwalt Galbitsch-Loser, der Protokollführer, ich und kurzfristig der Vorsitzende der 9. Strafkammer, um den Anklagevertreter ausgiebig zu begrüßen.

Wir alle hatten unsere Anzugsjacken bereits im Sitzungssaal deponiert und standen in unseren schwarzen Amtsmänteln wie Nebelkrähen in einem herbstlichen Stoppelfeld vereinzelt herum. Schwarz ist nicht gleich schwarz und Talar nicht gleich Talar. Der des Richters und des Staatsanwaltes hat vorne und um den Kragen herumgeführt eine breite Borte aus schwarzem Samt, während den des Anwalts eine solche aus Satin verziert. Dr. Legatz' Samtbesatz hatte ein leicht ins Dunkelbläuliche spielendes Schwarz angenommen. Der des staatsanwaltlichen Talars war rein schwarz und mein Satinbesatz schimmerte ins dunkle, unsaubere, von der Sonne verschossene Grünliche.

Schwarz ist entgegen mancher Auffassung eine Farbe, zumindest in der Malerei. An den Bildern alter Meister, vor allen denen des Lichts wie Rembrandt und Caravaggio, lässt sich dies trefflich erkennen. Der auf den ersten Blick scheinbar schwarze Schatten kann die gesamte diesen Meistern zu Gebote stehende Palette wiedergeben und nach Bedarf variieren. Das schönste Schwarz von allen ist jedoch das der Hundenase, wie der allgegenwärtige Jean Paul wusste und wie auch ich aus eigener Anschauung jüngst an Emma festgestellt hatte.

Nachdem Dr. Legatz den Herrn Leitenden Oberstaatsanwalt Galbitsch-Loser begrüßt und mit ihm einige Höflichkeiten gewechselt hatte, kam er kurz zu mir, gab mir einen festen Händedruck, sah mir scharf in die Augen, lächelte dann freundlich und begab sich ins Beratungszimmer, das hinter dem Gerichtssaal liegt und von diesem aus zugänglich ist.

Dann wurde Kussowski, mit Handschellen an einen Vollzugsbeamten gefesselt, begleitet von einem zweiten Wärter durch den Aufzug hochgefahren. Er kam, immer noch an den Aufseher gefesselt, auf mich zu. Kussowski war ungewöhnlich blass, wahrscheinlich hatte er nicht geschlafen.

„Guten Morgen, Herr Kussowski“, begrüßte ich ihn und versuchte dabei, so normal zu klingen, als würden wir uns irgendwo draußen auf der Straße begegnen.

„Guten Morgen, Doc, der Lügenkittel steht Ihnen hervorragend, wie für Sie gemacht.“

Damit hatte er recht. Ich gehöre kraft Amtseids zur eingeschworenen Gemeinschaft der Schwarzbekittelten und bin mit Haut und Haaren ein Teil dieser Organisation, die sich Rechtspflege nennt. Zwar halte ich vieles für fragwürdig, aber meine Aufgabe gebietet mir, mit den mir zur Verfügung gestellten Mitteln zu arbeiten. Andere sind nicht vorhanden und meine Ethik hat sich dem anzupassen. Es ist sinnvoller und man erreicht mehr, wenn man als Teil des Ganzen agiert und keine Ausnahme sein möchte. Denn, aber wer weiß das schon, die Regel und nicht die Ausnahme ist das Interessante. Irgendwann stellt sich für jeden die Frage, ob er ichkräftig seiner Individualität auf Kosten anderer den Vorrang erkämpfen will oder ob er im Zusammenwirken mit anderen als Teil des Ganzen gemeinsam mit den anderen die Welt ein wenig zu verbessern hofft. Entweder Selbstsucht oder Gemeinsinn. Ich hatte mich nicht uneigennützig früh für Letzteres entschieden, weil ich so auch meine Interessen am besten fördere. Aber die Frage stellt sich nicht nur einmal im Leben und kann sich für den einen mehr, für den anderen weniger oft wiederholen. Feste Standpunkte gibt es wahrscheinlich ohnehin nicht.

Kussowski wurde in den Gerichtssaal geführt, vor den Augen einiger Zuschauer und der drei Pressevertreter, also der sogenannten Öffentlichkeit, entfesselt und nahm neben mir Platz. Der Anklagevertreter saß uns gegenüber, die beiden bewaffneten Wärter einige Meter hinter Kussowski. Als die Große Strafkammer eintrat, erhoben wir uns alle wie von Sprungfedern getrieben aus unseren Sitzen und nahmen erst wieder Platz, als sich das aus fünf Personen zusammengesetzte Gremium vollständig gesetzt hatte. Es bestand neben Dr. Legatz aus der Richterin Carmen Meyer, einer ehemals schwarzhaarigen Schönheit, die für ihre hohen Strafzumessungen bekannt war und meinem Bild von einer perfekten Domina entsprach, und einem unbedeutend wirkenden Richter namens Dr. Klotz, der für ein Jahr von einer Zivilkammer, an die er sich sehnlichst zurückwünschte, abgeordnet war. Jeder Zivilrichter muss für ein Jahr in einer Strafkammer tätig sein. Wahrscheinlich ist der Grund derselbe, aus dem ich, wie erwähnt, die Strafverteidigererfahrung für wichtig halte. Außerdem vervollständigten die Kammer zwei Schöffen, ein etwa 35-jähriger Kinnbartträger, der aufgeregt und bedeutungsvoll in die Runde blickte, und eine stark übergewichtige 40-jährige Hausfrau und Mutter, die neben der Domina den schwächeren weiblichen Part vertrat und durch ihre hektischen Augen schon zu Beginn der Verhandlung Betroffenheit verriet.
Dr. Legatz stellte, zum Protokollführer gewandt, der einen langen Pferdeschwanz trug, fest, dass die Hauptverhandlung eröffnet sei. Er diktierte die Namen aller anwesenden Beteiligten und bat dann Staatsanwalt Galbitsch-Loser die auf Mord lautende Anklageschrift zu verlesen. Dieser las auf ungewöhnlich getragene und pathetische Art, als ob es sich hierbei um edle Hexameter handelte. Galbitsch-Loser war kein unproblematischer Charakter. Seine Kindheit und Studienzeit hatte er in Düsseldorf verbracht, wo Bankgebäude und keine Kathedrale das Stadtbild bestimmen, wo rheinischer Frohsinn großstädtischer Attitüde weicht und wo manche Neigung unterdrückt wird, statt fröhlich ausgelebt zu werden. Er hatte manche Leidenschaften, von denen er mindestens eine mit Kussowski teilte, nämlich die für Frauen. Wenn man im Kollegenkreis über ihn sprach, wurde er nie mit seinem korrekten Namen, sondern stets als der Gallo bezeichnet. Oft sah man ihn,

wenn man das Gericht betrat, in einer für ihn typischen Pose im Foyer. In edle Konfektionsware gekleidet, stets sehr sorgfältig rasiert, meist in einer halblangen, schwarzen, männlichen Lederjacke, die er leger über seinem Anzug trug, stand er, lässig den linken Arm angewinkelt, ans Geländer gelehnt, das rechte Bein forsch auf die nächste Treppenstufe gesetzt, im Gespräch mit einer hübschen jungen Kollegin, Referendarin, Rechtsanwältin oder Schreibkraft vertieft, die ihm hingebungsvoll lauschte, während er vorgebeugt, überlegen und andächtig in ihren Ausschnitt sah und auf sie einredete. Von Zeit zu Zeit führte er dabei mit einer eleganten, mimisch pathetischen Pose mit seiner rechten Hand die unvermeidliche Filterzigarette an den Mund, um den Rauch tief zu inhalieren und genüsslich über den Kopf seiner jeweiligen Gesprächspartnerin auszustoßen. Galbitsch-Loser liebte die große Geste mehr als die zarte Nuance. Er freute sich, wenn er psalmodierend mit wohlgesetzten Hebungen und Senkungen die Anklageschrift verlesen durfte und seine volle, männliche Stimme die weibliche Zuhörerschaft in Ergriffenheit versetzte, wie er jedenfalls glaubte. Vor etwa einem halben Jahr hatte er seine Frau nach 16 Jahren Ehe und seine Kinder 14 beziehungsweise 15 Jahre nach deren Geburt verlassen, um sich einer jüngeren, hoffnungsvollen, ihm willig ergebenen und vor allem ihn grenzenlos bewundernden neuen Gefährtin zuzuwenden, die gerade noch über die perfekten Körpermaße verfügte, ebenfalls noch verheiratet war und ein Kind aus dieser Ehe hatte. Seine gerade laufende Scheidung gestaltete er dem Vernehmen nach besonders schmutzig, denn Gallo war so unnachgiebig und geizig, wenn es um andere ging, wie sich selbst gegenüber großzügig und verständnisvoll. Und für all das, was er leistete und darstellte, wurde er mit dem Gehalt eines Leitenden Oberen nach seiner Meinung ohnehin zu gering bezahlt, um sich Großzügigkeit gegenüber seiner Ehefrau und seinen leiblichen Kindern gestatten zu können. Bestimmt übte er bei der sehr gründlichen morgendlichen Körperpflege vor dem vergrößernden englischen Rasierspiegel ausdrucksvolle Gesten und warf beim Verlassen seiner Wohnung seinem Spiegelbild in dem großen, in goldenes Messing gefassten Garderobenspiegel eine Kusshand zu. Aus seiner zur Gewohnheit gewordenen, treu und ruhig dahinfließenden Eigenliebe flammten immer wieder Anfälle wilder, heftiger Selbstverliebtheit hervor. Analog verhielt es sich mit seiner Zuneigung zu anderen Objekten seiner Begierde: Seine wenig abwechslungsreiche, ihn langweilende Ehe war regelmäßig durch kurzfristige, heftige Eskapaden auf die Probe gestellt worden. Es ist zu wenig Liebe in der Welt und zu viel Eigenliebe. Das Glück erfährt, wer alles, was atmet, liebt, heißt es in einem Sprichwort der Tuaregs. Im Stadium der sich zu Ende lebenden Zivilisation verblasst mit dem Eros die Zeugungskraft und das Glück.

„Was ist das denn für ein Weichei?", fragte mich Kussowski leise. Ich flüsterte: „Das ist der Leitende Oberstaatsanwalt Galbitsch-Loser, genannt Gallo."

Als der Staatsanwalt seine männlich vorgetragenen Daktylen und Trochäen beendet hatte, offenbarte Dr. Legatz das weitere Programm. Heute sollte noch Kussowski vernommen werden, am zweiten Tag sollte das rechtsmedizinische Gutachten über den Tathergang erstattet werden, am dritten Tag sollten die beiden Zeugen sowie die Ermittlungsbeamten gehört werden. Am vierten Tag würden eventuelle Beweisanträge gestellt werden können oder eventuell die Beweisaufnahme geschlossen werden. Am fünften Tag würden die Plädoyers der Anklage und der Verteidigung erwartet, am sechsten Tag sollte das Urteil verkündet werden.

Dann begann er mit der Vernehmung Kussowskis und hoffte auf eine Einlassung. „Sie sind Peter Kussowski, 40 Jahre alt, wohnhaft in Köln?" Kussowski antwortete vernehmlich mit Ja und legte alle Selbstsicherheit, über die er verfügte, in diese Silbe.

„Haben Sie die Anklage verstanden?", fragte Dr. Legatz süffisant und suggerierte hiermit für den, der zu hören versteht, dass Kussowskis Intellekt nah an der Schwachsinnsgrenze einzuordnen sei. Kussowski sagte wieder voller Überzeugung Ja und fügte forsch hinzu: „Selbstverständlich."

Der Vorsitzende erklärte ihm: „Es steht Ihnen frei, sich zu dem Vorwurf zu äußern oder nicht. Aus Ihrem Schweigen kann Ihnen kein Nachteil erwachsen. Wie wollen Sie es halten?"

Wahrscheinlich erwartete er ein umfassendes sprudelndes Geständnis nach der guten Beratung der von ihm sorgfältig ausgewählten Pflichtverteidigung. Aber vielleicht tat ich ihm mit solchen Unterstellungen Unrecht. Dr. Legatz ist zwar Vorsitzender Richter einer Strafkammer,

deshalb können Anwälte a priori kein unbelastetes Verhältnis zu ihm haben, aber er ist ein besonnener, souveräner und hochintelligenter Vertreter seiner Zunft. Kussowski erklärte, jetzt weniger forsch: „Nein."
„Was heißt nein?", fragte Dr. Legatz leicht ungehalten, denn Retardierungen, die er nicht selbst inszeniert, liegen ihm nicht.
„Ich möchte schweigen", erklärte Kussowski.
„Gut", sagte Dr. Legatz, „dann kommen wir jetzt zu Ihren Vorbelastungen."
Während er umständlich und genüsslich den Vorstrafenregisterauszug aus dem in die Akte gehefteten Umschlag kramte, warf ich in diese Pause der Lautlosigkeit ein: „Herr Vorsitzender, ich rege an, die Verlesung der Vorstrafen zurückzustellen."
Dr. Legatz schaute überrascht auf: „Die Verhandlungsführung werden Sie ja wohl noch mir überlassen, Herr Verteidiger."
„Fraglos, hohes Gericht", erwiderte ich, „ich halte es nur für besser, wenn den Schöffen hier nicht das Bild eines Schwerverbrechers präsentiert wird, bevor wir die Einzelheiten des Tatvorwurfs geklärt haben. Wir wollen doch deren Unvoreingenommenheit nicht stören."
„Herr Verteidiger, Sie können sich solche Bemerkungen sparen, oder wollen Sie gleich von Anfang an die Stimmung vergiften?", warf Gallo, dem Vorsitzenden überflüssigerweise zu Hilfe kommend, ein.
„Keineswegs", antwortete ich in Dr. Legatz' Richtung. „Herr Vorsitzender, welchen Sinn soll die jetzige Verlesung haben, als den, meinem Mandanten von vorneherein gleich den passenden Stempel aufzudrücken?"
Bewusstmachung ist nämlich eines meiner alten, bewährten Hausmittel, das immer geeignet ist, hintergründigen Tricks ihre Wirkung zu nehmen. Zeige deinem Gegner, wie beim Schachspiel, dass du weißt, was er mit dem nächsten Zug bezweckt, und schon unterlässt er ihn. Dr. Legatz verlas zwar die Vorstrafen, unterließ aber jegliche Kommentierung und sprach Kussowski hierauf nicht an.
Während der langsamen Verlesung, die exakt sechs Minuten in Anspruch nahm, fixierte Kussowski einen Punkt irgendwo über der Stirn des ihm lauernd etwa sechs Meter gegenübersitzenden Gallo und verhielt sich genau so, wie ich ihm empfohlen hatte. Ein guter Beginn.

Dann schloss Dr. Legatz den ersten Verhandlungstag. Hätte Kussowski sich erklärt, würde dieser Verhandlungstag noch Stunden gedauert haben. Dr. Legatz ging die Sache gründlich, ruhig und routiniert an. Ich mochte diesen Richter.

Ich begleitete Kussowski noch im Aufzug in den unteren Stock und ließ mich in den dortigen Katakomben mit ihm in eine Zelle sperren, in der er auf seinen Verschub wartete. Ich lobte ihn für seine Ruhe. In drei Tagen würde der Prozess seinen Fortgang mit der Erstattung des Gutachtens des Gerichtsmediziners nehmen.

„Haben Sie gesehen, wie mich die Schöffin, dieser dämliche fette Dinosaurier, den keiner mehr anpackt, während der Verlesung angeglotzt hat?"

Ich erwiderte: „Wie Zülpiger schon sagte, für die sind Sie ein futuristischer Exterritorialer und für Sie ist sie also ein Steinzeitwesen."

Wir lachten beide.

„Streicheln Sie Emma von mir, Doc", verabschiedete sich Kussowski, als die Schließer ihn fesselten und abtransportierten.

5.

Zwischenzeitlich gab es nichts zu besprechen und so sahen wir uns erst nach drei Tagen am nächsten Verhandlungstag wieder.

Der Professor der Rechtsmedizin beschrieb in den verästelsten Details, wie das Opfer getötet worden war. Der Tod trat schnell ein, durch einen gezielten Schnitt mit einer geschärften Klinge, von hinten geführt. Nach unserem Strafrecht spricht man von Mord, wenn die Tötung aus besonders verwerflichen Motiven oder auf besondere Weise erfolgt. Alles andere wird als Totschlag behandelt und milder, in der Regel nicht mit lebenslangem Freiheitsentzug, bestraft. Der Leitende Oberstaatsanwalt Galbitsch-Loser glänzte durch beeindruckende Zwischenfragen, die den Gutachter zu immer differenzierteren Festlegungen zwangen, denn Rechtsmedizin war sein Hobby. Der studentischen Burschenschaft, der er am Tag seiner Immatrikulation als Fuchs beigetreten war und in der er noch heute als Alter Herr gern gesehen wird, gehörten fast nur angehende Mediziner und Juristen an und abendliche rechtsmedizinische Vorträge waren neben denen über die südafrikanischen Kolonien, das Apartheidproblem und das Frühwerk Ernst Jüngers an der Tagesordnung und wurden mit bierseligen Gesängen abgeschlossen. Dessen sehr viel interessanteres Spätwerk, beispielsweise sein Drogenbuch mit den freizügigen Bekenntnissen erlebter LSD-Trips, das sicher mancher Staatsanwalt mit Interesse gelesen hat, sparte man in diesen Kreisen lieber aus. Das Musische kam dabei etwas zu kurz. Vielleicht waren hier die Wurzeln für Gallos Hang zum Flachen und Platten gelegt. Denn außer bei der holden Weiblichkeit suchte er keine Erhebungen, und dort auch keine seelischen. Unter den Burschenschaftlern galt der aus der Jobsiade stammende Grundsatz:

„die erste Pflicht der Musensöhne
Ist, dass man sich ans Bier gewöhne."

Gallo hatte sich später auf gerichtsmedizinischem Gebiet privat weitergebildet und eine seiner Vergnügungen war, gemeinsam mit einer jungen hübschen Kollegin oder einer ebensolchen Referendarin eine Obduktion zu besuchen, die er männlich, ohne Regung zu zeigen, ganz aufs fachliche Interesse konzentriert bewältigte, während seine jeweiligen Begleiterinnen sich regelmäßig übergeben mussten und noch tagelang den unvergesslichen Anblick eines geöffneten Leichnams verarbeiteten. Gallo ging es bei seiner Befragung um die Klärung, ob die Tat besonders grausam geschehen war. Dies ist dann der Fall, wenn dem Opfer Qualen oder Schmerzen körperlicher oder seelischer Art zugefügt werden, die über das für die Tötung als solche erforderliche Maß hinausgehen, wie die juristische Kommentierung in der ihr eigenen Diktion formuliert. Hierzu muss der Täter subjektiv aus einer besonders gefühllosen oder unbarmherzigen Gesinnung heraus handeln, wie die höchstrichterliche Rechtsprechung erklärend hinzufügt.

Ich hielt kraftvoll dagegen. Über zwei Stunden diskursierten wir gefühllos über die Frage, welche Schmerzen Frau von Loewen-Kampen in welcher Zeit zu ertragen gehabt hatte, wann ihr Bewusstsein aussetzte, wie viel Blutverlust hierfür erforderlich war, wann ihre Sinne und ihr Auge gebrochen waren. Ich führte die Guillotinierung als lange Zeit benutztes humanes Hinrichtungsmittel an; der Sachverständige stimmte mir zu. Da Frau von Loewen höchstens für Sekunden das ihr bevorstehende Ende wahrgenommen hatte und ihr Schmerzerleben allenfalls noch kurzzeitiger war, ging die Qual nicht über das für die Tötung erforderliche Maß hinaus. Gallo würde sich auf das Motiv der Habgier kaprizieren müssen, um die Mordanklage durchsetzen zu können.

Ob Kussowski der Täter war oder nicht, sollten die beiden Zeugenaussagen erweisen, deren Vernehmung nach sieben Tagen angesetzt war und nach Dr. Legatz' Programm erst nach der Vernehmung der beiden Kripobeamten stattfinden sollte. Dr. Legatz gestaltet die Hauptverhandlung in Anlehnung an klassische Tragödientheorien. Er allein bestimmt den Spannungsbogen und das Tempo. Die Vernehmung der beiden Zeugen stellte den Höhepunkt dar, nach dem die Spannung für gewöhnlich wieder abfällt. Zuvor schilderten KOK Möller und KK Müller, wie sie das Opfer vorfanden, wie der Zeuge Bunsch Kussowski in der Kartei ausfindig machte, wie sie Kussowski heldenhaft aufgriffen, wie Emma ins Tierheim verbracht wurde, kurz alles das, was aus der Akte sattsam bekannt war. Aber im Strafprozess findet die Wirklichkeit oder was immer man dafür halten mag, nun einmal nicht in der Akte statt, sondern in der Hauptverhandlung und muss deswegen dort zur Sprache kommen. Man nennt dies das „Unmittelbarkeitsprinzip".

Ich erfragte im Einzelnen den Ablauf der Gegenüberstellung. Bunsch hatte hinter einer nur einseitig durchsichtigen Glasscheibe gesessen, vor der auf der anderen Seite neun Personen in gleichmäßigen Abständen im ähnlichen Alter und mit ähnlicher Erscheinung standen. Einer hatte in der Nase gebohrt, Kussowski war leicht nach vorn und hinten geschwankt, entweder weil er noch Restalkohol im Blut hatte oder weil hiervon zu wenig vorhanden war. Bunsch hatte Kussowski ohne den geringsten Zweifel spontan wiedererkannt. Dagegen hatte die Zeugin keinen identifiziert.

Dr. Legatz schloss nach drei Stunden die Sitzung und ordnete als nächsten Sitzungstag kommenden Dienstag, den 26.9.1995, an. Dazwischen würde ein Wochenende liegen. Ich brachte Kussowski zum Aufzug und fuhr in die Haftanstalt, um die Ergebnisse dort im Einzelnen mit ihm durchzusprechen. Ich machte ihm Zuversicht wegen des gerichtsmedizinischen Gutachtens, das die grausame Begehungsweise negiert hatte und statt Mordes in Richtung Totschlag mit zeitiger Freiheitsstrafe verwies. Dies konnte nach der Haftvollzugsarithmetik baldigen Freigang und Halbstrafe mit dem Rest als Straferlass zur Bewährung im Fall einer Verurteilung bedeuten. Kussowski sagte tonlos: „Bei zehn Jahren wären das fünf, die ich brumme. Emma ist jetzt sechs, sie könnte noch leben, wenn ich wieder rauskomme." Obgleich dieser Mensch es immer wieder verstand, mich aus der Fassung zu bringen, zeigte ich keine Regung, sondern drückte ihm fest und männlich die Hand und klingelte nach dem Schließer. Beim Rausgehen schaute Kussowski zum ersten Mal zurück, lächelte mir zu und sagte: „Heute ist Freitag, vergessen Sie nicht das Lachsfilet."

6.

Emma bekam das Lachsfilet und am Samstag einen zweistündigen Waldgang im nahen Stadtwald. Die Sonne schien Mitte September noch mit aller Macht und der Wald schimmerte in einer grellen Lichtorgie. Wegen der tief stehenden Sonne traten die Konturen in überplastischer Schärfe hervor; ähnlich intensivierten sich die Farben und zeigten die bevorstehende Wandlung an. Cararvaggeske Atmosphäre: Nicht nur die Konturen verschärften sich und nicht nur die Farben waren extremer. Auch die Eindrücke und Ideen kontrastierten härter. Wie viele Maler haben sich an dieser Tiefenschärfe und diesem Licht versucht? Ohne Caravaggio kein Velázquez, kein Rembrandt und Vermeer, kein Turner und wohl auch kein Cézanne, und auch meine vergleichsweise unmaßgebliche Wahrnehmung wäre ohne Caravaggios Bilder eine andere. Ein möglicher Prüfstein eines Kunstwerkes ist, ob nach dessen Erfahrung die Welt anders geworden ist. Dabei geht es nicht darum, durch eine fremde Brille mit dem Blick des anderen sehen zu lernen, sondern die eigene Sehweise mit der des Malers anzureichern, sie der eigenen einzuverleiben und letztere zu schärfen. So dient jede Kunst jedweder Gattung, die diese Bezeichnung verdient, der Erweiterung und der Förderung; die Frage nach Gut oder Böse stellt sich nicht und die nach Gut oder Schlecht beantwortet sich nach diesem Maßstab. Die Natur würde sich noch einige Wochen so aufbäumend gebärden, der spätsommerliche Herbst sollte lang und sonnig werden, bevor alles in todesähnlichen Schlaf verfiel, um sich im ewigen Kreislauf zu erneuern. Übergänge rufen Gedanken an Vergänglichkeit wach und haben deshalb einen morbiden Reiz, der mit Übersteigerung und Überschärfe einhergeht. Dies meinte wahrscheinlich der allgegenwärtige Jean Paul, wenn er von Sabattagen spricht. Ich dachte an Kussowski, der jetzt in seiner Zelle döste und dies alles verpasste, und an den Prozess, während Emma fröhlich schnuppernd neben mir hertrippelte. Die Überreizung der herbstlichen Endphasen kann freilich auf dunkle Bahnen führen, bis nur noch das große Schweigen bleibt.

„Weh mir, wo nehm ich, wenn
Es Winter ist, die Blumen und wo
Den Sonnenschein
Und Schatten der Erde?
Die Mauern stehen
Sprachlos und kalt, im Winde
Klirren die Fahnen“,

dichtete Holder in einem Moment schonungsloser Wahrheit.

Und dann schoss mir ein Gedanke ein, der ebenso überkonturierte Umrisse annahm, wie das Emma und mich umgebende Nadelgehölz. Wieso gab es keinen Nebenkläger? Wenn jemand durch eine Straftat verletzt wird, kann er sich dem Strafverfahren als Nebenkläger aufseiten der Staatsanwaltschaft anschließen. Wenn jemand getötet wird, geht dieses Recht auf die Erben über. Der Nebenkläger kann Einfluss auf den Prozess nehmen; er kann Rechtsmittel einlegen und gegebenenfalls zivilrechtliche Ansprüche auf Entschädigung im Strafverfahren durchsetzen. Wer war Frau von Loewen-Kampens Erbe? Aus der Akte ergab sich, dass zwei Polizeibeamte ihrem Sohn die Todesnachricht überbracht hatten. Er lebte unter derselben Anschrift, unter der sie gemeldet war. Ich würde ihn aufsuchen müssen.

Frederik von Loewen-Kampen wohnte in einer vornehmen, zur Wende des vorigen Jahrhunderts errichteten großen Villa, die in Hahnwald, im südlichen, gepflegten und reichen Teil der Stadt in der Nachbarschaft ähnlicher Behausungen mit umgebenden Gärten lag. Das perfekte Gegenteil zu Kussowskis Wohngegend. Dort herrschte Elend und Armut, hier Glück und Reichtum, aber sterblich und gefährdet sind wir alle.
Ich klingelte und nach etwa einer halben Minute öffnete mir ein in eine samtene englische Hausjacke gehüllter, etwa 45 Jahre alter, zarter, weiß melierter Herr mit einem kleinen weißen Schnurrbart. Während ich ihn mit einer gerade noch nicht übertriebenen Verbeugung begrüßte, was ihm gefiel, und meine Karte überreichte, schlug mir ein aufdringlicher Parfumgeruch entgegen. Ich erklärte ihm, dass ich der Pflichtverteidiger

Kussowskis sei und flocht ein bisschen notlügend ein, damit die Stimmung aufkam, die ich benötigte, dass diese Verteidigung das Widerlichste sei, was ich je vertreten hätte, ich mich aber dem Gericht, das mich ausgewählt hatte, verpflichtet fühlen würde. Daraufhin zutraulich, bat mich Frederik von Loewen-Kampen in den, wie er sich ausdrückte, Salon und ging mir dorthin mit tänzelnden Schritten und wiegenden Hüften voraus.

Ich interessiere mich nicht für die sexuelle Disposition meiner Mitmenschen. Während mancher die damals bevorstehende Homosexuellenehe oder das offene Bekenntnis führender Spitzenpolitiker als Dekadenzerscheinung verfluchte, bin ich froh darüber, dass Minderheiten nicht mehr an den Pranger gestellt werden dürfen und es sich jeder, zumindest hypothetisch, in unserem Rechtssystem gemütlich machen kann, wie auch immer er beschaffen sei. Damit entspreche ich der großen Toleranz in unserer Stadt, die deshalb als Mekka der Invertierten gilt und alljährlich den Christopher Street Day feiert.

Ich fragte Herrn von Loewen-Kampen zunächst, was für ein Mensch seine Mutter gewesen sei, und Frederik geriet ins Schwärmen über das hohe Kulturniveau und die hohe Bildung seiner verewigten Ahnin. Nur den Wunsch nach Enkelkindern habe er ihr nicht erfüllen können, aber das sei das Einzige gewesen, was die Idylle ihres gemeinsamen Lebens manchmal verdunkelt habe. Ich fragte unvermittelt, ob die erfreulich stilvolle Villa jetzt ihm gehöre, was er bejahte. Sein Vater hatte sich schon vor über neununddreißig Jahren scheiden lassen; seine ohnehin wohlhabende blaublütige Genvermittlerin hatte seitdem ihre Begüterung mit den üppigen monatlichen Unterhaltszahlungen noch gemehrt. Als Nebenkläger habe er, Frederik, nicht auftreten wollen, weil ihn dies zu sehr anstrenge und belaste, Schmerzensgeld habe er nicht nötig und Kussowski würde ohnehin zu milde bestraft werden, weil die Todesstrafe mit vorausgehender Folterung abgeschafft sei. Nach der höchstrichterlichen Rechtsprechung ist im Falle einer schnellen Tötung das Schmerzensgeld der Hinterbliebenen ohnehin kaum nennenswert und kann auf Nichts herabsinken. Denn nur kurz erlebte Schmerzen rechtfertigen nach höchstrichterlicher Logik keine großen Beträge. Ich bedankte mich und erkundigte mich höflich, ob ich ihm irgendwie beistehen könne. Denn bei Erbschaften stehen oft Rechtsstreitigkeiten im Raum. Frederik war kurz davor, angerührt durch die Schilderung des verewigten Mutterwesens in Tränen auszubrechen. Das wollte ich mir ersparen und verabschiedete mich unter Beleidsbeteuerungen und dem nochmaligen Angebot anwaltlicher Hilfe. Aber Frederik war wohl keiner, der sich stritt. Die harte Welt der materiellen Ansprüche und deren Durchsetzung hatte ihm ein günstiges Schicksal erspart.

„Das Leben zog um dich den schönen zaun.
So braucht dir nie vor schlucht und flut zu graun.“

wie der vergessene Dichter in der ihm gegebenen Weise verdiktisch einen ähnlichen Charakter beschrieb. Aber wer ahnte schon, was sich hinter der gepflegten Edelfassade des Anwesens und der ebensolchen Frederik von Loewen-Kampens verbarg? Sicher war auch sein Leben nicht einfach gewesen und gewiss hatte auch er Überlebensstrategien nötig und mühsam erarbeitet, wenn auch mit weniger körperlichem Einsatz als der Großteil seiner Mitmenschen. Emma, die nun einmal Natur war und das Natürliche bevorzugte, hätte ihn wahrscheinlich angeknurrt. Für Kussowskis Verteidigung schien der Besuch völlig unergiebig.

7.

Den dritten Verhandlungstag begann Dr. Legatz mit der Vernehmung der Zeugin. Auch diese Reihenfolge hatte ihren Grund. Aus Dr. Legatz' Sicht war wahrscheinlich die Verurteilung Kussowskis abgemachte Sache. Alles, was dorthin führte, sollte sinnvoll sein Urteil bestätigen und rechtfertigen. Daher gestaltete er den Gang der Hauptverhandlung so, dass sich das für ihn feststehende Ergebnis mit einer gewissen Zwangsläufigkeit als das richtige entwickeln musste. Aus diesem Grund hörte er die Entlastungszeugin vor dem Kussowski hauptsächlich belastenden Zeugen. Ein alter Trick. In meiner Kindheit fragte mich meine Mutter oft, wenn es nur noch eine Scheibe Schinken für ein Frühstücksbrot gab und wir beide noch nicht gefrühstückt hatten, ob ich den in ihrer rechten oder ihrer linken Hand hinter ihrem Rücken verborgenen Teller wolle. „Rechts oder Links?" — nur eines der Brote war mit dem Schinken belegt. Ich antwortete, wie übrigens fast jeder, indem ich das zuletzt gefragte Wort wiederholte: „Links", und hier befand sich der leckere Belag, den meine liebe und schlaue Mutter mir so „zufällig" zukommen ließ.
Ebenso würde die Aussage des zweiten, später vernommenen Zeugen stärker und prägnanter im Gedächtnis bleiben, als die der Zeugin, mit der er den Anfang machte.

„Kunsthistorikerin, 29 Jahre", stand im Protokoll der Vernehmung, die KOK Möller durchgeführt hatte. Eine durchaus, allerdings erst auf den zweiten Blick aparte Erscheinung. „Staatsangehörigkeit: amerikanische Staatsangehörige", hatte KOK Möller vermerkt, „Geburtsort Leninakan". Am Fuße des Kaukasus, dort wo vermutlich das über den Irak importierte Schachspiel weiterentwickelt und seiner Vollendung zugeführt worden war. Ihre schwarzen, glänzenden, schulterlangen Haare hatte sie straff zusammengebunden, ihre hellblauen Augen standen vielleicht etwas zu weit auseinander, die Lippen waren etwas zu schmal, die Nase etwas zu stark ausgebildet; dafür entschädigten ihre hohen markanten Wangenknochen, die edel geformte breite Stirn und ihr olivfarbener Teint. An den zierlichen Ohren baumelte langer Goldschmuck.

Dr. Legatz fragte die Zeugin, indem er die Vernehmung behutsam einleitete, warum sie an diesem Tag am Tatort gewesen sei. Sie hatte sich ein Zimmer angesehen, das sie dann für ein halbes Jahr gemietet hatte, weil sie während dieser Zeit eine Lehrstuhlvertretung am Kunsthistorischen Seminar innehaben würde. Danach würde sie eine ordentliche Professur in Massachusetts antreten. Dr. Legatz bemerkte einschmeichelnd, sie habe für so junge Jahre schon viel erreicht. Die Zeugin schaute ihn unbeeindruckt und unbeweglich an und kam, als ob ihr das ungerufene Lob lästig sei, von sich aus zur Sache. „Sie wollen sicher wissen, was ich am 28.5. mittags beobachtet habe", erklärte sie mehr feststellend als fragend in ihrer unerwartet dunklen, aber angenehmen Stimme in fehlerlosem Deutsch, mit einem Akzent, den ich nicht einordnen konnte, und schilderte dann ungewöhnlich präzise ihre Beobachtungen. Sie hatte sich den Theo-Burauen-Brunnen, auch Rathausbrunnen genannt, angesehen, eine Bronzeskulptur aus den Siebziger Jahren, und sich in 20 Meter Entfernung vom Tatort befunden. Die ursprünglich im Vernehmungsprotokoll angegebenen 25 Meter revidierte sie. Sie war inzwischen mehrmals am Tatort gewesen und hatte exakte Messungen vorgenommen. Sie beschrieb ihre Beobachtungen des Täters und des Tathergangs mit einer detaillierten Sachlichkeit, wie ich sie kaum wieder bei einer Zeugenaussage zu hören bekommen würde, ohne ins Unpräzise zu verfallen und ohne Überflüssiges zu bekunden.
KOK Möller war, wenn man die Aussage der Zeugin hörte, offensichtlich völlig überfordert gewesen und hatte versucht, durch seine eigenen Bemerkungen im Vernehmungsprotokoll und durch seine suggestiven Fragen die Aussage in seinen Verständnishorizont zu übersetzen und mit dem anzureichern, was seinen Vorstellungen entsprach. Daher sein komisch wirkendes Protokoll. Wenn sich zwei Intellekte von derart ungleichem Gewicht gegenüberstehen, kann der Stil einer Vernehmung schon einmal seltene Blüten treiben. Hier in der Hauptverhandlung war das anders: fast gleiches Gewicht und fast gleiches Niveau. Als die Dr. Legatzsche Befragung etwa eine halbe Stunde gedauert hatte, stellte er die wichtigste Frage: „Ist der Täter hier im Raum?"
Die Zeugin erklärte ohne Zögern und ohne irgendwelche Emotionen zu zeigen: „Nein."

Gallo schüttelte den Kopf und schnalzte mit der Zunge. Intellektuell überlegene Frauen mag er nicht; sie überfordern ihn. Die Zeugin fixierte ihn kurz, woraufhin er seinen Körper straffte und sich gerade hinsetzte; gewissermaßen saß er stramm. Wahrscheinlich hatte er unter dem Tisch die Hacken zusammengeschlagen, denn ihr Blick war scharf.
„Wie können Sie dessen so gewiss sein? Sie haben den Täter nur für Sekunden und, wenn ich Sie richtig verstanden habe, sein Gesicht nur in einem Winkel von etwa 140 Grad von schräg rechts hinten gesehen?"
„Das ist korrekt. Der Angeklagte ist zwar dem Täter ähnlich, sieht aber doch völlig anders aus, wenn man die Einzelheiten vergleicht. Er wiegt etwa zwei bis drei Kilo weniger, seine Schultern sind minimal, aber sichtbar um einige Zentimeter breiter und er ist etwa drei bis vier Zentimeter größer. Ich bin mir völlig sicher, dass der Angeklagte nicht der Täter ist."
Dr. Legatz erklärte: „Sie wissen, dass Sie hier die Wahrheit sagen müssen und sich strafbar machen, wenn sie dies nicht tun. Wie ich Sie belehrt habe, können Sie vereidigt werden. Ein Falscheid ist mit Freiheitsstrafe von nicht unter einem Jahr belegt."
Die Zeugin verzog keine Miene und erklärte einfach und selbstsicher: „Ich bin mir dessen bewusst. Ich sage die Wahrheit."
Dr. Legatz fragte den Leitenden Oberstaatsanwalt, ob er Fragen an die Zeugin habe. Gallo fragte sie zunächst nach dem Sonnenstand. Die Sonne hatte die Szene beschienen und ihr Licht frontal in Richtung der Zeugin gelenkt.
„Sie wollen allen Ernstes behaupten, Sie hätten in Bruchteilen von Sekunden im Gegenlicht feststellen können, welches Gewicht und welche Größe der Täter hat?", fragte Gallo barsch und legte seine ganze Ungläubigkeit in die Betonung dieses Satzes.
„Ja", erklärte die Zeugin. Gallo machte weiter: „Würden Sie denn den Täter wiedererkennen?"
„Dessen bin ich mir nicht sicher, wohl nicht, aber ich kann ausschließen, dass es dieser Mann war", antwortete die Zeugin, indem sie mit dem Finger auf Kussowski zeigte. Triumphierend schloss Gallo seine Befragung ab: „Keine weiteren Fragen, Herr Vorsitzender."
Nun war ich an der Reihe: „Was befähigt Sie dazu, derart exakte Beobachtungen zu machen?"

Die Zeugin erwiderte ruhig: „Um Ihre Frage zu beantworten, ich verfüge über andere Wahrnehmungsfähigkeiten und ein anderes Spektrum als der Durchschnitt der Menschen. Durch eigene Beobachtungen habe ich mir mit drei Jahren das Lesen beigebracht, als Vierjährige konnte ich schreiben. Ich bin dreisprachig aufgewachsen. Ich beschäftige mich, seit ich denken kann, damit, durch Anschauung und Wahrnehmung den Dingen auf den Grund zu gehen. Mir ist gelungen, allein durch optischen Vergleich den Nachweis zu erbringen, dass ein bis dahin als Kopie aus dem 17. Jahrhundert geltendes Gemälde ein Original Caravaggios ist. Ich fand es zufällig in schlecht restauriertem Zustand in einer kleinen Karthäuserkirche an der Peripherie Genuas."
Wieder einmal bestätigte sich das Wort des Olympiers, alles sei miteinander filiiert. Erst vor wenigen Tagen war mir Caravaggio, der mir schon viel zu denken gegeben hatte, in den Sinn gekommen und jetzt tauchte er als Studienobjekt der Zeugin wieder auf. Ich hoffte inständig, dass Dr. Legatz verstehen würde, wovon sie sprach; bei seinen Beisitzern oder gar bei Gallo bestand da wenig Hoffnung, hier war nichts vorauszusetzen. Ich schaute zu ihm rüber und sah seinem Gesichtsausdruck an, dass er beeindruckt war.
Die Zeugin fuhr fort: „Wenn ich von irgendeinem, nahezu jedem bekannten Gemälde einen 10 Quadratzentimeter großen Ausschnitt sehe, kann ich sagen, worum es sich handelt, von welchem Bild er stammt und wer der Maler ist. Ich beschäftige mich seit 29 Jahren mit Sehen und dessen Umsetzung. Deshalb kann ich mit Sicherheit sagen, dass der Herr neben Ihnen nicht der Täter ist."
Ich hatte keine weiteren Fragen mehr. Dr. Legatz hatte nun die Vernehmung der Zeugin zu beenden. Er stellte die obligatorische Frage, ob auf Vereidigung allseits verzichtet werde. Denn im Strafverfahren ist ein Zeuge, außer in hier nicht vorliegenden gesetzlichen Ausnahmefällen, zu vereidigen, wenn nicht, wie üblich, Staatsanwalt, Verteidiger und Angeklagter auf die Vereidigung verzichten. Dann kann das Gericht nach seinem Ermessen von der Vereidigung absehen.
„Ich verzichte besser", erklärte Galbitsch-Loser süffisant und wollte damit zum Ausdruck bringen, dass er der Zeugin kein Wort glaubte und sie nicht noch weiter in die Strafbarkeit einer falschen eidlichen Aussage

treiben wollte. Ich bestand auf ihrer Vereidigung, um damit den Gehalt ihrer Erklärungen noch glaubhafter zu machen, als sie ohnehin schon waren. Dr. Legatz schaute mich scharf an und nickte. Offenbar hätte er selbst lange überlegen und sich mit seinen Kollegen beraten müssen, ob er die Vereidigung trotz allgemeinen Verzichts vornehmen sollte. Dieser Entscheidung hatte ich ihn enthoben. Inzwischen war es fünf Minuten vor zwölf und um zwölf ging Dr. Legatz immer in die Gerichtskantine. Er belehrte die Zeugin noch einmal gründlich und unterbrach die Verhandlung für eine Stunde. In der Zwischenzeit solle sie ihre Aussage sorgfältig überdenken; sie könne ergänzen und richtigstellen, sprach er mahnend auf sie ein, während er schon überlegte, welches der drei heute zur Wahl stehenden Kantinengerichte seinen Magen füllen würde.
Wir erhoben uns von unseren Sitzen und die 9. Strafkammer verließ mit bedeutungsvollen Mienen und in würdevoller Haltung den ehrwürdigen Raum, in dem die Wahrheit schonungslos ans Tageslicht gezerrt wird und mancher bekommt, was ihm gebührt, und mancher das Gegenteil.
Ich erklärte Kussowski, ich müsse schnell noch etwas erledigen, und begab mich hastig auf den Parkplatz, um kurz darauf in meinem Büro zu sein. Ich rannte die Treppe in meine Privatwohnung hinauf und zog aus der Bücherwand sechs große Kunstdruckbände. Aus dem Vermeer schnitt ich ein drei Zentimeter langes und breites Stück aus, die gelbe Mauerecke aus dem Bild „Ansicht von Delft“, die schon Proust bezaubert hatte. Dann schnappte ich mir den Band der Rembrandtgemälde, den ich mir als Student vom Munde abgespart hatte, und schnitt aus dem Abdruck seines Selbstbildnisses aus dem Jahr 1657 den Teil mit dem schwarzen Kragen heraus. Aus einem großformatigen Sammelband mit flämischen Meistern rupfte ich ein Stück des Columba-Altars von dessen rechtem Flügel und schließlich griff ich mit blutendem Herzen nach meinem Lieblingsband, Fraengers „Grünewald“, den ich antiquarisch, mit eigenhändiger Widmung des Autors versehen, erworben hatte. Aber Opfer für die gute Sache müssen manchmal sein. Ich wählte die Hand mit dem ausgestreckten Zeigefinger Johannes des Täufers aus dem Mittelstück des Isenheimer Altars und schnitt besonders säuberlich aus; vielleicht konnte ich meine Schandtat später reparieren. Neben dem

Kopf des auf den Gekreuzigten weisenden Johannes hatte der Meister den Satz geschrieben: „Illum crescere oportet, me autem minui", was soviel bedeutet wie: „Jener muss wachsen, ich muss abnehmen." Ein schöner Gedanke, und weniger uneigennützig, als er scheint, denn der, der sich in Demut übt, will hierdurch erhöht werden. Was war mein kleines unbedeutendes Opfer schon gegen solche? Jeder, wie er kann, tue sein Werk und folge mir nach, jeder kriegt sein Fett weg oder seine Ölung ab. Dann hatte ich noch eine Idee. Die Zeugin war offensichtlich Caravaggiospezialistin. Sie würde alles genauestens kennen, was über ihn und seinen Umkreis bekannt war und mit ihm in Zusammenhang stand. Als einer seiner lombardischen Vorgänger darf Vincenzo Foppa gelten. Der Renaissance zuzuordnen, hatte er den typischen lombardischen Realismus geprägt, den Caravaggio später fast pervertierend auf die Spitze treiben sollte. Erbarmungslos schnitt ich aus meinem Band italienischer Renaissance das Bruststück einer Madonnendarstellung des Lombarden Vincenzo Foppa heraus. Aus einem Picassoband wählte ich ein Stück Steinfelsen aus dem Nachtstück in Antibes, dem mir liebsten Picassogemälde, damit die Moderne, wenn auch nur die klassische, nicht zu kurz kam. Denn schließlich leben wir jetzt und nicht in kultureller Hochblüte. Ich packte die beschädigten Folianten in einen großen Koffer, die Ausschnitte steckte ich in einen gesonderten DIN-A4-Umschlag und fuhr zurück ins Gericht. Unterwegs hielt ich an einer hölzernen Imbissbude auf Rädern, aß hastig eine pappschälern servierte Portion Pommes frites mit einer Currywurst und goss eine Flasche Cola hinterher. Die Zeit drängte.
Pünktlich um 13.00 Uhr setzte Dr. Legatz die Verhandlung fort. Wir erhoben uns, die Zeugin stand in der Mitte. Dr. Legatz fragte sie, ob sie noch etwas sagen wolle. Als sie verneinte, bat ich ums Wort, um noch eine Frage zu stellen. Ich griff die letzte Bemerkung der Zeugin auf und erklärte: „Sie haben gesagt, Sie würden mühelos ein zehn Quadratzentimeter großes Stück jedem bekannten Bild zuordnen können. Ich habe hier sechs Stücke, die ich Sie bitte, zuzuordnen."
Ich hielt die Schnitte in Richtung Richtertheke und legte sie dann auf dem Pult, hinter dem die Zeugin saß, ab.
Gallo protestierte: „Was sollen denn diese Anwaltsmätzchen? Wir sind

doch hier nicht in Amerika. Die Fragen sind unzulässig, Herr Vorsitzender."

Dr. Legatz schmunzelte. Ich erwiderte in seine Richtung: „Es geht um die Glaubwürdigkeit der Zeugin; ich möchte mit meiner Frage Aufklärung bringen."

Dr. Legatz wollte meine Proben sehen. Für ihn waren dies nur Teile eines Puzzlespiels, abstrakte Formen und Farben, ohne Zusammenhang. Er bat mich fortzufahren. Der Leitende Oberstaatsanwalt Galbitsch-Loser intervenierte erneut. „Diese Schmierenkomödie ist eine Frechheit!", polterte er los. Ich erwiderte in aller Ruhe: „Mäßigen Sie sich mal ein bisschen. Wir sind hier nicht auf einem Ihrer Verbindungsabende, sondern vor Gericht."

„Meine Herren!", tönte Dr. Legatz' Stimme laut durch den Raum. „Jetzt ist Schluss! Sie können sich draußen die Köpfe einschlagen, hier in meinem Gericht benehmen Sie sich anständig, und das geht nicht nur an Sie, Herr Verteidiger, das gilt ebenso für den Herrn Staatsanwalt, und jetzt wünsche ich, dass Sie fortfahren."

Die Zeugin benannte mühelos und ohne zu überlegen für jeden Bildausschnitt den Maler und das Werk, aus dem er stammte. Selbst die Madonna Foppas, dessen Namen mir gut gefiel, hatte sie erkannt.

„Boa", sagte Kussowski bewundernd neben mir und auch das Gericht war beeindruckt, als ich die Folianten zur Richtertheke schleppte und die 9. Strafkammer staunend die Richtigkeit der Zeugenaussage überprüfte.

„Haben Sie mit dem Herrn Verteidiger vor Ihrer Vernehmung oder in der Verhandlungspause gesprochen?", krähte Gallo plötzlich in die ehrfurchtsvolle Stille.

„Nein", sagte die Zeugin, schaute mich an, dass mir ganz warm ums Herz wurde, und fuhr fort: „Wir sehen uns hier zum ersten Mal. Ich habe nicht mit dem Verteidiger gesprochen."

Ich drohte Gallo mit meinem rechten Zeigefinger, während Dr. Legatz noch mit den Folianten beschäftigt war, und dachte an den Zeigefinger Johannis.

Die Zeugin wurde vereidigt. Nach ihrer Wahl ohne religiöse Beteuerung schwor sie, nach bestem Wissen die reine Wahrheit gesagt und nichts verschwiegen zu haben. Dr. Legatz erklärte ihr, sie könne gehen oder hierbleiben, ihre Vernehmung sei beendet. Die Zeugin nahm auf einem für die Öffentlichkeit bestimmten Stuhl Platz und blieb. Kussowski raunte mir zu: „Alle Achtung, Doc, das ist verdammt gut gelaufen", während der Zeuge Bunsch hereingerufen wurde und mir eher mulmig zumute war.

Bunsch war der pseudo-eloquente Typus des perfekten Versicherungsvertreters. Nachdem er zweimal durch das erste juristische Staatsexamen gefallen war, hatte er nach dem Besuch einiger Schnellkurse die Bestände einer bestehenden Versicherungsagentur, dessen Betreiber an Herzverfettung plötzlich verstorben war, übernommen und in kürzester Zeit verdoppelt. Bunsch hatte die Fähigkeit, jedem alles verkaufen zu können, und so konnte er sich den Traum von einem schneeweißen gebrauchten Porsche schon nach einem halben Jahr seiner Tätigkeit erfüllen. Bunsch kleidete sich stets, wie er es nannte, „englisch". Zu seinen aus der Stirn straff zurückgekämmten und mit Gel befestigten Haaren, die er im Nacken 3 Zentimeter über den Kragen stehen ließ, trug er stets dezent karierte oder gestreifte Hemden von Cottonfield, Harris-Tweed-Sakkos von Windsor und gepflegte Cordhosen von Burberry. Seine Füße steckte er in braune Budapester von Dinkelacker. Denn seine Leidenschaft waren Markenartikel. Bunsch redete wie ein Wasserfall. Auch bei seiner Vernehmung war das nicht anders. Dr. Legatz musste ihn ab und zu aufs Wesentliche zurückführen. Bunsch beschrieb den Vorfall mit allen für die Anklage wünschenswerten Einzelheiten. Dann den Täter, dessen Jeansanzug — „wahrscheinlich von Wrangler, dem Schnitt nach zu urteilen" — das weiße T-Shirt von Levis und die schönen markanten Stiefel, die er fast anpries, als wollte er sie verkaufen. Statt Versicherungen hätte Bunsch auch Autos, Kleidung, Staubsauger oder seine Mutter verkaufen können. Ohne Zweifel lagen hier seine außerordentlichen Talente. „Zweifellos Handarbeit, handvernäht, der vielleicht sechs Zentimeter hohe Absatz leicht nach innen gewinkelt, Farbe schwarz, vorne spitz. Ein Bild von einem Stiefel, der jeden Mann, der ihn trägt, zu einem Helden macht und bei denen man an die Weiten der Prärie denkt."
Bei seiner Beschreibung war kein Halten mehr. Dr. Legatz, dem es ent-

weder zu dumm oder zu langweilig wurde, hakte ein: „Haben Sie auch das Gesicht des Täters gesehen?“
Bunsch antwortete: „Ich habe dem Täter mehrere Sekunden lang voll ins Gesicht gesehen. Zunächst sah ich ihn seitlich. Als er mich bemerkte, drehte er sein Gesicht zu mir und starrte mir mit ekelhaft verzerrtem Blick mehrere Sekunden in die Augen. Wie lange das war, weiß ich nicht. Es kam mir vor wie eine Ewigkeit. Ich habe nicht auf meine Timex geschaut, aber den Anblick werde ich nie mehr vergessen. Ich hatte furchtbare Angst. Da sitzt der Mann, ich erkenne ihn wieder!“
Dr. Legatz fragte nach: „Haben Sie irgendeinen Zweifel, dass der Angeklagte der Täter ist?“
Bunsch antwortete, sich erstmals während seiner Aussage kurzfassend, klar und bestimmt mit: „Nein, ohne irgendeinen Zweifel.“
Ich spürte Kussowski neben mir unruhig werden und befürchtete einen Wutausbruch. Ich legte meine linke Hand auf seinen rechten Unterarm und zischte ihm flüsternd zu: „Bleiben Sie ruhig! Ich muss mich jetzt voll konzentrieren und kann mich nicht auch noch um Sie kümmern.“
Kussowski entspannte sich wieder. Staatsanwalt Gallo hatte keine weiteren Fragen und nun war ich an der Reihe.
„Sie befanden sich circa 10 bis 15 Meter entfernt von dem Tatort. Wieso befanden Sie sich zu dieser Zeit an diesem Ort?“
„Ich habe, wie oft am Sonntag, in der irischen Kneipe ein Guinness getrunken und eine kleine Portion Welsh Rare-Bits gegessen. Ich verließ das Lokal und ging nicht sofort nach Hause, sondern noch einige Schritte in Richtung Innenstadt.“
Und jetzt leitete mich ein guter Instinkt. „Wieso?“, fragte ich.
Bunsch errötete und antwortete: „Ich wollte Kleingeld wechseln.“
„Wieso wollten Sie Kleingeld wechseln?“
Bunsch druckste herum: „Ich wüsste nicht, was das mit meinen Beobachtungen zu tun hat.“
Bevor Dr. Legatz ihn maßregeln konnte, fragte ich schnell weiter, um Bunsch abzulenken und im Fluss zu bleiben: „Wo stand die Sonne?“
„Hinter dem Täter, sie war links von mir und beschien den Tatort.“
„Haben Sie mit dem Staatsanwalt über Ihre Aussage gesprochen?“, fragte ich und grinste dabei in Gallos Richtung, der prompt vor Wut zitterte.

„Selbstverständlich", antwortete Bunsch. Ich konnte mir nicht verkneifen, Gallo noch ein bisschen zu ärgern und ihm seine Unverschämtheit bei der Befragung der Zeugin zu vergelten. „Über was denn?"
„Dasselbe, was ich hier aussage."
„In Absprache mit der Staatsanwaltschaft?"
Dr. Legatz und Gallo zeterten vereint los, ich möge mich mäßigen und ungebührliche Fragen unterlassen usw. Kussowski erfreute sich an dem aufgebrachten Tumult. Als sich alles wieder beruhigt hatte, fuhr ich fort und wiederholte, was mich eigentlich interessierte: „Zu welchem Zweck wollten Sie Geld wechseln? Das hätten Sie auch in der Kneipe tun können."
„Ich wollte in ein Fünfmarkstück wechseln", erwiderte Bunsch und wirkte verunsichert. „Das wollte ich in einem Café, das sich etwa 200 Meter weiter oben in der Fußgängerzone befindet."
Ich wiederholte meine Frage ein drittes Mal. Bunsch errötete noch mehr und erklärte aufgebracht: „Was geht Sie das denn überhaupt an?"
Dr. Legatz bat ihn, die Frage zu beantworten. Und jetzt sprudelte es wieder aus Bunsch heraus. Er habe, nachdem er gegessen habe, Kondome in der Toilette des Lokals ziehen wollen und zwar De Luxe Gold mit Himbeergeschmack von Erotflex. Dort habe er vor dem Automaten festgestellt, dass er nur Ein- und Zweimarkstücke hatte und nicht das erforderliche Fünfmarkstück. Es sei ihm peinlich gewesen, drinnen das Geld zu wechseln. Dort sei er allgemein bekannt und bestimmt hätte einer der zwei Gäste an der Theke oder der Wirt, der ihn seit Jahren kenne, vermutet, wozu er ein Fünfmarkstück brauche – schließlich gehe es niemanden etwas an, wie er seine Sonntagnachmittage gestalte. Er sei um 15.00 Uhr mit seiner Verlobten verabredet gewesen. Deshalb habe er dem Wirt gesagt, er wolle sich bei dem schönen Wetter noch etwas die Beine vertreten, er komme nachher noch mal vorbei, um einen Irish Coffee zu trinken, dann hätte er sich unauffällig das Gewünschte beschaffen können, bevor er nach Hause ging. Dazu sei es dann nicht mehr gekommen, denn während er auf die Fußgängerzone zuging, habe sich dort der Mord ereignet. Die Verabredung mit seiner Verlobten habe er nicht einhalten können, obwohl der Nachmittag noch sehr schön hätte werden können, weil er stattdessen das Verbrecheralbum in den sehr praktischen Leitzord-

nern gewälzt habe, in denen er nach einigen Stunden Kussowski erkannte. Offensichtlich hatte ich ein heikles Thema berührt, und außer dass mir Bunschs spießige neurotische Schamhaftigkeit Vergnügen bereitete, schaute die übergewichtige Schöffin den Zeugen skeptisch herablassend an. Vielleicht hatte sie schlechte Erfahrungen mit Versicherungsvertretern gemacht. Rundum versichert war sie gewiss, nur gegen Übergewicht gibt es keine Versicherung. Hier ist jeder selbst gefragt. Ich setzte noch mal quälerisch nach und weidete mich an Bunschs Verklemmtheit: „Ziehen Sie dort öfters im Geheimen Präservative?"

Es war eine Art unbewusste Hellsichtigkeit; die Bedeutung und Tragweite weder meiner Frage noch seiner Antwort war mir in diesem Moment klar.

„Regelmäßig jeden Sonntag", stieß es geduckt und gepresst aus ihm hervor. Ich war jetzt mittendrin im Geschehen und fast außerhalb meiner selbst. Meine Nackenmuskeln hatten sich als Folge der Überkonzentration leicht verkrampft, und die Anspannung würde wahrscheinlich mit einer mehr oder weniger heftigen Migräneattacke, die sich manchmal, aber selten bei mir einstellte, bezahlt werden. Kussowski konnte ich jetzt nicht mehr im Auge und unter Kontrolle behalten. Ich spürte seine aufkeimende Wut und die dagegen ankämpfende Beherrschung für einige Sekunden. Er schien meinem Rat zu folgen und ich setzte die Befragung fort, indem ich Bunsch mit der Aussage der Zeugin konfrontierte: „Wie erklären Sie sich, dass die Zeugin eben beschworen hat, sicher zu sein, dass mein Mandant nicht der Täter ist?", und sah aus den Augenwinkeln, wie Gallo den Kopf schüttelte und sich Dr. Legatz, den Zeugen fixierend, angespannt vorbeugte.

„Ich habe keine Zeugin gesehen", antwortete Bunsch. „Vielleicht war sie zu weit weg oder gar nicht da. Ich bin mir tausendprozentig sicher, dass der Mann da neben Ihnen der Täter ist."

Ich war mit meiner Befragung und Kussowski mit seiner Beherrschung am Ende angelangt. „Was soll die Lügerei?", brüllte er unvermittelt los. „Was haben Sie davon?" schrie er hinterher. Dr. Legatz schrie zurück: „Wenn Sie sich hier noch einen Gefühlsausbruch erlauben, verhänge ich eine Ordnungsstrafe und wenn das dann immer noch nicht reicht, lasse ich Sie aus dem Raum entfernen!"

Ich trat flegelhaft unter dem Tisch, so kräftig ich konnte, gegen Kussowskis rechtes Schienbein, denn auch ich kann impulsiv werden, und hoffte, dass ihn der Schmerz von seiner Wut ablenken würde. Gesittet über dem Tisch erklärte ich, man möge Nachsicht mit meinem Mandanten haben, die Anspannung sei begreiflicherweise sehr groß. Ich bat um Entschuldigung und versicherte, dass Derartiges nicht mehr vorkommen würde. Zu Kussowski, der sich das Schienbein rieb, flüsterte ich: „Verdammt noch mal, um Gottes willen, Sie müssen hier ruhig bleiben und nicht den Jähzornigen markieren." Denn wohl als Folge meiner gescheiterten Erziehung auf einer übermäßig strengen katholischen Pseudoeliteschule führe ich den Namen des Herrn selten ohne einen Fluch im Munde. Kussowski schämte sich. Er schaute nach unten und war errötet, während das Schwurgericht fragte, ob auf Vereidigung verzichtet werde. Diesmal spielten wir das Spiel umgekehrt. Ich verzichtete, Gallo forderte. Unsere Motive waren dieselben wie bei der vorherigen Vernehmung, mit umgekehrten Vorzeichen. Bunsch bekräftigte seine Aussage mit der religiösen Eidesformel: „Ich schwöre es, so wahr mir Gott helfe."

Dr. Legatz und ich gehören zu den Wenigen, die den wahren Sinn dieser Formel kennen. Sie beinhaltet eine Selbstverfluchung für den Fall, dass der Schwörende nicht die Wahrheit sagt. Ihr Sinn ist ins Neudeutsche übersetzt etwa: „Wenn ich jetzt lüge, soll mir Gott nicht mehr helfen." Ob Gott überhaupt jemandem hilft, ist schon sehr fraglich. Weniger zu bezweifeln war leider der Wahrheitsgehalt von Bunschs Aussage. Er hatte derart eindeutig seine Beobachtung beschrieben, dass dem Gericht wohl nichts anderes übrig blieb, als sie für wahr zu erachten. Aber was war der Inhalt seiner Aussage, der erwiesen war? Dass Bunsch Kussowski ohne Zweifel identifiziert hatte. Nicht mehr und nicht weniger. Dem entgegen stand die Erkenntnis der Zeugin. Welcher der Vorzug zu geben sei, hatte die 9. Strafkammer zu ihrer Überzeugung festzustellen. Ihr Urteil würde Wahrheit schaffen. Wahrnehmung gegen Wahrnehmung – welche war die wahre?

Mir fiel noch eine Frage ein, die ich im Nachhinein besser nicht gestellt hätte, und ich bat noch einmal um das Wort: „Herr Bunsch, tragen Sie eine Brille?"

„Nein", antwortete Bunsch, „meine Sehschärfe ist ausgezeichnet. Ich gehe manchmal mit meinen Kunden auf die Jagd und habe schon manchen Zwölfender im Lauf erlegt. Ich gelte als besonders treffsicher."
Gallo freute sich und nickte mir beifällig grinsend zu. Dr. Legatz fragte, ob es noch Beweisanträge gäbe oder die Beweisaufnahme geschlossen werden könne. Gallo hatte keine Beweisanträge; ich erklärte, ich bräuchte Bedenkzeit und würde möglicherweise noch welche stellen. Dr. Legatz terminierte auf kommenden Montag, den 2.10.1995, 9.00 Uhr, und schloss die Verhandlung.

Ich war ausgelaugt, die Spannung fiel langsam von mir ab und ein leichter Kopfschmerz stellte sich ein. Sechs Stunden äußerste Konzentration mit einer hektischen Pause forderten ihren Tribut. Gallo ging es nicht anders. Er wischte sich mit einem seidenen Taschentuch, das sicher mit irgendeinem exotischen Wohlgeruch beträufelt war, die feuchte Stirn, während Kussowski die Handschellen angelegt wurden. „Wie war's, Doc?", fragte er mich, als er eingerahmt von seinen Wächtern neben mir zum Aufzug ging. Als wir in den Gerichtskatakomben allein in einer Zelle auf seinen Abtransport warteten, sprachen wir kurz die Verhandlung des heutigen Tages durch. Kussowski war keineswegs dumm. Er hatte erfasst, wo die Probleme lagen, ich brauchte kaum etwas zu erklären und wir witterten beide dünne Morgenluft am Horizont. Die Lage war schwierig, aber nicht aussichtslos. Gegenüber der hochbegabten Zeugin wirkte Bunsch fast minderbemittelt. Die Vorstellung mit den Kunstdruckfragmenten war überzeugend. Dagegen hätte ich mir meine letzte dilettantische Frage an Bunsch besser gespart. Das eben ist das Problem der Zeugenbefragung. Immer besteht die Gefahr, dass der Zeuge unerwartete Zusätze zum Besten gibt, die seine Aussage in eine der Verteidigung unerwünschte Richtung führen. So auch seine Antwort, er sei ein guter Jagdschütze. Die richtigen Fragen kann man allenfalls stellen, wenn man jede Kleinigkeit an dem Zeugen beobachtet, ähnlich wie in einem Pokerspiel. Die Anspannung einer Hauptverhandlung ist nicht anders als die einer spätmitternächtlichen Pokerrunde, wenn sich das Spiel dem Höhepunkt nähert und einer den runden Tisch verlassen wird, nachdem er Haus und Hof verspielt hat, während der andere als

reicher Mann nach Hause geht. Was war überzeugender: Der geschärfte Blick des Hobbywaidmanns und seine Jagderfolge, der effizient seine Mitmenschen gegen alle möglichen Widrigkeiten versicherte, oder der der übergeschulten Kunsthistorikerin, die der Welt eine neue Caravaggiozuschreibung geschenkt hatte?
Ich gab Kussowski die Hand und fuhr mit dem Aufzug nach oben. Es war kurz vor 17.00 Uhr. Wir hatten etwa eine halbe Stunde miteinander gesprochen. Das Gericht war leer. Während ich meinen Koffer mit den beschädigten Kunstbänden durch die endlosen Gerichtsflure zum Ausgang schleppte, spürte ich plötzlich eine Hand auf meiner rechten Schulter. Die Zeugin ging neben mir und fragte mich, mehr feststellend, ohne irgendeine Einleitung: „Das Gericht hat mir nicht geglaubt?"
Sie entsprach keinem landläufigen Schönheitsideal, aber ihre selbstsichere Art und ihre exotischen äußeren Züge waren ungewöhnlich attraktiv. Ich antwortete: „Schusssicherheit gegen die Macht der Bildung. Wem gebührt der Vorrang?", und entlockte ihr damit ein Lächeln. Ich äußerte kurz, es gäbe keinen Anlass zu zweifeln, dass sie die Ereignisse so beobachtet hatte, wie es ihren Bekundungen entsprach. Sie verstand sofort, wie wenig sich aus meiner Feststellung für das Prozessergebnis ableiten ließ. Als Anwalt beherrscht man die das Wesentliche offenlassende Antwort, die man schließlich fast jedem Mandanten geben muss, wenn er wissen will, ob das Gericht zu seinen Gunsten entscheiden wird. Ich erklärte der Zeugin, die mir immer besser gefiel, ich sei bereit, mit ihr über den Prozess zu sprechen, dies sollten wir aber nicht an diesem Ort tun, denn wenn einer der Prozessbeteiligten uns hier im Gespräch sähe, gäbe dies wieder Anlass zu vermeidbaren Friktionen. Ich fragte sie, ob wir nicht irgendwo einen Kaffee zusammen trinken sollten. Sie lehnte mit der Bemerkung ab, ihr Verlobter warte auf sie, sie sei schon viel zu spät dran, und wir verabschiedeten uns. Solche Frauen sind immer entweder verheiratet oder verlobt oder leben wenigstens in einer festen, schönen und hoffnungsvollen Beziehung. Wenigstens wird man hierdurch der Wahl zwischen Sublimierung und Erfüllung enthoben, stellte ich mit zartbitterer Selbstironie fest.

Ich trug den schweren Koffer in meinen Wagen und machte mich dann, wenigstens von materiellen Lasten unbeschwert, zu meinem Stammbistro auf den Weg, weil ich dringend ein Glas Wasser und einen Espresso brauchte. Auf dem Weg setzte das unangenehme Gefühl einer starken Deprivation ein; ich fühlte mich nicht nur einsam, von mir selbst, Gott und den Menschen verlassen, sondern auch dem alltäglichen Freitagabendtreiben um mich herum nicht mehr zugehörig. Während jedermann hastig oder schlendernd Besorgungen fürs Wochenende vornahm, vielleicht den Speiseplan durchdachte oder nach einem geruhsamen Büroalltag erwartungsvoll dem Schoß seiner Familie zustrebte und zwei Tage der Gemütlichkeit in seiner privaten Umgebung vor sich hatte, war ich dafür mitverantwortlich, wie die weitere Existenz eines mir anvertrauten Mandanten verlaufen würde. Wie der vergessene, ohnehin nur von wenigen Initiierten verstandene Dichter dichtete:

„Wer niemals am bruder den fleck für den dolchstoss bemass
Wie leicht ist sein leben und wie dünn das gedachte
Dem der von des schierlings betäubenden körnern nicht ass!
O wüsstet ihr wie ich euch alle ein wenig verachte!"

um das Gefühl dessen zu beschreiben, der unmittelbar vor den letzten schrecklichen Entscheidungen steht. Aber Grund zur Unbescheidenheit hatte ich zu diesem Zeitpunkt gewiss noch nicht. Und der Zarathustrablick vom hohen Berg herab hat bisher noch keinem geholfen. Also trank ich meinen Espresso mit dem obligatorischen Leitungswasser, den ich nicht mehr ausdrücklich ordern musste, sondern stillschweigend erhielt, und bestellte mir einen Salat mit Artischockenherzen, ein Entrecôte halb durch und eine Sauerrahmkartoffel. Dazu trank ich ein Glas Rotwein, das etwa halb so viel kostete wie der Rest der Mahlzeit, dafür aber mindestens doppelt so gut war. Denn seit Tagen hatte ich nur noch ohne Interesse widerwillig und achtlos irgendetwas zu mir genommen, obwohl es mir an sich durchaus widerstrebt und unnatürlich erscheint, einen existenziellen Vorgang, der lustvoll sein kann, auf das Notwendige reduziert und lustlos zu gestalten.

Bei den wenigen anderen ähnlichen größeren Strafverfahren hatte ich in kurzer Zeit so viel Gewicht verloren, dass ich bald ähnlich abgezehrt und kränklich aussah wie meine von der Gefängnisküche gequälten Mandanten oder wie eine schlechte Karikatur des kranken Bacchus, als den sich Caravaggio wahrscheinlich selbst porträtiert hat. Auch reduzierte sich während dieser Zeiten mein Schlafbedürfnis, ich kam mit fünf bis sechs Stunden statt der üblichen neun aus. Dafür wurden zwar meine Augen umringt, sahen aber die Dinge schärfer, gewissermaßen in caravaggesker Dauerbeleuchtung. Lange ließen sich solche Zustände nicht durchhalten und ich fragte mich, wie Zülpiger damit umging. Wahrscheinlich war seine psychische Konstitution wesentlich robuster als meine, seine Nervenstärke und die Routine taten ihr Übriges. Niemals routiniert werden, dachte ich, Routine tötet nicht nur die Poesie, sondern vor allem die Fantasie und damit alle Kreativität.
Zülpiger hätte die Verteidigung wahrscheinlich grundsätzlich anders aufgebaut, und Kussowski wäre vielleicht besser bedient gewesen. Warum nur hatte ich mich auf diese Pflichtverteidigung eingelassen? Ausstiegschancen hatte es mehr als genug gegeben. Hatte mich nur Zülpigers Auftritt gereizt? Kunstbände hätte er kaum zerstört. Er hätte Kussowski wahrscheinlich zu einem frühen Geständnis überredet, nachdem er mit Gallo und Dr. Legatz einen Deal geschlossen hätte, wie es im ekelhaften Anglogermanisch heißt. Totschlag im Affekt bei alkoholbedingter verminderter Zurechnungsfähigkeit mit strafmilderndem Geständnis und bei voller Einsicht in das Unrecht der Tat. Dafür angesichts erheblicher Vorstrafen: Viereinhalb Jahre Freiheitsstrafe mit der Chance des Halbstrafenerlasses, jedenfalls fast sicherem Eindrittelerlass. Kussowski wäre nach spätestens zwei Jahren und acht Monaten wieder in Freiheit gewesen, und Emma, um die sich wahrscheinlich niemand gekümmert hätte, wäre im Tierheim gestorben. Denn Deals mit der Staatsanwaltschaft waren eine von Zülpigers Spezialitäten. In der Tat kannte er alle und jeden aus der Justizszene.
Als er vor zwei Jahren sein Büro in die Stadtmitte in ein postmodernes Gebäude mit einer abstrusen Baukonstruktion aus Stahl, Marmor und Glas verlegt hatte, waren alle von Rang und Namen, meist in schwarzen Anzügen, zu seiner Einstandsfeier erschienen: Neben meh-

reren Gefängnisdirektoren die Präsidenten mehrerer Landgerichte, die Vorsitzenden der Strafkammern und Strafsenate, ein Großteil der bedeutenderen Staatsanwälte und einige einschlägige Kollegen der Anwaltschaft, mit denen Zülpiger zusammenarbeitete. Zülpiger hatte eine Zigeunerkapelle waschechter Ghilabari aus Rumänien einfliegen lassen, die in seiner beeindruckend großen Bürovorhalle auf einem Boden aus weißem Marmor und vor gläsernen Wänden aufspielten, und von zwei Sterneköchen ein „makrobiotisches Fastfood-Buffet" kreieren lassen, dessen Höhepunkte Hotdogs mit kaviargefüllten Würstchen und Chili-Kirschtomaten-Ketchup, Reibekuchen mit kanadischem Wildlachs in Aspik und frittierte Fischstäbchen aus gepresstem Hummer von der Ile de Ré mit getrüffelter Ingwermayonnaise waren. Dazu floss Champagner, den er kistenweise, allerdings nicht aus Le Mesnil-sur-Oger, von wo ich schon mal ein Kistchen bezog, sondern aus Troyes inspediert hatte. Pro Gast waren zwei Flaschen kalkuliert, und diese Kalkulation ging fast auf, denn in der Strafrechtspflege trinkt man allgemein gerne etwas Gutes und dann auch nicht wenig. Die Einladungskarten hatte er zur Belustigung der Gäste als Ladung zu einer strafrechtlichen Hauptverhandlung, bei der die jeweils eingeladene Person als Angeklagter bezeichnet war, formuliert. Auch Zülpiger und seine Gäste haben nämlich irgendeinen Humor. Die Veranstaltung brachte ihm neben einem Pressebericht in der Lokalzeitung, in dem das schnelle und virtuose Spiel der rumänischen Kapelle als kulturelles Ereignis gerühmt wurde, einen aufgesprühten Graffitispruch auf der Glasfront ein: „Ein Rom spielt nicht für die Gadsche", den ein stolzer, nie ermittelter Rom nächtlich dort angebracht hatte und der nur schwer und mit großen Mühen und Kosten von einer Spezialfirma wieder entfernt werden konnte. Dr. Legatz und Gallo waren selbstverständlich unter den Gästen gewesen. Ihre Kommunikationsbereitschaft gegenüber Zülpiger war sicher nicht mit der zu mir vergleichbar. Aber ein spätes Geständnis war immer noch drin.

Inzwischen war ich zwar satt, fühlte mich aber hundeelend. Hundeelend! Kussowski hatte mir eingeschärft, Emma nie länger als fünf Stunden allein zu lassen; jetzt war sie schon über neun Stunden ohne direkte Betreuung und Ansprache! Ich bestellte noch einen Espresso und einen

Grappa, zahlte und machte mich auf den Weg. Die blaue Stunde hatte eingesetzt. Die mir liebste Zeit, wenn der Tag noch nicht Nacht oder frühmorgens die Nacht noch nicht Tag ist. Ähnlich fühlte ich mich in der gemäßigten Jahreszeit wie Frühling und Herbst, also zu Zeiten wie jetzt, am wohlsten. Der nicht mehr feste Übergang, die langsame Auflösung und der Neubeginn, das Schwebende und doch scharf Konturierte, die unbestimmte Schärfe.

„...was geliebt werden kann am Menschen, das ist,
dass er ein Übergang und ein Untergang ist",

hatte Pulverkopf weitergehend formuliert. Mein Sternzeichen ist die Waage und mein Aszendent ebenso. Ich diene der Gerechtigkeit, dem schwebenden Ausgleich sich widerstreitender Interessen. Nicht Freispruch um jeden Preis, nicht Gewinnen ohne Rücksicht auf Verluste. Das, was ich tue, muss, wie schwebend auch immer, seinen Sinn behalten. Die Ergebnisse dürfen nicht falsch sein, sonst verfälschen meine Mittel den Zweck. Hoffentlich hatte ich Kussowski nicht schon ein paar Jahre mehr eingebracht, befiel mich ein angstvoller, sich bis in die Eingeweide klemmender Gedanke, den ich sofort verdrängte, so gut es ging.

Auf der Rückfahrt machte ich kurz einen Umweg in die Südstadt und hielt beim Großmarkt vor Luigis Laden. Luigi war freitags manchmal länger da, um die Bestände und Fehlbestände aufzunehmen. Ich klopfte an die Scheibe der verschlossenen Tür und, als sich nichts tat, heftiger mit meinem Schlüsselbund. Daraufhin brüllte von innen eine unwillige Stimme: „Chiuso!"
Ich klopfte weiter und dann kam Luigi mit finsterer Miene, die unvermeidliche unförmige verdreckte Kappe auf seiner Halbglatze, mit unrasiertem Gesicht herangeschlurft. Sein verflecktes, ehemals weißes Unterhemd hing schlabberig über dem, was vor langer Zeit einmal eine Taille gewesen war und jetzt einen vorgewölbten Bauch bildete, unter dem die viel zu weite Hose heruntergerutscht war. Als er mich sah, erhellte sich seine finstere Miene, er drehte den Schlüssel um, zog mich an der Schulter herein und gab mir einen schmatzenden Kuss auf die Backe. Ich

mag keine Zärtlichkeit unter Männern, aber bei Luigi musste man und konnte ich darüber hinwegsehen. Es entsprach einfach seiner Mentalität und kam aus archaischen, tieferen Schichten als die konventionellen Begrüßungszärtlichkeiten der etablierten Spaßgesellschaft. „Buona sera, Dottore Avocado, wie schön!“, sagte er, denn er findet es witzig, mich als Gemüse zu bezeichnen.

„Hallo, ich brauche was richtig Gutes zum Essen.“

„Klar“, sagte er. „Ich habe in der Zeitung gelesen, was du gerade machst. Du siehst schlecht aus.“

Anscheinend waren die Pressevertreter im Zuschauerraum nicht untätig gewesen. Für eine kleine Notiz, die mir freilich keine neuen Mandanten brachte, jedoch mich denen, die mich schon kannten, in Erinnerung rief, würde es wohl gereicht haben. Aber das Gefühl, dass die freitäglich beschäftigten Menschen, die mir heute begegnet waren, wahrscheinlich alle den Artikel gelesen hatten und, während sie an mir vorübergingen, nicht wussten, dass ich der dort erwähnte Verteidiger war, schmeichelte meiner Eitelkeit und befriedigte mich. Diese Ausgabe wollte ich mir noch besorgen, vergaß es aber später, und dann war sie ausverkauft. Wir gingen die Regale entlang und aus der Kühltruhe beförderte Luigi eine abgepackte Portion Gnocchi hervor.

„Die hat die Signora gemacht, sie sind einmalig. Dazu nimmst du das.“ Und während er Zeige- und Mittelfinger gegen den Daumen legte und die Hand küssend zum Mund führte, um sie sodann in der Luft zu öffnen, reichte er mir einen runden Plastikbehälter mit einer weißen Creme. „Trüffelcreme von weißen Trüffeln mit Ricotta und Sahne, Geheimrezept von meiner Familie, besser geht's nicht mehr. Du kochst die Gnocchi in Wasser, kennst du ja, dann machst du in eine Pfanne ein wenig von diesem Öl, sodass der Boden gerade bedeckt ist“, wobei er mir eine grün-braune Flasche mit Bügelverschluss überreichte, „und erwärmst die Creme kurz, ohne sie aufzukochen. Dann die fertigen Gnocchis rein und hinterher vorsichtig grob geraspelten Pecorino drüber. So was kriegst du nirgendwo, das ist von meinem Onkel aus Palermo.“

Dann holte er noch zwei Flaschen Rotwein ohne Etikett von seiner Schwester aus dem Tessin und eine Flasche Grappa, etwas gekochten, hauchdünn geschnittenen Schinken mit Rosmarin und ein wenig Peco-

rino. Als ich bezahlen wollte, winkte er ab. „Du hast noch was bei mir gut."
Denn ich hatte ihm damals in seinem Mietprozess nicht nur seinen Laden für weitere zehn Jahre erhalten, sondern ihm auch eine erhebliche Schadensersatzforderung durchgesetzt. Eine große Leistung war dies allerdings nicht, denn der Fall war klar und konnte nicht verloren werden.
„Und außerdem habe ich diesen Monat den Gadsche viel Geld abgeknöpft."
Denn Luigi ist nicht nur Italiener, sondern mindestens zur Hälfte auch ein stolzer Rom. Sein Vater war ein italienischer Zigeuner.
„Ich bin auch ein Gajo", sagte ich traurig.
„Du nicht, Dottore, du gehörst nirgendwo hin", erwiderte Luigi und zwickte mich in die Backe. Er gab mir noch einen Strauß frischen Rosmarin mit, dessen Geruch mir sofort wohltätig in die Nase stieg, und wir verabschiedeten uns. Mir tat dieses Zusammentreffen mit einem im wahrhaftigsten Sinn des Wortes normalen Menschen mit einem für mein Verständnis normalen sozialen Hintergrund wohl. Der Kopfschmerz hatte nachgelassen und meine Stimmung hatte sich erheblich verbessert, als ich die Tür zu meinem Wohnbüro aufschloss. Im Grunde meines Herzens bin ich eine Art kosmopolitischer, kleinbürgerlicher, spießiger Provinzler. Mir geht's gut, wenn alles seinen Platz hat, ich im Bistro nicht mehr ausdrücklich bestellen muss und mir jeder Flecken in der Stadt, in der ich lebe, vertraut ist. Ich bin zwei Straßen von hier geboren und bis auf einige weite Reisen und zwei Semester in einer anderen Stadt, in der ich den hiesigen Sing-Sang-Dialekt schmerzhaft vermisst habe, bin ich immer hier gewesen und so wird's bis ans Ende meiner Tage bleiben. Trotzdem fühle ich mich im Türkenviertel, auf der Keupstraße und in der Weidengasse, wo man jedes Gewürz bekommt und die Menschen mit fremder Zunge sprechen, wohler als unter den Einheimischen. Der Übergang und Wechsel geschieht immer und überall, einer Ortsveränderung bedarf es nicht und die wahren Abenteuer ereignen sich sowieso im Kopf. Das wusste auch der in Königsberg festsitzende Bucklige, mit dem mich zu vergleichen ich keinen Anspruch habe, der von dort aus die Welt, oder das, was er dafür hielt, veränderte.

Kein Hund kam mir erfreut seinen Schweif schwenkend entgegen, als ich die Türe aufschloss. Ich polterte besonders laut die Treppe herauf. Emma lag auf dem Sofa und schaute mich von dort aus an, ohne sich zu bewegen. Ich trat in einen großen Haufen Hundekot, den sie mittig in der Küche platziert hatte, und blieb im Türrahmen stehen. Vor dem Sofa lag mein altes geliebtes Kelimkissen, das sie irreparabel in seine Bestandteile zerlegt hatte; das zerrupfte Inlett lag inmitten ringsum verstreuter Daunenfedern. Von meinem Standort und meinem inneren Standpunkt aus sagte ich: „Tut mir leid, ich hätte dich nicht so lange allein lassen dürfen, aber heute ging's nicht anders", und rief ihr alle möglichen Koseworte lockend zu, ohne mich zu bewegen, weil ich wollte, dass sie verzeihend zu mir kam und ich ihr offiziell ebenfalls verzeihen konnte. Die Idee der Gerechtigkeit reicht bis ins Tierreich, vielleicht bis zu den Atomen. Schließlich konnte sie nicht mehr widerstehen, begann mit dem Schwanz zu wedeln, sprang vom Sofa und rannte auf mich zu. Ich ging in die Hocke und streichelte lange und sorgfältig ihren Kopf und den hinteren Nackenansatz, dort wo das Fell am weichsten ist. Emma wedelte sitzend noch ein bisschen weiter und legte ihre wunderschönen, wie von Kajal umrandeten Mandelaugen, die mich angenehm an die Zeugin erinnerten, in wohlige Schlitze. Emma war nicht nur äußerlich zart und zäh, eine Wesenhaftigkeit, die mir zusagte. Nachdem ich die Leine an ihrem Halsband befestigt hatte, gingen wir zweimal um den Block und anschließend in den nahe gelegenen Park. Dort ließ ich sie von der Leine, sie rannte fröhlich drei bis vier Runden und kam dann hechelnd zu mir zurück. Zu Hause beseitigte ich das berechtigt veranstaltete Hundechaos, legte Emmas Lieblingsklavierkonzert auf, bereitete ihr freitägliches Lachsfilet, das sie genüsslich fraß, und probierte Luigis Rotwein. Zu Mozarts Klavierklängen, ergänzt von Emmas lustvollem Geschmatze in derselben Lautstärke, erlebte ich eine Offenbarung, die die Mühsal selbst dieses Tages vergessen machte. Der Wein hatte sicher mehr als zehn Jahre gelagert und gehörte zu den edelsten Gesöffen, die ich mir bis dahin zu Gaumen und Gemüte geführt hatte. Die kommenden zwei Tage würden Erholung bringen und weitere Freuden, die mir Luigi beschert hatte. Danach würde alles ganz anders sein. Oft ist es nur Müdigkeit und Erschöpfung und deren Folge, „die Scham des Denkers vor seiner Philosophie", wie Pulverkopf richtig verkündet, die uns des Optimismus, seiner Möglichkeiten und der Klarheit beraubt. Als die Flasche leer war, ging ich zu Bett und schlief zwölf Stunden traumlos, danach hatte mich die Erde wieder. Bei diesem Prozess war alles anders.

8.

Am Samstag machten Emma und ich einen langen Waldgang. Das Licht stand immer noch tief und die Farben hatten noch an Abstufungen gewonnen. Dann stellte ich in Stichworten die Prozessergebnisse zusammen. Die Sache stand auf der Kippe und neigte sich leicht zu Kussowskis Nachteil. Beide Zeugen waren glaubwürdig. Die Zeugin hatte den Täter zwar kürzer und weniger von ihm gesehen, verfügte aber zweifelsohne über eine erheblich stärkere Beobachtungsgabe als der Zeuge. Vorsorglich, falls es zu einer eher wahrscheinlichen Verurteilung kommen sollte, musste ich Kussowskis eingeschränkte Schuldfähigkeit nachweisen. Hierzu waren Beweisanträge zu formulieren. Der Beweisantrag im Strafprozess zeigt nach meiner Auffassung die Qualität der Verteidigung. Beweisanträge dürfen nur abgelehnt werden, wenn sie unzulässig oder offensichtlich überflüssig sind, wenn die Tatsache, die bewiesen werden soll, für die Entscheidung ohne Bedeutung oder schon erwiesen ist, wenn das Beweismittel völlig ungeeignet oder wenn es unerreichbar ist, wenn der Antrag zum Zweck der Prozessverschleppung gestellt wird oder wenn eine erhebliche Behauptung, die zur Entlastung des Angeklagten bewiesen werden soll, so behandelt werden kann, als wäre die behauptete Tatsache wahr, wie unser geltendes Strafprozessrecht in der ihm eigenen, Wiederholungen nicht scheuenden Diktion trefflich formuliert.

Beweisanträge dienen nicht nur der Ausermittlung, sondern bereiten auch eventuelle Rechtsmittelmöglichkeiten vor. Für Kapitalverbrechen gibt es nur zwei Instanzen und die zweite Instanz ist eine Revisionsinstanz, das heißt, das Urteil wird nur auf Rechtsanwendungsfehler überprüft. Welche Tatsachen der Rechtsanwendung zugrunde liegen, ist dagegen kein Gegenstand, mit dem sich die Revisionsinstanz zu beschäftigen hat. Im Fall fehlerhafter Rechtsanwendung wird an die Vorinstanz zur erneuten Verhandlung zurückverwiesen, wenn noch weitere Tatsachen aufgeklärt werden müssen. Bei leichteren Vergehen gibt es dagegen drei Instanzen. Zwei Instanzen, die die Tatsachen überprüfen und eine letzte Instanz, die lediglich die Rechtsanwendung hinterfragt. Welcher

Logik dieses System folgt, weiß wahrscheinlich niemand; zwingende Gründe für eine Rechtswegverkürzung bei Kapitaldelikten gegenüber Bagatelldelikten werde ich mir nie erklären können. Aber schließlich mache ich keine Gesetze, sondern wende sie an.

Über Beweisanträge hat das Gericht zu beschließen. Wenn hier Fehler passieren, bestehen gute Chancen, erfolgreich gegen das hierauf beruhende Urteil vorzugehen.

Ich formulierte drei Beweisanträge. Kussowskis Saufkumpane aus dem „Halben Stier“ sollten seinen erheblichen Alkoholkonsum im Allgemeinen und am Abend des Tattages bestätigen. Außerdem sollten sie und sämtliche Nachbarn Kussowskis darüber vernommen werden, dass Kussowski niemals die von den beiden Zeugen beschriebenen Stiefel besessen hatte. Mein dritter Antrag war ein Sachverständigengutachten, mit dem ich nachweisen wollte, dass Kussowski als strammer Alkoholiker am Tattag besoffen und schuldunfähig, zumindest vermindert schuldfähig war, um im Falle seiner Verurteilung eine Strafmilderung zu erreichen. Ich hatte mir Namen und Anschrift der zu benennenden Zeugen besorgt und goss die Beweisanträge sorgfältig in eine immer reduziertere Sprache, bis nur noch bei knappstem Raum, wie beim Einkochen einer guten Soße, die Essenz übrig blieb.

Hiermit bewaffnet begab ich mich erholt zur Verhandlung. Kussowski dagegen war alles andere als erholt. Er war kreidebleich bis gelb. Seine Augen schienen aufgrund der schwarzen Ränder tiefer in den Höhlen zu liegen; auf seinem weißen Hemd waren große Schweißflecken unter den Armen zu erkennen. Für die nächste Verhandlung musste ich ihm unbedingt, auch in meinem Interesse, denn er saß unmittelbar neben mir, ein neues besorgen. Während ich stehend die Beweisanträge vorlas und, begleitet von Gallos teilnahmslosem Gesichtsausdruck und Kussowskis bleichem Blick, das Blatt vor Dr. Legatz auf die Richtertheke legte, spürte ich, wie Kussowskis Nervosität auf mich überging. Die Kammer zog sich zur Beratung zurück und beriet über zwei Stunden, während ich mit Kussowski in einer kleinen fensterlosen Zelle neben dem Gerichtssaal, die lediglich eine Bank und ein Waschbecken enthielt, eingeschlossen wurde. Kussowski kannte die Spielregeln, nach denen über Beweisanträge entschieden wurde, ebenso gut wie ich. Falls die Kammer zu dem Ergebnis käme, dass aufgrund der bisherigen Beweislage Kussowskis Täterschaft nicht erwiesen sei, würden die Beweisanträge abgelehnt werden, weil die hierdurch zu beweisenden Tatsachen dann offensichtlich unerheblich waren. Denn wenn Kussowski nicht der Täter war, spielte keine Rolle, ob und wie besoffen er zur Tatzeit war und welche Schuhe er trug. Würde dagegen den Beweisanträgen gefolgt, waren wir sicher, wie die Kammer die Täterfrage beurteilte. Dann ging's nur noch um das Strafmaß; ein Freispruch wäre zumindest unwahrscheinlich. Wir schwiegen lange angespannt, in den Pausen erzählte ich Kussowski irgendwelche Episoden von Emma und spielte die Möglichkeiten durch, wobei ich das Strafmaß immer weiter mit irgendwelchen Argumenten herunterrechnete. Zwischendurch pinkelte Kussowski in das Waschbecken und wir rauchten eine Zigarette nach der anderen, bis der kleine Raum voller Qualm war und unsere Augen tränten. Während ich gerade überlegte, ob Kussowski weinte, wurde die Tür aufgeschlossen und wir wurden wieder in den Gerichtssaal gebracht. Die Kammer verkündete stehend ihren Beschluss. Der Beweisantrag zu den Stiefeln wurde als offensichtlich überflüssig und ungeeignet abgelehnt. Denn nach Ansicht der Kammer konnten die dafür benannten Zeugen nicht bestätigen, dass Kussowski nicht stolzer Besitzer der beschriebenen Stiefel war. Vielleicht hatte er sie nur einmal in seinem Leben für wenige Stunden getragen. Der Frage nach Kussowskis Trinkgewohnheiten wollte die Kammer nachgehen, die Beweisaufnahme sollte am Freitag um 9.00 Uhr fortgesetzt werden. Kussowskis drei Kumpels aus dem „Halben Stier" und dessen Wirt sollten vernommen werden, ein gerichtsmedizinischer Sachverständiger sollte der Kammer ein Gutachten erstellen. Ohne sich zu setzen, verließ die 9. Strafkammer den Sitzungssaal. Die Verlesung meiner Beweisanträge hatte keine halbe Minute gedauert, die Verkündung des Beschlusses etwa zwei Minuten, die Wartezeit dazwischen zwei Stunden. Damit war klar, dass die Kammer von Kussowskis Täterschaft ausging. Kussowski sagte leise und traurig vor sich hin: „Scheiße, das war's."

Gallo strahlte, und die Zeugin, die ich erst jetzt im Zuschauerraum bemerkte, schaute mich oder Kussowski mit erschreckten Augen an. Als ich hinter Kussowski und seinen Wärtern den Saal verlassen wollte, ging

die Zeugin auf mich zu. Ich schüttelte kaum merklich den Kopf, sie verstand und ging an mir vorbei, ohne mich anzusprechen. Kussowski stand schweigsam neben mir im Aufzug. Als ich ihn in die Transportzelle begleitete, bemerkte ich, wie seine Schultern hingen.
„Das war's dann wohl, Doc“ sagte er, als wir nebeneinander allein auf der zerkratzen Bank saßen.
„Nein“, sagte ich, „jetzt geht's erst richtig los“, um in ihm neue Hoffnung zu wecken, ohne dass ich in diesem Moment wusste, wie wahr meine Worte waren.
Ich malte Kussowski in den schillerndsten Farben aus, welche Möglichkeiten wir noch hätten. Ob die Beweiswürdigung, auf die sich die Kammer indirekt festgelegt hatte, einer revisionsrechtlichen Überprüfung standhalten würde, hielt ich zumindest für zweifelhaft. Ich redete ruhig und sachlich auf Kussowski ein, bis er sich endlich wieder fing und ich ihn mit meiner etwas übertrieben zur Schau gestellten Zuversicht infiziert hatte. Das, was ich zu diesem Zeitpunkt für die wahre Wahrscheinlichkeit hielt, sah weniger hoffnungsspendend aus. Der Wirklichkeit entsprach meine geheime Sicht jedoch ebenso wenig wie eine völlig pessimistische.

Ich besuchte Kussowski an den drei Tagen bis zur nächsten Verhandlung jeweils nachmittags in seiner Zelle etwa 45 Minuten lang und bemerkte, wie er langsam die alte Form zurückgewann. Er schlief viel. Bei jedem Besuch brachte ich ihm drei Frikadellen mit, zwar nicht vom „Halben Stier“, wie er sofort bemerkte, sondern die sehr viel schlechteren aus einer sehr guten Metzgerei. Wenn uns der Gesprächsstoff ausging, las ich ihm deutsche Balladen vor. Ich habe nämlich eine private kleine Balladensammlung zum Thema „Kindesmord“ angelegt. Das Thema wurde dichterisch reichlich ausgeschlachtet. Neben Bürgers „Des Pfarrers Tochter von Taubenhain“, der Kerkerszene aus dem Faust, Schillers „Kindsmörderin“ und Höltys „Vor Gericht“ las ich ihm Brechts „Von der Kindesmörderin Marie Farrar“ vor, das ihm besonders gut gefiel. Denn tief in seinem Inneren, ganz weit unter seiner harten Schale, war Kussowski ziemlich sentimental und Brechts Refrain

„Auch ihr, ich bitte euch, wollt nicht in Zorn verfallen
Denn alle Kreatur braucht Hilf von allen“,

ließ ihn an Emma denken und befeuchtete seine Augen. „Es kann einem wirklich dreckiger gehen als mir, Doc“, kommentierte er meine Vorlesung. „Die armen Kinder.“
An die Mütter dachte er weniger.

9.

Am Freitag, dem 6.10.1995 um 10.00 Uhr am fünften Hauptverhandlungstag, gab's dann ein Wiedersehen mit den Kumpels vom „Halben Stier". Den Anfang machte der Hagere, der mich seinerzeit über Emmas Verbleib unterrichtet hatte. Auf Dr. Legatz' Frage, wie viel und was Kussowski denn so trinke, erklärte er nicht ohne Witz: „Jede Menge Leitungswasser", was die anwesenden Zuschauer mit Gelächter quittierten. Dr. Legatz wurde ungehalten, denn er braucht Respekt wie andere Menschen die Luft zum Atmen, sonst kann er sein Amt nicht ausüben. „Sie wissen genau, was ich meine! Wie viel Alkohol pflegt Herr Kussowski zu trinken?", präzisierte er lautstark.
„Herr Kussowski", sagte der Zeuge, wobei er „Herr" genüsslich betonte und dann erst einmal eine kurze bekräftigende Pause einlegte, „trinkt, wenn ihm die geldlichen Mittel hierzu zur Verfügung stehen, mindestens ein bis zwei Kasten Kölsch und ein bis zwei Flaschen Klaren am Tag", indem er das, was er für Amtssprache hielt, imitierte. „Wir treffen uns dreimal die Woche, jedenfalls die ersten zwei Wochen des Monats abends im ‚Halben Stier'. Peter ist meistens betrunken. Dann ist immer das Geld alle und bis zur nächsten Kohle gibt's dann meistens weniger zu trinken. Wenn's nach uns ging, könnte der ‚Halbe Stier' eigentlich in den letzten zwei Wochen jedes Monats Betriebsferien machen", grinste er. Damit hätte er recht, wenn der Wirt nicht noch eine Einnahmequelle hätte. Aber am Freitag der dritten und vierten Woche eines jeden Monats kamen fast regelmäßig drei bis vier polnische oder russische Rassehuren in die Kneipe, und wenn sie ausnahmsweise keine Freier anzogen, tranken sie wenigstens ein paar Gläser Sekt und Wodka und hoben Stimmung und Umsatz.
Die anderen Stammgäste und der Wirt bestätigten die Aussage des Hageren. Ich fragte zu Beginn den Hageren nach Kussowskis Kleidungsgewohnheiten und bevor eine Antwort kam, verbat sich Dr. Legatz, begleitet von Gallos Gekrähe, derartige unzulässige und überflüssige Fragen.
Mein Besuch im „Halben Stier" war noch nicht einmal zwei Monate her, und trotzdem erkannte mich keiner der Zeugen. Es passte nicht in

ihre Erwartung, dass der vermeintliche Knastbruder, der zu Beethovenklängen eine Lokalrunde ausgebracht hatte, als Verteidiger neben Kussowski saß. Und da das Ressentiment hier wieder einmal die Perspektive bestimmte, war ein Wiedererkennen ausgeschlossen. Nach der Vernehmung der Zeugen, die etwa 45 Minuten dauerte, konnte kein Zweifel an Kussowskis Alkoholismus bestehen. Am darauffolgenden Tag bestätigte der Professor der Gerichtsmedizin dieses Ergebnis. Anhand des Promillewertes, den Kussowski am Abend des Tattages gehabt hatte, waren zwar keine sicheren Rückschlüsse auf seinen Promillegehalt während der Tat zu ziehen, aber der Professor beurteilte mit seinem langjährig erworbenen fundierten Sachverstand die Chancen, dass Kussowskis Schuldfähigkeit zumindest eingeschränkt gewesen sein dürfte, als relativ hoch.

Sein Studium hatte sich allein schon wegen der Erkenntnis, dass ein Quartalssäufer während eines Schubes eigentlich immer betrunken ist, für meine Verteidigung gelohnt. Schuldunfähigkeit kam allerdings nach seiner Auffassung nicht in Betracht, dann hätte Kussowski den Schnitt nicht so sauber gezogen, und den Zeugen war keine Bewegung aufgefallen, die auf einen derartigen Trunkenheitsgrad schließen ließ. Der Sachverständige unterstützte seine Auffassung mit den Blutwerten, die er mit Kussowskis und meiner Zustimmung aus der asservierten Blutprobe entnommen hatte. Kussowskis Leber war schon ziemlich angegriffen und die relative Alkoholpause während seiner Haft, die seltener unterbrochen wurde als in Freiheit, war medizinisch dringend indiziert, und so war auch die Haft nicht gänzlich nutzlos. Die Hauptverhandlung wurde am fünften Tag geschlossen. Am nächsten Freitag erwartete Dr. Legatz die Plädoyers der Staatsanwaltschaft und der Verteidigung, am darauffolgenden Mittwoch sollte das Urteil verkündet werden.

Nach dem Verlauf der Verhandlung war für mich klar, dass Kussowski verurteilt werden würde. Zu fragen war noch nicht einmal, ob wegen versuchten Raubes mit Todesfolge oder wegen Mordes. Bei Verurteilung wegen Mordes würde bei verminderter Schuldfähigkeit das Strafmaß nicht unter drei Jahren liegen. Nahm man versuchten Raub mit Todesfolge und verminderter Schuldfähigkeit an, verminderte sich das Mindeststrafmaß zweifach, weil zwei Minderungsgründe zusammentrafen.

Die Kammer hätte aber, wenn sie eine von der Anklage abweichende Verurteilung aussprechen wollte, einen rechtlichen Hinweis erteilen müssen. Dieser war nicht erfolgt. Also war die zu erwartende Entscheidung klar. Angesichts der Vorstrafen und Kussowskis Schweigen war mit mindestens acht Jahren zu rechnen.

Ich verabredete mit Kussowski einen Besuch am späten Nachmittag, fuhr dann aber nicht mit ihm im Aufzug, sondern ging in die Gerichtskantine. Dr. Legatz würde dort schon sitzen wie jeden Mittag, an dem er sich im Gericht aufhielt. Manchmal bringt der lockere, von Förmlichkeiten ungehinderte Dialog zwischen Organen der Rechtspflege mehr, als die sich über Tage spröde dahinziehende Hauptverhandlung. Obgleich die Kantine im vierten Stock des Gerichts einen guten Ruf hat, esse ich dort nie. Meine gelegentlichen Besuche in dieser Garküche dienen einem anderen Zweck. Zur Auswahl stehen immer zwei bis drei Gerichte, die sich die Gäste auf einem Plastiktablett an einer Theke abholen. Dahinter stehen mehrere Köche in Kochuniformen und servieren das Verlangte. Mir widerstrebt jede Art von Massenabfertigung. Ich esse nur, was mir schmeckt, und finde, entweder ist das Essen ein Fest der Sinne oder man lässt es besser gleich. Um wenigstens den Schein einer zufälligen Begegnung zu wahren, holte ich mir ein Tablett, stellte hierauf eine fettarme, homogenisierte und deswegen monatelang haltbare Milch in einer Tüte, ein hart gekochtes kaltes Ei und ein vom Frühstück übrig gebliebenes halbes Brötchen mit fettarmem Käse, einer Tomatenscheibe und zwei welken Petersilienstängeln. Es war viel zu dick mit Margarine bestrichen. Dr. Legatz hatte seinen schönen Platz am Fenster, an dem er immer zu sitzen pflegte, seine Beisitzerin Carmen Müller und die übergewichtige Schöffin saßen ebenfalls an seinem Tisch. Er hatte mich sofort gesehen. Während ich unbeteiligt in Richtung der hinteren freien Plätze schlenderte, musste ich an seinem Tisch vorbei. „Ach, der Herr Verteidiger“, sagte er, „setzen Sie sich doch zu uns.“

Gerne folgte ich der Einladung, die ich schließlich selber initiiert hatte. Sein Teller war schon halb leer. Er hatte Rahmgulasch mit Spätzle gewählt, die Domina begnügte sich mit einem vegetarischen Rohkostteller, in dem sie lustlos herumstocherte. Wahrscheinlich hatte der Anblick der Schöffin, den sie jetzt oft ertragen musste, ihren Wunsch nach einer kleinen Diät geweckt. Die Schöffin tat sich an einer fetten Bratwurst mit einer großen Portion Pommes frites gütlich. Die Gerüche der zur Massenspeisung gefertigten unterschiedlichen Mahlzeiten vermischten sich unangenehm und stiegen in meine empfindliche Nase.

Dr. Legatz schaute mir zu, während ich mein Ei pellte, und sagte dann fürsorglich: „Wieso nehmen Sie nicht das Rahmgulasch, es ist vorzüglich. Bei dieser Verteidigung müssen Sie anständig essen."

Anstand und die sinnliche Feier der Nahrungsaufnahme haben meines Erachtens wenig miteinander zu schaffen. Der Verzehr eines Milchzickleins oder eines Hummers oder eines anderen Naturwunders oder gar einer klein geschnittenen Rinderleiche, wie sie eben Dr. Legatz verspeiste, hat mit Anstand nichts zu tun, sondern lässt sich allenfalls mit einer großen Genussorgie, die an diesem Ort nicht gewährleistet war, und dem Recht des Stärkeren gegenüber der hilflosen, ausgelieferten Kreatur fadenscheinig rechtfertigen. Aber was soll man von einer Spätzivilisation erwarten, deren vorangegangene Kultur den Sohn Gottes um der eigenen Erlösung willen in ihren kirchlichen Riten symbolisch verfütterte, wie Pulverkopf kurz vor seinem Gang in die längste Nacht noch einmal in einer kräftigen letzten Explosion sinngemäß gepoltert hatte. Ehe ich Dr. Legatz meine Auffassung darlegte, log ich lieber und schob Magenprobleme vor.

„Die hätte ich an Ihrer Stelle auch", warf Domina in die Runde, während die übergewichtige Schöffin kauend und malmend mitleidig in meine Richtung glotzte. Ich verzog meinen Mund zu einem engen Schlitz und funkelte Carmen Müller böse an. Das waren Gesten, die sie verstand und die ihr gefielen, denn jeder Sadist ist zu einem guten Teil auch Masochist.

„Es sieht nicht gut aus für Ihren Mandanten; die Verteidigung hätte man auch weniger aufwendig gestalten können", erläuterte Dr. Legatz ihre Bemerkung.

„Was hätten Sie denn an meiner Stelle getan?", fragte ich ihn, Verbindlichkeit heuchelnd.

„Vielleicht zu einem frühen Geständnis geraten", war die erwartete Antwort. „Aber besser spät als nie", ergänzte er.

„Und wenn das Geständnis gelogen wäre?", antwortete ich schnell.

Dr. Legatz seufzte. Manchmal habe ich den Eindruck, er leidet unter seiner Arbeit und manchmal leidet schließlich jeder an seinem Job. Ich würde diesen Fall auch nicht gerne entscheiden. Ein Geständnis würde Dr. Legatz von jedem Fehler und vor allem von jedem Zweifel freisprechen. Niemand richtet, ohne irgendwann selbst gerichtet zu werden und sei es auch nur durch sich selbst.
„Warum haben Sie mich eigentlich ausgewählt?", fragte ich sehr direkt.
„Sie standen auf meiner Liste", antwortete er ausweichend.
So kam ich nicht weiter, aber sein Hinweis, dessen es gar nicht bedurft hätte, war deutlich. Ich wollte ohnehin mit Kussowski die Möglichkeit eines Geständnisses durchsprechen; überreden würde ich ihn nicht. Zülpiger hätte wahrscheinlich spätestens jetzt genau das getan, nachdem er das Strafmaß mit Gallo und Dr. Legatz' Segen ausgehandelt hätte. Um wenigstens etwas gute Stimmung zu schaffen, fragte ich Dr. Legatz, ob er einen Hund habe.
„Jetzt nicht mehr, früher mal. Da hatten wir einen Cockerspaniel, Gitta, eine Seele von einem Hund."
„Ich habe auch einen Hund, in Pflege, der heißt Emma."
„Ja", sagte Dr. Legatz mit leichter Wehmütigkeit, die tief aus dem Herzen kam. „So ein Hund ist was Wunderbares. Der verstellt sich nie, der weiß gar nicht, was Lügen ist. Ungeheuer entspannend, endlich mal nicht belogen zu werden."
„Finde ich auch", antwortete ich. „Emma gehört Kussowski. Ich habe sie aus dem Tierheim geholt, in dem sie die Polizei abgeliefert hatte. Kussowski hängt furchtbar an seiner Emma. Von ihr getrennt zu sein, ist das Schlimmste am Knast für ihn."
Dr. Legatz schaute mich getroffen an, und die dicke Schöffin säuselte aus fettigen Lippen: „Wie süß", während Domina ihre Mundwinkel nach unten gleiten ließ. Ich überlegte, ob ich noch weiter in diese Kerbe hauen und mehr über Kussowski erzählen sollte, um das zweifelsohne vorhandene Ressentiment, das auch mich kurzfristig nach der ersten Aktenlektüre befallen hatte, zu durchbrechen. Aber hierdurch hätte ich wahrscheinlich nur innere Widerstände geweckt, also erzählte ich noch ein bisschen von meinen Erlebnissen mit Emma, zu denen Dr. Legatz gutmütig lächelte, stopfte mir das endlich gepellte Ei auf einmal in den

Mund, schob das halbe Brötchen in mich hinein und verabschiedete mich dann, ohne jemandem die Hand zu geben, denn auch hier ist das Pathos der Distanz strikt zu wahren; zu viel Vertraulichkeit schlägt leicht ins Gegenteil um.

Zu Dr. Legatz sagte ich, während ich aufstand: „Kennen Sie eigentlich das Nietzsche-Wort ‚Misstrauet allen, in welchen der Trieb zu strafen mächtig ist'?"

„Selbstverständlich aus Zarathustra", replizierte er mir zuzwinkernd. „Eines meiner gebräuchlichsten Nietzsche-Zitate ist: ‚Von Zeit zu Zeit ist es angenehm, nicht nur recht zu haben, sondern auch recht zu behalten.' Wir haben so unsere Bildungserlebnisse, nicht wahr, Herr Verteidiger?"

Dr. Legatz bleibt immer souverän und ist immer der Überlegene. Gern examiniert er nebenher in den Kammerberatungen seine Beisitzer nicht nur über juristische Problemstellungen, sondern fragt auch beiläufig und mit munterer Heiterkeit Allgemeinwissen ab, beispielsweise in der Art, wie die zweitgrößte Stadt Englands, Italiens, Frankreichs usw. heißt. Trotzdem sind die Kollegen gern in seiner Kammer, um an seinem Wissen und seiner Erfahrung zu partizipieren. Sie geben manchmal falsche Antworten, die Dr. Legatz heiter kommentiert. Aber der Heiterkeit in Beratungszimmern sind enge Grenzen gesetzt, und die unterschwelligen, hierarchiegeborenen Spannungen sind quälend da, auch wenn sie das zensierende Über-Ich nicht passieren, im Unbewussten stecken bleiben und sich in unauffällige, harmlose kleine Zwangsneurosen verwandeln, wie es bei gut sozialisierten Juristen der Fall ist. Trotz solcher manchmal penetranten Verhaltensweisen hatte ich großen Respekt vor Dr. Legatz und noch größere Sympathie für ihn. Denn ich erwartete und hoffte, dass sich hinter seiner bei jedem Anlass zur Schau gestellten Überlegenheit ein umfassender, außergewöhnlicher Geist und eine Seele von noch mehr aus der Norm fallender Größe verschanzte, die ihn angreifbar und empfindlich machte und ihre Abwehrmaßnahmen erforderte. Aber wer kann schon wem hinter die Stirn schauen? Wenn er kein Richter und ich kein Anwalt wäre, könnten wir gute Freunde werden. Ich vertraute ihm und seinen Fähigkeiten und war froh, dass er den Vorsitz in Kussowskis Fall innehatte. Irgendwann werde ich sein Format

auch erreicht haben, falls ich dieses Ziel einmal anstreben sollte. Das ist allerdings eher unwahrscheinlich. Denn autoritäres Gebaren liegt mir ebenso wenig wie der Agon, selbst wenn er freundschaftlich ausgetragen wird. Ich muss nicht immer und überall der Beste sein und als Sieger hervorgehen. Manchmal reicht mir schon ein Unentschieden.
„Offenkundig aus dem Frühwerk", verabschiedete ich mich, um nicht der Unterlegene zu sein.

Im Knast ging ich mit Kussowski die Verhandlung durch. Wir waren beide völlig erschöpft. Ich erzählte ihm von dem Kantinentreffen.
„Niemals ein Geständnis!", sagte Kussowski bestimmt.
„Das bringt Ihnen mindestens 2 bis 3 Jahre weniger, überlegen Sie gut."
„Wie beurteilen Sie die Chance einer Revision, Doc?"
Kussowski wusste wie ich, dass die formalen Hürden einer Revisionszulässigkeit, geschweige denn die ihrer materiellen Begründetheit, extrem hoch waren. Revisionsschriften, die mit tagelangen Mühen und literweisem Anwaltsschweiß verfasst wurden, kamen oft mit einem einzeiligen Verwerfungsbeschluss vom hehren Bundesgerichtshof zurück.
„Das werden wir erst abklären können, wenn das Urteil mit der Beweiswürdigung vorliegt. Ich fand beide Zeugen nicht schlecht."
„Auf keinen Fall gestehe ich! Ich habe diese verdammten Schwuchtelstiefel nicht getragen!", schrie Kussowski wütend. Bei meinem und seinem Zustand hatte es keinen Sinn, weiter über diese Frage nachzudenken. Meine Kopfschmerzen hatten wieder eingesetzt und ich fühlte mich elend. Das Geständnis war sogar noch nach den Plädoyers möglich, sogar noch kurz vor der Urteilsverkündung. Kussowski und ich konnten also noch tagelang grübeln. Ich gab ihm die Hand und Kussowski sagte zum ersten Mal beim Rausgehen: „Danke, Doc."
Der Mann schaffte es immer wieder, mich aus der Fassung zu bringen, und sollte in dieser Hinsicht am darauf folgenden Tag noch Größeres leisten.

10.

An diesem Tag bearbeitete ich einige meiner vernachlässigten Zivilrechtsfälle. Ich hatte Termine und Bearbeitungsfristen während der vorrangigen Strafverteidigung nach hinten verlegt, kam irgendwie zurecht, fühlte mich aber erschöpft und elend. Kussowskis Fall war für diese Instanz erledigt, seine Verurteilung stand längst fest und musste nur noch in der Beratung, die straff in Dr. Legatz' Hand lag, nachvollzogen werden. Ich musste lediglich noch Gallos Plädoyer über mich ergehen lassen, selber eins halten, dann noch einen Tag warten und die Urteilsverkündung ertragen. Trotzdem ließ meine Anspannung nicht nach, sondern verstärkte sich zu immer hektischerer Nervosität. Ich war kaum in der Lage, mich länger als eine halbe Stunde auf anderes zu konzentrieren, und schweifte in Gedanken immer wieder zu Kussowski ab, während ich eine Zigarette nach der anderen rauchte. War meine Verteidigung gut gewesen? Hatte ich irgendetwas übersehen oder vergessen? Sollte ich Kussowski nicht doch noch von der Notwendigkeit zu gestehen überzeugen? Tröstend war der Gedanke, dass Kussowski wahrscheinlich doch der Täter und Dr. Legatz ein weiser und gerechter Richter war, auf dessen Urteil man sich verlassen konnte. Die Einflussmöglichkeiten einer guten Verteidigung soll man nicht überschätzen. Später, als die Dämmerung einsetzte und ich immer noch nicht ruhiger war, klingelte das Telefon. Zweimal meldete sich auf der anderen Seite der Leitung niemand. Das erste Mal wartete ich fast eine halbe Minute, bevor der Anrufer einhängte, ohne dass ich irgendein Geräusch hörte. Beim zweiten Mal, etwa eine halbe Stunde später, legte ich sofort auf, als sich der Anrufer nicht meldete. Vielleicht irgendein Spinner, der sauer auf Kussowski war und das auf seinen Verteidiger übertrug. Daran, dass die Anrufe im Zusammenhang mit Kussowskis Verteidigung standen, hatte ich keinen Zweifel. Am späten Abend bereitete ich mir lustlos ein Rührei zu, das ich ebenso lustlos aß. Selbst Luigis zweite Flasche Wein vermochte keine Aufhellung zu bringen. Nach einem halben Glas stellte ich den Wein weg, um ihn für bessere Gelegenheiten aufzuheben. Nachts überfielen mich in schnellem Wechsel unangenehme Träume nach dem klassischen Überanstrengungsmuster. Ich träumte von meinem ersten juristischen Examen, hatte lediglich zwei Wochen, um die damals erforderliche, auf sechs Wochen befristete Examensarbeit abzugeben, und hatte noch keine Zeile zu Papier gebracht. Von meiner Konfirmandenprüfung, der einzigen Prüfung, durch die ich durchgerasselt bin, träume ich nie. Ich wachte erschreckt auf, um nach einigen Minuten weiterzuträumen. Diesmal erschien mir die Zeugin, mit der ich endlose Treppen auf einen Kirchturm stieg. Oben bei zwei großen Glocken angekommen, die laut klangen, sah ich unten Gallo auf dem Kirchhof stehen, der mir zurief: „Spring!" Ich sprang und erwachte schweißüberströmt im freien Fall, weil das Telefon zum dritten Mal seit dem ersten teilnehmerlosen Telefonat klingelte. Diesmal war es die Haftanstalt. Die elektrische Uhr zeigte 3.09 Uhr. Kussowski wollte mich sprechen, er sei in der Krankenabteilung; es habe einen unangenehmen Zwischenfall gegeben. Ich war sofort hellwach. Mein erster erschreckender Gedanke war, dass Kussowski einen Selbstmordversuch unternommen hatte. In den Fluren des mehrstöckigen Gefangenentrakts sind neben den Balustraden der den Flur umschließenden Stockwerke Gitter als Zwischendecken angebracht, um Selbstmorde zu verhindern. Wer hier springt, fällt daher relativ weich und bricht sich höchstens ein Paar Rippen. Der aufsichtführende Vollzugsbeamte, der mich anrief, nahm mir diese Sorge und ersetzte sie durch eine andere. Es hatte eine Auseinandersetzung mit dem Gefängnispersonal gegeben. Außer Kussowski war niemand verletzt. Ich warf mich in meine Klamotten und raste zum Knast. Dort führte man mich ohne Wartezeiten in die Krankenabteilung. Kussowski sah erbarmungswürdig aus. Sein linkes Auge war zugeschwollen, die Tamponage in seinen Nasenlöchern war mit Blut durchtränkt, an seiner unteren Zahnreihe fehlte ein mittlerer Schneidezahn und seine Unterlippe war blutig und geschwollen. Kussowski hatte randaliert. Nachdem er das Waschbecken und die Kloschüssel in seiner Zelle zertrümmert hatte, hatten sich zwei durch den nächtlichen Lärm alarmierte Schließer seiner angenommen und Kussowski, der sie angeblich angegriffen haben sollte, auf wirkungsvolle Weise zur Vernunft gebracht.

„Herr Kussowski, das musste doch nun wirklich nicht sein!", begrüßte ich ihn. Kussowski war ruhig und resigniert. „Ist einfach über mich gekommen, Doc. Ich konnte nicht schlafen und dachte an die Hauptverhandlung. Wie dämlich dieser eitle Fatzke Gallo immer zu mir rübergeglotzt hat und dieser alte arrogante Blödmann, der den Vorsitz hat, die ganze dumme Scheiße. Ich hab's einfach nicht mehr ausgehalten und weil nix anderes da war, mussten das versiffte Klo und das Waschbecken dran glauben. Für den Umschluss war ich zu spät, ich konnte mit keinem mehr reden."

Die Wärter hatte er angeblich nicht angegriffen, sie hätten sofort zugeschlagen.

Kussowski tat mir leid, nicht nur wegen seines jetzigen Zustandes, sondern seitdem ich seine Akte kannte. Schon bevor ich Seiten an ihm entdeckt hatte, die sich mit deren Inhalt nicht vertrugen. Warum war gerade er so sozialisiert, warum war gerade er von dieser Mutter empfangen und von diesem Vater in dieser Umgebung gezeugt worden? Was wäre aus Gallo, dessen Charakter wohl kaum als vorbildlich gelten durfte, geworden, wenn er nicht der Sohn des Leitenden Ministerialrats Galbitsch gewesen wäre, wenn er nicht früh in die studentische Verbindung eingetreten wäre, in der er außergewöhnliche, seine Karriere fördernde Beziehungen aufbauen konnte, wenn er nicht sein zweites Staatsexamen mit Glück und besser als das erste abgeschlossen hätte? Vergleicht man ihre Schicksale, waren beider Lebenswege bereits mit der Zeugung vorgezeichnet und mussten nur noch abgegangen werden, und keiner hatte sich selbst gemacht. Nur ein winziger Moment der Unaufmerksamkeit, einen kleinsten Zeitbruchteil lang die Kontrolle zu verlieren, kann jedem passieren. Ob man allerdings so weit gehen kann, wie eine alte, inzwischen pensionierte, seit über 40 Jahren glücklich verheiratete Kammervorsitzende, die mir erklärt hatte, jedem sei alles zuzutrauen und auf meine Frage: „Auch Ihrem Mann?" geantwortet hatte: „Gerade dem!", schien mir fraglich, denn wenigstens im eigenen Stall sollte Vertrauen herrschen. Ein Autounfall im angetrunkenen Zustand nach einem Altherrentreffen im Verbindungshaus, die anschließende Fahrerflucht in Panik, die Entdeckung der Tat: Schon wäre die Karriere des Leitenden Oberstaatsanwaltes beendet und die Welt für ihn eine andere. Denn die vermeintliche Sicherheit, in der wir uns täglich wie selbstverständlich bewegen, ist zerbrechlicher als das feinste Porzellan. Eine Sekunde der

Wut und Kussowskis hoffnungsvolle Fußballkarriere, die seinem Schicksal zweifelsohne eine günstige Wendung hätte geben können, war im Keim erstickt. Für seine Genetik und die Umstände, in die man hineingeboren wird, also das, was eigentlich das Schicksal bedeutet, wird niemand verantwortlich gemacht, für seine Taten jeder.

Gesichtsverletzungen pflegen schlimmer auszusehen, als sie sind. Nach drei Tagen, wenn plädiert werden würde, wäre Kussowskis linkes Auge immer noch geschwollen und wahrscheinlich blau verfärbt. Ebenso würde das Hämatom an seinem Kinn aussehen und der Schneidezahn würde immer noch fehlen. Mir graute davor, neben dem lädierten Kussowski in ebenso schillernden Farben wie denen auf der Oberfläche seines verletzten Gesichts Argumente für seine Unschuld vorbringen zu müssen, und fing noch mal von der Möglichkeit eines umfassenden strafmildernden Geständnisses an, was Kussowski abermals nachdrücklich ablehnte. Jetzt tat ich etwas unverzeihlich Unprofessionelles. Ich fragte Kussowski, ob er die Tat begangen habe. Welcher Teufel mich dabei ritt, ist mir heute unerklärlich. Wahrscheinlich wollte ich dieselbe Absolution wie Dr. Legatz. Aber ich bin nicht derjenige, der das Urteil fällt. Meine Aufgabe ist es, die für und gegen den Angeklagten sprechenden Umstände mit dem richtigen Gewicht in die Waagschalen zu werfen. Wenn er dann verurteilt würde, hatte ich meine Sache gut gemacht, falls er schuldig war und nicht notwendig schlecht, falls er unschuldig war. Wozu also Selbstzweifel hegen? Was kümmerte mich Kussowskis Schuld? Wie hätte sich die Verteidigung durch sein Schuldeingeständnis geändert? Entweder ein frühes Geständnis oder gar nichts sagen und mit allen zu Gebote stehenden Mitteln kämpfen, so wie ich es getan hatte.
Außerdem geht den Verteidiger das objektive Tatgeschehen weniger an, als den Menschen, den er verteidigt, als Ganzes. Anders als den Arzt, den geht leider und fälschlicherweise der Mensch nichts an, sondern nur die Krankheit. Allerdings behandeln beide letztlich nur das Symptom.
Kussowski schaute mich ungläubig an, soweit man aus seinem deformierten Gesicht überhaupt eine Regung ablesen konnte. „Ist das wirklich Ihr Ernst, Doc?“ fragte er leise und hatte dabei ein irres Leuchten in den Augen. Als ich schwieg, fuhr er lispelnd wegen der frischen, stören-

den Zahnlücke fort: „Ich sage Ihnen das jetzt nur einmal und wir wissen beide, dass es darauf für das Urteil nicht ankommt. Ich habe die alte Tante nicht gekillt. Ich habe an dem Tag gesoffen und war mit Emma im Wald und aus irgendwelchen Gründen wird mir hier was in die Schuhe geschoben. Ist ja nicht das erste Mal."

Seine Einleitung relativierte seine Unschuldsbeteuerung. Ich wusste soviel wie zuvor, schämte mich für mein unprofessionelles Gebaren und fühlte mich schwach und unzulänglich. Wie im psychoanalytischen Prozess besteht im gesetzlich geschützten Anwalt-Mandanten-Verhältnis eine gefährliche Übertragung und die noch gefährlichere Gegenübertragung. Der Distanzverlust erklärt verheerende Grenzüberschreitungen. So hat manche zarte Anwaltsseele deswegen Waffen in den Knast geschmuggelt und sich um Freiheit und Lizenz gebracht. Manchmal beenden solche Verfahren hoffnungsvolle Karrieren ein für alle Mal, und der Verteidiger sieht sich hinter Gittern mit seiner enttäuschten Klientel vereint. Bisweilen enden sie glimpflich mit der Einstellung gegen Zahlung einer erheblichen Geldbuße, tragen in einschlägigen Kreisen zu einem erstklassigen Ruf bei und später spricht niemand mehr darüber.

Für weiche Seelen ist die Strafverteidigung ohnehin keine geeignete Tätigkeit. Und wie stand es mit meinem Seelenheil? Warum hatte ich diesen Job überhaupt je angefangen? Die Entscheidung, mich nach vier Semestern Germanistik, Philosophie und notgedrungen Pädagogik der Gehirnwäsche eines Jurastudiums zu unterziehen, war wahrscheinlich grundfalsch gewesen. Ohne den Wechsel würde ich jetzt gemütlich in meinem Bett schlafen, am nächsten Morgen ausgeruht einer Schulklasse die Höhepunkte deutscher Dichtung einverleiben und in den Pausen im Lehrerzimmer Kaffee trinken und mit den Kollegen Kochrezepte oder Theater- und Ausstellungserlebnisse austauschen, anstatt nachts von Albträumen erschöpft einem lädierten Mandanten zur eigenen Beruhigung Geständnisse entlocken zu wollen. Ein zwar weniger spannendes, aber auch weniger aufreibendes Dasein. Oder warum hatte ich nicht wenigstens Zülpiger diesen Fall überlassen, anstatt mir das Mandat zu erlügen? Ihm wäre niemals eingefallen, Kussowski nach seiner Schuld zu fragen. Er hätte den Fall längst mit dem bestmöglichen Ergebnis abgeschlossen.

Wenn ich beten würde, wären mein Zustand und die Situation während der Heimfahrt durch die nächtlich dunkle, menschenleere Stadt hierzu gut geeignet. Erlöst werden wollen wir alle. Auch wenn ich glaube, dass jeder ein Spielball guter und böser Kräfte ist, glaube ich nicht an einen Gott, der zu Hilfe eilt, wenn man ihn nur genügend anfleht, und ziehe die Meditation dem Gebet vor. So lockerte ich die Zügel meiner Gedanken und ließ ihnen freien Lauf:

In unserer Endzeit sind an die Stelle eines hilfreichen Gottes der menschliche Titanismus und die große Explosion getreten. Nicht nur die von Hiroshima, sondern auch die geistige. Die Zeit ist gottlos. Im Wesentlichen Pulverkopf und der kaum weniger explosiv denkende Seelenarzt, den Nabokov als Schamanen aus Wien bezeichnet, der ursprünglich Schlomo hieß und sich später Sigmund nannte, und ihr Gefolge haben sie entgöttert. Der vergessene Dichter diagnostizierte wetternd sieben Jahre nach Erscheinen der „Traumdeutung" und dem Tod Pulverkopfs:

„Ihr frevler als die ersten tilgt den gott
Schafft einen götzen nicht nach Seinem bild
...
In trocknem taumel rennend bis euch allen
Gleich feig und feil statt Gottes rotem blut
Des götzen eiter in den adern rinnt."

Pulverkopf erdichtete, bevor das Dynamit in seinem Hirn endgültig explodierte, die Umwertung aller Werte, zertrümmerte schonungslos die Ordnung auf den alten Tafeln und hinterfragte alle über Jahrhunderte gültigen Maßstäbe wie Nächstenliebe und Liebe überhaupt, Mitleid, Dankbarkeit, Nützlichkeit, schlechthin alle, verkehrte sie in ihr Gegenteil und suchte vergeblich nach lebenstauglichem Ersatz. Schlomo trieb es als Erfinder der Psychoanalyse nicht anders und zergliederte mit äußerstem Wahrhaftigkeitswillen das, was die Alten unbekümmert und ihrer selbst gewiss die Seele nannten. Auch bei ihm blieb kein Atom am anderen. Jede Beziehung hat er als ambivalent decouvriert, jede Regung als Ausdruck unbewusster triebhafter Kräfte entlarvt. Beide dem Pulver zugeneigte Köpfe. Der eine angewiesen auf das Pulver in Laudanumlösung aufgrund seiner angegriffenen Gesundheit, zur Migränebekämpfung. Der andere entdeckte, bei später bis zur oder über die Suchtgrenze getriebenem Kokaingebrauch, diese Droge als bis dahin nahezu unbekanntes Lokalanästhetikum bei Augenoperationen. Die Früchte dieser Erkenntnis erntete ein anderer, die Experimentierfreudigkeit des Wiener Schamanen blieb bestehen und führte ihn zum verspäteten, aber weltumspannenden Erfolg. Beide dichteten hemmungslos der Wahrheit entgegen, beide in einem hervorragenden Stil, der in der deutschen Sprache kaum seinesgleichen findet. An dem einen kann man sich bestätigend besoffen lesen, bei Lektüre des anderen erschließt sich die Welt in einem griffigen, in sich schlüssigen Modell neu. Zwei feuerwerkende Relativitätstheoretiker, die Einstein und Oppenheimer in nichts nachstehen. Bewiesen haben beide nichts. Auch wenn wir die Entfernung zu fremden Planeten berechnet, die Atombombe gezündet und das Genom entschlüsselt haben, haben wir auf keine der grundsätzlichen Fragen des Seins eine Antwort. Die großen Wahrheiten, auf die es ankommt, beginnen dort, wo alle Beweisbarkeit aufhört. Eine Vorausberechnung ist uns nicht gewährt. Zu frühe Bekanntschaft mit diesen Geistern kann gefährlich werden.

Allzu groß ist die Gefahr allerdings nicht, denn die furchtlosen, ehemals verachteten, unbarmherzigen Wahrheitssucher finden sich heute in jedem Schulbuch wieder. Und welcher soziale oder christlichsoziale Lehrer kann einen wissbegierigen entwurzelten Halbwüchsigen schon auf gefährliche ideologische Minenfährten locken, wenn er anhand des „Unbehagen in der Kultur“ oder der „Fröhlichen Wissenschaft“ demokratischen Nutzen der alten Revolutionäre des Geistes aufzeigt?

Die sprengende Gefahr liegt in der unmäßigen Stärkung der Ichkräftigkeit, eines gefährlichen, grenzenlosen, individualistischen Subjektivismus. Durch zu viel Ich wird die Perspektive bei den meisten vielleicht ungünstiger verschoben als durch zuviel Über-Ich. Denn wer anders vermag die von Pulverkopf geforderte Umwertung aller Werte zu leisten, als das wertende Ich selbst. Und wer nimmt zunehmend von den gu-

ten und schlechten Trieben Besitz und unterscheidet deren moralische Qualitäten, wenn nicht das erfolgreich zu seiner wahren Größe geführte psychoanalysierte Ich? Aber der Mensch als Individuum ist in der Regel komisch und somit untragisch.
Gewissermaßen antizipierend hielt der allgegenwärtige gute Geist Jean Pauls dagegen, der leider bis zum Anfang des 20. Jahrhunderts völlig unbemerkt blieb, bis ihn der heute selbst vergessene Dichter, wie auch schon den damals verschütteten Holder, aus seiner Gruft holte. Mir fiel eine Stelle aus „Titan" ein, bei der mir immer wieder schaudert. Jean Paul, vom antipodischen Pulverkopf als das deutsche Verhängnis im Schlafrock bezeichnet und von Schlomo kaum und nur als Bearbeiter des Witzes zur Kenntnis genommen, lässt in diesem Roman einen der Protagonisten namens Schoppe ausrufen, als dieser seinem Doppelgänger begegnet:

„Lange genug! Du bist der alte Ich – nur her mit deinem Gesicht an meins und mache das dumme Sein kalt."

Und kurz bevor er in den Wahnsinn verfiel, den Pulverkopf, Holder und manch anderes Genie mit ihm teilten:

„Ich auch, Ich gleich Ich."

Nicht zu viel Ich, lieber wir und ein paar lebensstärkende Genüsse, denn

„Und vom donnernden Gott kommet die Freude des Weins.
Darum denken wir auch der Himmlischen, die sonst
Da gewesen und die kehren in richtiger Zeit",

wie Holder dichtete. Diese Hoffnung ist heute erloschen. Ein Zurück gibt es nie. Trotzdem ist Gott als Erfindung des menschlichen Geistes allmächtig und unsterblich geworden. Wie es große Dichtung vermag, hat die Bibel ihrer Hauptfigur höchste Realität verliehen.
Es war inzwischen 4 Uhr morgens, die Stadt lag in tiefem, selbstreinigendem Schlaf. Ich kochte mir einen starken Kaffee, ging mit Emma für

eine halbe Stunde in den dunklen Stadtwald, hatte danach kein Schlafbedürfnis mehr und machte mich merkwürdigerweise frisch an die Aufarbeitung weiterer liegengebliebener Arbeiten.

11.

Dann kam der Tag der Plädoyers. Die Verhandlung begann um 13.00 Uhr, nachdem Dr. Legatz seinen täglichen Kantinenbesuch absolviert und die Kammer sich vormittags nochmals ausführlich beraten hatte. Die Schlussvorträge sollen in freier Rede gehalten werden und dürfen sich theoretisch nur auf Tatsachen und Beweisergebnisse beziehen, die Gegenstand der Hauptverhandlung waren. Praktisch ist das alles, was zur Sache gehört, und den Assoziationen sind, je nach den geistigen Möglichkeiten und der Begabung, keine Grenzen gesetzt. Sagen darf man alles, was in irgendeiner Beziehung zum Verhandlungsgegenstand steht, allerdings immer unter Beachtung der Würde des Gerichts, des Gegners und anderer Verfahrenbeteiligter.

Beachtet man dies, darf man nicht unterbrochen werden und alle müssen einem zuhören, ob sie wollen und ihnen gefällt, was man sagt oder nicht. Zeitliche Begrenzungen gibt es nicht. Fast dieselbe Freiheit, die in der Speaker's Corner im Londoner Hyde Park herrscht. Theoretisch darf man wie Scheherazade, die so ihr Todesurteil immer weiter bis zu dessen schließlicher Aufhebung hinausgezögert hat, 1001 Nacht lang reden. Praktisch würde man sich dabei aber wiederholen und der Vorsitzende darf einem unter dieser Voraussetzung das Wort entziehen. Denn irgendwann ist alles gesagt und dann setzt das große Schweigen ein, und schweigend geht die Welt zugrunde, redend aber auch.

Das erinnert an einen spannenden, alten Western, in dem der zu hängende Halunke auf dem Schafott gefragt wird, ob er noch etwas zu sagen hat und während der Strick schon um seinem Hals liegt, etwa 15 Minuten lang immer weiter eine Banalität nach der anderen vor sich hin plappert, bis endlich seine Bandenmitglieder herangeritten kommen, ein Massaker unter den schaulustigen Zuschauern veranstalten und ihn befreien. Letzte Worte sind eine Sache für sich. Der Autor Ernst Jünger hat eine große Sammlung von ihnen angelegt, die sich jetzt im Marbacher Literaturarchiv befindet, bevor er selbst im Alter von 102 Jahren sein eigenes letztes Wort aufsagen durfte.

Ob der Olympier in seiner Todesstunde als Letztes gesagt hat: „Mehr

Licht", oder ob der Chronist des verlöschenden Genius, wie ich persönlich vermute, sich nur verhört und sein zuletzt verkündetes „Mehr nicht" falsch verstanden hat, wird man nie erfahren. Falls meine Vermutung stimmt, schließt sich die nächste Frage an, nämlich ob er das „mehr" befriedigt feststellend oder das „nicht" fragend resignierend betonte.

Ungerechtfertigte Unterbrechungen oder unangemessene Gesten der zuhörenden Richterschaft während des Schlussvortrages führen meist zu begründeten Befangenheitsanträgen. In der Regel liegt das Hauptgewicht des Schlussvortrags der Verteidigung in den Strafzumessungskriterien, also in der Abwägung der zugunsten des Angeklagten sprechenden Umstände und der Schwere seiner Schuld, weil in der Regel meist schuldige Täter verteidigt werden, ansonsten wäre ja die staatsanwaltlich ermittelte Anklage von dem erkennenden Gericht schon nicht zugelassen worden.

Dennoch pflege ich meine Plädoyers stets nach klassischem Muster, ähnlich einem Strafurteil aufzubauen. Zuerst schildere ich das Ergebnis der Beweisaufnahme, also den Tatbestand, dann warum die Tat nicht oder aufgrund welcher Beweiserhebungen bewiesen ist, daran schließe ich die rechtliche Beurteilung und danach ausführlich die Strafzumessungserwägungen an. Zum Schluss folgt der Antrag, der entweder auf Freispruch oder eine Strafe lautet. Deren Höhe lasse ich meist offen. Förmlichkeit ist ein Ausdruck von Sachlichkeit und die richtige Form lässt den Schluss auf den richtigen Inhalt eher zu als die falsche. Deshalb lege ich Wert auf Form und Sachlichkeit.

Anders hielt es Gallo, der als Anklagevertreter als Erster dran war. Zwar sprach auch er in klassischer Reihenfolge, aber dabei ließ er keine seiner vermeintlich beeindruckenden Ausdrucksfähigkeiten ungenutzt. Nicht nur im Gebrauch seiner Stimme, die er von getragenem elegischem Flüstern bis zu lautstarken, emotionsgeladenen Empörungsschreien strapazierte, um dann in normaler Lautstärke bedeutsam psalmodierend bis zur nächsten Vokaleruption fortzufahren, sondern auch in seinen Gesten. Drückte er Bedauern über das Opfer aus, senkte er seinen Oberkörper bis zu 40 Grad nach vorne und ließ die Schultern hängen, um dann in einem wahren Empörungsanfall, bei dem er seinen Leib einer

imaginären Sonne aufrecht entgegenstreckte und die Arme ausbreitete, mit aufgerissenen Augen und verzogenem Mund die ekelhafte Unmenschlichkeit des Täters zu evozieren, indem er brüllend mit seinem Zeigefinger auf den neben mir sitzenden Kussowski wies, dem sichtbar ein unterer Schneidezahn fehlte, dessen linkes Auge immer noch halb zugeschwollen war und dessen Kinn ein bläulich verfärbtes Hämatom verunzierte. Ich hatte ihm nochmals eingeschärft, keine Regungen zu zeigen, machte jedoch selber, sobald ich mir sicher war, mich außerhalb des richterlichen Blickwinkels zu befinden, allerlei Faxen, um Gallo aus dem Konzept zu bringen. Ich gähnte demonstrativ, während Gallo zur höchsten anklägerischen Wut auflief, oder ich verschränkte die Arme hinter dem Kopf und streckte die Beine weit aus, nahm also fast eine Schlafstellung ein, wenn Gallo vor Mitleid mit dem Opfer immer leiser wurde. Ab und zu geriet infolge seiner plötzlich wechselnden Gesten seine sorgfältige Frisur durcheinander, die er mehrmals mit einem großartigen souveränen Handgriff auch ohne den geliebten Spiegel wirkungsvoll in Ordnung brachte. Der Inhalt seines Vortrags ließ sich in fünf bis sechs Sätzen zusammenfassen. Er beschrieb Kussowski als Untier, das einen Mord aus reiner Habgier begangen hatte, wobei ihm die volle Schuldfähigkeit bedauerlicherweise nicht hatte nachgewiesen werden können. Trotz dieses Milderungsgrundes forderte Gallo zwölf Jahre und berief sich auf Kussowskis Vorstrafen, die er genüsslich der Reihe nach von einem Blatt ablas. Für diese Erkenntnisse hätten zehn bis fünfzehn Minuten genügt, Gallo brachte es auf etwa anderthalb Stunden.
Dr. Legatz hatte während Gallos Vortrag meistens vor sich auf den Tisch gestarrt, ab und zu vervollständigte er die vor sich liegenden Aufzeichnungen. Nur selten schaute er in Richtung des das Ergebnis der Hauptverhandlung und vor allem sich selbst darstellenden Leitenden Oberstaatsanwaltes. Ich war mir sicher, dass ihm Gallos Auftritt peinlich war. Dann war die Reihe an mir. Ich plädiere nicht gerne, stelle mich nicht gerne dar und beschränke mich auf die Sache. Trotzdem empfinde ich es als äußerst anstrengend, meine Person bewusst hinter den Vorgängen und Abläufen, um deren Wertung es mir geht, zurückzustellen. Auch ich habe meine Eitelkeiten; dagegen ankämpfen zu müssen, macht die Sache nicht leichter, ist aber weniger peinlich, als sich darstellerisch auszuleben.

Am schwersten fällt mir immer die eröffnende Anrede „Hohes Gericht, Herr Staatsanwalt." Damit beginnen die Plädoyers üblicherweise, ähnlich wie Festreden, als wenn man die eingeladenen Gäste noch einmal persönlich begrüßen müsste. Gallo fällt die Anrede besonders leicht und es gelingt ihm, alle Ehrerbietung in diese zu legen, wenn er sie über seine Lippen gleiten lässt. Ich hasse überflüssige, konventionelle Leerformeln und wenn mich jemand am Telefon nach der Begrüßung mit geheucheltem Interesse stereotyp fragt, wie es mir geht, muss ich mich immer zusammennehmen, um höflich nichtssagend zu antworten. Unterlässt man die begrüßende, ehrerbietende Anrede, wird einem dies als Unhöflichkeit und schlechter Stil ausgelegt, also beuge ich mich den sinnlosen Geboten der leeren Konvention. Sind diese ersten Worte über meine Lippen gekommen, spult sich der Rest wie von selbst aus meinem Mund ab. Ich hatte mir kurze Stichworte notiert, die ich mit knappen, frei gesprochenen Sätzen ausfüllte. Anders als Gallo führte ich meine jeweiligen Ausführungen nicht langsam in kleinen Schritten zum Ergebnis hin, sondern nahm dieses in einem Einleitungssatz vorweg, um es hinterher zu begründen. Schließlich ist der Schlussvortrag kein spannungsheischendes Schauspiel, sondern die Vorbereitung des Urteils und das ist spannend genug. Es lohnt nicht, mein im Vergleich zu Gallos trockenes Plädoyer im Einzelnen wiederzugeben. Von vornherein stellte ich klar, dass mein Antrag auf Freispruch lautete und begründete dies mit den widersprüchlichen Zeugenaussagen, führte ins Feld, warum die Aussage der Zeugin ebenso viel Glaubhaftigkeit besaß wie die Aussage Bunschs, stellte nochmals ihre mit meinen Vorgaben unter Beweis gestellte exorbitante Wahrnehmungsfähigkeit und mehr als außergewöhnliche Beobachtungsgabe heraus und kam zu dem Schluss, dass die Bekundung des ihr in solchen Fähigkeiten weit unterlegenen Zeugen niemals eine Verurteilung stützen könne.

Dr. Legatz beobachtete mich mit höchster Aufmerksamkeit. Fast war mein Vortrag eine einseitige Zwiesprache zwischen uns. Bisweilen legte er seine Stirn in angestrengte Falten, seine Miene bewegte sich zwischen konzentrierter Aufmerksamkeit und kritischer Anspannung. Ferner führte ich Kussowskis Trunkenheit an, die die Kumpels vom „Halben Stier" und der Professor der Rechtsmedizin auf deren Aussagen hin bestätigt hatten. Nach knapp 45 Minuten war ich fertig und Kussowski erhielt, wie es die Prozessordnung vorschreibt, das letzte Wort. Wir hatten abgesprochen, dass er sich nicht äußern sollte, aber Kussowski ist immer für eine Überraschung gut.

„Eigentlich wollte ich hier nix sagen", leitete er seine fünfzehnminütigen Erklärungen ein, „aber jetzt finde ich es richtig, wenn ich was sage." Und er verblüffte nicht nur mich mit einer Eloquenz, derer er sich bisher in unseren Gesprächen meistens enthalten hatte.

„Eigentlich gibt's nichts mehr zu erzählen, nachdem der Staatsanwalt seine Vorstellung gegeben hat und mein Verteidiger die Widersprüche der Beweise nochmal vor aller Augen geführt hat. Aber mir ist wichtig, dass Sie die Sache auch einmal von mir hören. Ich habe die Frau nicht umgebracht; ich habe noch nie jemanden umgebracht, auch wenn ich eine Menge Scheiße gebaut habe. Dafür und für mehr habe ich bezahlt." Er erzählte vom Ende seiner Fußballkarriere, von seinem Elternhaus, seiner hoffnungslosen Fehlsozialisation, sprach über das Fehlurteil seiner angeblichen Vergewaltigung. „Das war Liebe," sagte er leise und dann: „Jeder kriegt seine Chance. Ich weiß, auch ich. Warum habe ich damals nur diesem schwachsinnigen Schiri die Fresse poliert? Wäre ja nicht nötig gewesen. Wenn ich mich im Griff gehabt hätte, wäre ich vielleicht Stürmer beim HSV oder sonstwo geworden. Ich mach dafür keinen verantwortlich außer mich selbst. Ich bin auch bereit zu bezahlen, aber nicht für etwas, was ich nicht getan habe."

Kussowski war umwerfend, selbst sein lädiertes Aussehen störte nicht, sondern unterstützte noch ein immer stärker aufkeimendes Mitleid, in dem zumindest die beiden Schöffen zerflossen. Im Gesicht der fetten Schöffin stand die entsetzte Frage geschrieben: „Womit hat er das verdient?" Aber entgegen ihrer naiven Vorstellung verdient keiner irgendwas, man bekommt zugewiesen oder nimmt sich, man gehorcht oder befiehlt und beides ist schwer und erfüllt einen Zweck, dem jeder auf seine Weise dient und damit dem Ganzen.

„Ich appelliere an das Gericht. Ich war's diesmal nicht, auch wenn Sie mir so eine Tat zutrauen. Ich war's nicht und wenn Sie mich verurteilen, werden Sie mit Ihrer Schuld leben müssen, nicht ich mit meiner! Das war's, was ich zu sagen habe."

Einen solchen Vortrag hätte ich mit Kussowski niemals einüben können. Das alles war echt, bisweilen in seinem typischen Knackislang, und konnte manchen von seiner Unschuld völlig überzeugen. Dr. Legatz starrte ihn während seinem letzten Wort unverhohlen an; ich versuchte erfolglos, Erstaunen in seinem Gesicht zu lesen, aber außer gespannter Aufmerksamkeit war darin nichts zu erkennen. Das Leben ist bisweilen rau und die harten Burschen sitzen nicht nur vor der Richterbank. Als Kussowski geendet hatte, herrschte einige Sekunden lang betretenes Schweigen. Gallo blätterte verlegen in seiner Handakte und dann schloss Dr. Legatz die Hauptverhandlung. Als er den Sitzungssaal verließ, schaute er nochmals über die Schulter zurück und nickte mit ernstem Gesicht in meine Richtung.

„Herr Kussowski", sagte ich, „das war stark, Sie haben immer wieder eine Überraschung für mich parat." Und ahnte selbst nicht, wie recht ich hatte und was an „Überraschungen" noch auf mich wartete. Er grinste mich, seine Zahnlücke präsentierend, an und erwiderte: „Ihnen soll's ja schließlich nicht langweilig mit mir werden und so 'ne Vorstellung wie dieser aufgeblasene, schwachsinnige Quatschkopfknilch von Staatsanwalt krieg ich doch wohl immer noch besser hin."

Langweilig war es bis jetzt nicht und würde es auch zukünftig nicht sein. Ich begleitete den vielleicht zu Unrecht angeklagten Beinahe-Fußballspieler, der sich dummerweise in eine ältere Einfüßige verliebt hatte und auf Gegenliebe gestoßen war, was ihm vier Jahre und neun Monate lang eine vielleicht sinnlose Buße abverlangt hatte, und ging in Richtung Ausgang. Die Urteilsverkündigung war für den kommenden Tag um 10 Uhr angesetzt.

Im Foyer sah ich schon von Weitem Gallo in einer seiner typischen Posen, einen Fuß auf der Treppe, den linken Arm lässig auf das Treppengeländer gelehnt, vertieft in das Gespräch mit einer wohldekollertierten, blonden, bauchfreien Referendarin, die ihm mit großen Augen hingerissen lauschte. Als er mich sah, ließ er von seinem Opfer ab, das ihm später immer noch die vermeintlich gebührende Aufmerksamkeit erweisen konnte und sich dafür gute Noten ihres Ausbilders erhoffte, ging langsam auf mich zu und streckte mir seine Hand entgegen, die ich ausgewogen, nicht zu stark, nicht zu schwach drückte, während er mir erklärte: „Das war eine starke Vorstellung, die Ihr Mandant da gerade abgeliefert hat."

„Im Vergleich zu Ihrem geschliffenen Plädoyer doch eher schwach", erwiderte ich und bemerkte an seiner in Falten gelegten Stirn, dass er sich fragte, ob ich ihm eben ein Kompliment gemacht hatte oder nicht.

„Wieso haben Sie eigentlich nicht das Gespräch mit mir gesucht?", fragte er unvermittelt. „Ein frühes Geständnis wäre sicher besser für Ihren Mandanten gewesen."

Zwölf Jahre hatte er beantragt; wahrscheinlich als Rache für meine engagierte Verteidigung wollte mir Gallo zum guten Schluss triumphierend wenigstens bis zur Urteilsverkündung und, wenn diese seiner Hoffnung und Erwartung entsprach, auch für alle kommenden Zeiten meine miserable Verteidigung vor Augen führen.

„Hätten Sie dann weniger beantragt?", fragte ich zurück.

„Ich hätte zumindest darüber nachgedacht", antwortete er mit seiner üblichen Arroganz.

„Jeder wie er kann, Herr Galbitsch-Loser, jetzt ist es ohnehin vorbei."

„Eine Chance hat man bei mir immer, Herr Rechtsanwalt. Die Verhandlung könnte wieder eröffnet werden, selbst noch kurz vor der Verkündung."

Eine Sekunde lang durchfuhr mich der Gedanke, auch ihm sei unwohl, wenn Kussowski ohne Geständnis verurteilt würde, weil er Zweifel an seiner Schuld hatte, oder er befürchtete einen Freispruch. Doch diese Idee verwarf ich sofort wieder, als ich in sein selbstgefälliges Gesicht sah. Die Fähigkeit, das, was man tat, oder sich selbst mit der gebotenen Gründlichkeit zu hinterfragen, hatte ihm ein aus meiner Sicht gestörter Charakter verwehrt, ein aus seiner Sicht perfekter erspart. Ich verabschiedete mich, während das beklemmende Gefühl, bei der Verteidigung gründlich versagt zu haben, sich wieder bis in meine Eingeweide fressend einstellte. Ich versuchte mich, während ich die Treppen zum Ausgang hinunterging, mit dem Gedanken zu beruhigen, dass Kussowski niemals gestehen wollte und ich hieran nichts ändern konnte. Aber gerade darin bestand meine Unzulänglichkeit. Zülpiger hätte bei ihm alles erreicht, er hätte alles getan, was Zülpiger geraten hätte, und Zülpiger wäre seiner Sache sicher gewesen. Niemals wäre er auf den larmoyanten Dilettantismus verfallen, Kussowski nach seiner Schuld zu fragen. Stattdessen hätte er wahrscheinlich die markigen Fragen des mutigen Grafen Claus von Stauffenberg gestellt: „Was wirst du tun? Was kann geschehen? Welche Aussichten bestehen? alle anderen Betrachtungsweisen in rebus politicis sind müßig.“ Ebenso hält Zülpiger alle anderen Betrachtungen in rebus forensibus für müßig.

Das Verfahren war fast vorbei und erledigt. Ich hatte getan, was ich tun konnte, wusste, was geschehen konnte und wie die Aussichten auf Verurteilung oder Freispruch waren. Aber die Anspannung ließ nicht nach; anstatt einer befriedigten Ruhe trat der ohne Schaden nicht lange haltbare Zustand der Deprivation ein, und statt einer strahlenden, zufriedenen Persönlichkeit blieb mir die archetypische Rolle des zugleich Erwählten und Verworfenen, der mit den anderen nichts zu schaffen hat. Selbstverständlich war ich zwar noch derselbe, gehörte aber nicht mehr zu denen, die sich sorglos um mich herum tummelten. Mit deren Beschäftigungen war ich, in dessen sorgenvoller Verantwortung ein fremdes Schicksal lag, nicht mehr befasst.

Die in der Region maßgeblichen Tageszeitungen hatten über das Verfahren regelmäßig berichtet und bisweilen meinen Namen erwähnt. Vielleicht unterhielt sich gerade diese Frau hinter der Ladentheke mit der Verkäuferin, die ich durch das große Schaufenster sah, über den Prozess, während ich als hieran maßgeblich Beteiligter auf dem Weg zu meiner Espressostation unerkannt vorbeiging.

Hätte der Prozess einen anderen Verlauf genommen, wäre ich jetzt wohl auch freudvoll oder wenigstens sorglos mit alltäglichen Verrichtungen beschäftigt, würde auch in Geschäften einkaufen und mit Verkäuferinnen hinter Ladentischen über die täglichen Ereignisse reden, anstatt ständig zu grübeln, was falsch und richtig, was Lüge und Wahrheit war. Man müsste nicht nur seine Fähigkeiten beherrschen können, sondern auch allmächtig den Lauf der Dinge.

Den schönsten Ausdruck der kindlichen Sehnsucht nach einer eigenen weltschöpfenden Allmacht, die alles zum Guten richtet, lieferte einer meiner Mandanten, der für seine Modelleisenbahn eine 60 Quadratmeter große Eigentumswohnung gekauft hat, um dort sein meisterwerkliches Spielzeug zu genießen. Hier hat er über Jahre hinweg naturgerecht ein kleines Kunstwerk gestaltet, ein Miniaturabbild der Wirklichkeit mit Burgen, Dörfern, einer Stadt, Menschen, Tieren, einem See, Wiesen und Wäldern, kleinen Bächen und Flüssen mit Booten, bevölkert von Leuten, die in irgendwelche geschäftigen Tätigkeiten verstrickt waren. Dies bildete in erstarrter Reglosigkeit eine perfekte Welt im Kleinen, in der sich nur einige Züge, Autos und eine zu einem schneebedeckten Berg führende Gondelbahn bewegten. Deren Geschick lenkte er als Pantokrator in einer unumstößlichen Ordnung, die in der wahren Welt fehlte. Als Zahnarzt war er an Perfektion gewöhnt, alle dargestellten Szenen waren an naturalistischer Anschaulichkeit nicht zu überbieten.

Mit der Abnahme der Ordo stirbt die Kultur und statt der erhabenen Idee einer weltumspannenden, alles richtenden Allmacht bleibt ein infantiler Spieltrieb als flacher Abglanz einer entseelten materialistischen Welt, in der die Tat statt des Geistes zählt und kein guter Gott, sondern der schlechte Mensch die Geschicke einer sich in einen grenzenlosen totalitären Titanismus auflösenden Welt lenkt. Dieser Mandant hatte mich seinerzeit beauftragt, Gewährleistungsansprüche wegen einer Miniaturlokomotive, deren Fehler darin bestand, dass sie nicht genug Rauch ausstieß, prozessual durchzusetzen. Mithilfe eines Sachverständigen, der ungefähr fünfmal so viel kostete wie die streitgegenständliche Lokomotive, gelang dies. Mein Mandant, Pantokrator über eine 60 Quadratmeter große Miniaturwelt, die die Ordo der realen Welt unter seiner Herrschaft imaginierte, konnte wieder glücklich Miniaturloks und Autos in dem von ihm beherrschten Abbild der Wirklichkeit fahren lassen. So wie Dr. Legatz die kleine Welt der Hauptverhandlung über Kussowski, der seinerseits die Position des Schiedsrichters und der schönen Einfüßigen zurechtgerückt hatte, in richtiger Ordnung erblühen ließ. Einer der Legatzschen Erkenntnisse, die er gerne zum Besten gab, war, dass Wissen immer Herrschaftswissen sei.

Und was beherrschte ich, der ich noch nicht einmal in der Lage war, Kussowski zu seinem dringend gebotenen Geständnis zu führen? Während ich diesen dunklen Gedanken nachhing, betrat ich das Bistro, nickte dem hinter der Theke stehenden Studenten zu und setzte mich

diesmal nicht auf einen Barhocker, sondern in eine hintere Ecke des fast leeren Raumes.
Plötzlich setzte sich die Zeugin auf den zweiten Sitzplatz an meinem Tisch. Mein mich ohnehin bedrängendes Gefühlschaos wurde durch diese überraschende, unverhoffte Begegnung nicht geringer.
„Ich bin Ihnen vom Gericht aus gefolgt. Ich muss unbedingt mit Ihnen unbeobachtet reden. Meine Aussage muss korrigiert werden", eröffnete sie ohne Begrüßung aufgeregt das Gespräch. „Ich habe bei meiner Aussage etwas Wichtiges vergessen, was mir später eingefallen ist. Der Täter hat sich einmal kurz herumgedreht und in meine Richtung geschaut. Ich konnte für einige Sekunden genau in sein Gesicht sehen. Es war nicht Kussowski!"
Sie schaute mir tief in die Augen, um die Wirkung ihrer Worte zu prüfen. Ich verzog keine Miene und ließ mir nicht anmerken, in welch unlösbares Dilemma sie mich stürzte. Natürlich durfte ich nichts unversucht lassen, um Kussowskis Lage zu verbessern. Nachdem meine Beweisanträge abgelehnt worden waren, stand seine Verurteilung fest. In dieser Situation musste ich nach jedem Strohhalm greifen. Welche Konsequenzen eine Aussageänderung für die Zeugin hätte, hing davon ab, ob man die geänderte Aussage glauben würde. Falls die zweite Aussage das Gericht überzeugte, wäre sie zwar aufgrund ihrer ursprünglichen Aussage wegen Meineids strafbar. Da die Berichtigung noch berücksichtigt werden konnte, könnte das Gericht die Strafe mildern oder ganz von einer Bestrafung absehen. Möglicherweise würde sie also nicht bestraft und Kussowski freigesprochen. Angesichts ihrer dezidierten ersten Aussage hielt ich dieses Ergebnis für nahezu ausgeschlossen. Mir schien fast sicher, dass das Schwurgericht die geänderte Aussage für eine Lüge halten würde. Auch diese wäre unter Eid zu leisten und die Strafe für Meineid liegt nicht unter einem Jahr. Die Berufung in eine ordentliche Professur in Massachusetts, wenn nicht sogar die gesamte hoffnungsvolle kunsthistorische Karriere, wäre zerplatzt wie eine Seifenblase. Das Opfer für Kussowski wäre umsonst und zwecklos.
„Ich habe selten eine derartig klare, präzise und glaubhafte Aussage gehört wie Ihre. Es fällt schwer zu glauben, dass Sie sich nicht vollständig erklärt haben", sagte ich, bemüht gleichgültig zu klingen und mir nicht

anmerken zu lassen, dass mir die Selbstbeherrschung fast abhanden gekommen war.
„Sie war aber falsch, weil mir das Gericht nicht geglaubt hat."
„Sie haben doch exakt das berichtet, was Sie gesehen haben. Mehr können Sie nicht tun."
„Ich habe einen schrecklichen Fehler gemacht. Ich hätte schon bei der Polizei erklären müssen, dass ich dem Täter ins Gesicht gesehen habe, dann würde man jetzt nicht einen Unschuldigen verurteilen. Damals wusste ich noch nichts von einem zweiten Zeugen, der ihn erkannt haben will. Ich habe in meinem Leben immer alles richtig gemacht. Jede Prüfung habe ich als Jahrgangsbeste abgelegt. Ich habe unangreifbar die Echtheit eines Caravaggios nachgewiesen und jede meiner Arbeiten ist perfekt. Und jetzt ging es einmal darum, konkret einem Menschen zu helfen und ich habe kümmerlich versagt."
Die Zeugin brach in Tränen aus und wurde von Schluchzern geschüttelt. Ich legte meine vor Aufregung heiße Hand auf ihre, die eiskalt vor Verzweiflung war, und dachte an Emmas weiches Fell, das ich in diesem Moment kaum lieber gestreichelt hätte. Von ihrem Nacken wehte mir ein angenehmer Duft von Zimt und Kardamom entgegen, aber nicht als künstlich aufgetragenes Lockmittel, sondern eindeutig als natürliches, körpereigenes Aroma. Langsam beruhigte sie sich, während der Student mit gerunzelten Brauen meinen Espresso mit dem obligatorischen Glas Leitungswasser vor mir abstellte und sie einen Milchkaffee und auf mein Anraten einen Cognac für sich bestellte. Wahrscheinlich dachte er, wir hätten eine Beziehungskrise; hier ging es jedoch um Existenzielleres, um grundsätzliche Fragen und Entscheidungen.
„Ich kann so nicht weiterleben, ich muss meine Aussage korrigieren", fuhr sie fort.
„Bitte holen Sie anwaltlichen Rat ein, anstatt sich in Schwierigkeiten zu stürzen, die keinem nützen und Ihnen nur schaden", versuchte ich ihr etwas hilflos ins Gewissen zu reden.
„Mein Entschluss steht unumstößlich fest. Ich werde morgen früh vor der Urteilsverkündung meine Aussage richtigstellen."
„Warum erzählen Sie mir das dann?"
„Weil ich glaubwürdiger bin, wenn Sie mich erneut als Zeugin aufrufen.

Das Gericht soll denken, dass ich nach äußerster Gewissensanspannung und nicht aus freien Stücken, sondern auf Ihre Initiative hin meine Aussage berichtige! Sie sind dazu verpflichtet, alles zu tun, was Ihrem Mandanten helfen kann, und wenn Sie mich nicht erneut aufrufen, handeln Sie standeswidrig. Ich habe mich in Ihrer Berufsordnung informiert." Und sie nannte mir die Fundstelle in dem führenden Kommentar zur anwaltlichen Berufsordnung.

„Es besteht keine Veranlassung, mir zu drohen", wehrte ich mich. „Denken Sie genau nach. Wenn man der Korrektur Ihrer Aussage Glauben schenkt, werden Sie vielleicht wegen Ihrer ersten Aussage nicht bestraft, sicher ist das nicht. Kussowski wird vielleicht, was allerdings kaum wahrscheinlich ist, freigesprochen. Wenn man Ihnen nicht glaubt, werden Sie ein Verfahren wegen der zweiten, korrigierten Aussage bekommen, was mit einer Freiheitsstrafe endet. Denn auch Ihre zweite Aussage werden Sie beeiden müssen. Ihre akademische Karriere könnten Sie vergessen und Kussowski hätte das überhaupt nichts genützt."

„Ich denke seit zwei Tagen ununterbrochen darüber nach, was ich tun soll. Mein Entschluss ist gefasst."

„Haben Sie mich vor zwei Tagen angerufen, ohne sich zu melden?"

„Ja, ich war noch nicht so weit, um meinen Fehler zu berichtigen."

„Worin liegt Ihr Fehler?"

„Niemals das verschweigen, was man weiß. Ich habe nicht die Wahrheit gesagt, die ich aufgrund meiner Beobachtung weiß. Kussowski ist mit absoluter Gewissheit nicht der Täter. Ich hätte das dem Gericht klarmachen müssen und zwar so, dass keine Zweifel mehr möglich sind, und genau das habe ich nicht getan."

„Aber Sie fällen nicht das Urteil. Ihre Aufgabe ist, zu schildern, was Sie gesehen haben, alles andere ist vermessen."

Ihr glänzendes offenes Haar, das so schwarz war wie das Gefieder des Raben, der nach dem Glauben der Gitza-Indianer das Licht in die Welt brachte, ließ das Hellblau ihrer Augen noch heller erscheinen. Kein Wunder, dass solche hellen Augen mehr und genauer sahen, als allgemein üblich ist.

Der Student brachte den Kaffee und den Cognac, an dem sie sofort vorsichtig nippte, um einen noch ganz heißen Schluck des braunen Ge-

tränkes hinterherzuschicken. Trotz ihres schlechten Gewissens war sie immerhin noch fähig, zu genießen.
„Das habe ich auch getan und das war falsch."
Damit war die Wahrheit heraus und ich war etwas erleichtert. Nun musste ich wenigstens nicht ihre erneute Vernehmung veranlassen. Denn niemand kann einen Verteidiger zwingen, wissentlich eine Falschaussage in ein Strafverfahren einzuführen. Vielmehr, so kompliziert liegen die Dinge, wäre dies eine weitere Straftat, nämlich die der Begünstigung. Ich erklärte ihr, dass ich sie nicht in den Zeugenstand rufen könne, nachdem sie mir soeben zugestanden hatte, dass ihre erste Aussage der Wahrheit entsprochen habe. Eine andere Frage war, ob ich sie von ihrem Vorhaben abbringen durfte. Immerhin bestand die, allerdings sehr geringe, Möglichkeit, dass ihre geänderte Aussage eben doch günstig für Kussowski wäre. Aber konnte ich es vertreten, sie nicht davon abzuhalten, sich strafbar zu machen? Mein Konflikt war nicht lösbar. Sie begann erneut, diesmal verhaltener, zu weinen und zwei große Tränen entrollten ihren mandelförmigen Augen über die makellose Fläche ihrer Wangen in Richtung ihrer Mundwinkel. Sie war sehr schön in ihrem Schmerz. Wie schön würde sie sein, wenn sie aus vollem Herzen lachte, wie schön wäre ihr ungeschminktes Gesicht im weichen morgendlichen Frühlicht? Ich verspürte einen starken Harndrang, denn die Bedürfnisse des Körpers können sehr prosaisch in tiefe Empfindungen einbrechen, wollte das Gespräch jetzt aber nicht unterbrechen. „Machen Sie sich keine Vorwürfe, Sie haben genau das Richtige getan", holte ich zu einer Tröstung aus, die mir jetzt nötig erschien. „Sie haben dem Gericht ungewöhnlich gründlich und genau Ihre Beobachtungen geschildert. Besser kann eine Aussage nicht sein. Sie haben keinen Zweifel daran gelassen, dass nach Ihrer Beobachtung mein Mandant nicht der Täter war. Und das haben Sie im Einzelnen nachvollziehbar begründet."
Ich spürte, wie meine Worte sie allmählich erreichten, und sah, wie erneut zwei volle Tränen in ihren Augen standen.
„Sie haben alles getan, was bei Ihnen liegt. Der Rest ist Aufgabe des Gerichts. Sie sind nicht dafür verantwortlich, welche Schlüsse die Kammer aus Ihren Beobachtungen und den anderen Beweismitteln zieht. Das steht nicht in Ihrem Machtbereich. Ihnen obliegt es, Ihre Beobachtun-

gen zu schildern und dem Gericht eine Entscheidung zu ermöglichen. Nicht mehr und nicht weniger. Wenn Sie etwas schildern, was Sie nicht beobachtet haben, ist das zu Recht strafbar. So sind die Regeln, bessere gibt es nicht, und daran müssen wir uns halten."

„Und wenn das Ergebnis trotzdem falsch ist und ein Unschuldiger verurteilt wird?"

„Dann ist das Urteil trotzdem richtig, wenn es der Revision standhält."

„Das ist Blödsinn", erklärte die Zeugin, nachdem sie den Rest des Cognacs in einem Schluck getrunken hatte, und fuhr fort: „Dann ist der Zweck des Verfahrens nicht erfüllt, das Verfahren hätte seinen Sinn verfehlt. Es ist feige und unwürdig, andere für die eigenen Fehler verantwortlich zu machen."

„Der Zweck des Verfahrens ist, das Gericht in die Lage zu versetzen, nach seinen Erkenntnismöglichkeiten das Urteil zu fällen, das der Tat entspricht. Seine Überzeugungen bildet das Gericht aus den erhobenen Beweisen, die es unter Achtung der Würde aller Beteiligten, vor allem des Angeklagten, nach prozessualen Regeln erhebt. Das ist alles. Ganz klar ist das im Zivilprozess. Wer dort eine zur Durchsetzung seines Anspruchs erforderliche Tatsache nicht beweisen kann, für die er beweispflichtig ist, verliert den Prozess. Das abweisende Urteil ist richtig und gerecht, selbst wenn dem Kläger der Anspruch objektiv zusteht."

Ich hatte die Zeugin mit platten Sophismen, die jeder forensisch praktizierende Jurist gern von sich gibt, wenn es darum geht, ob und unter welcher Voraussetzung Urteile falsch oder richtig sind, etwas beruhigt und schob noch bekräftigend nach: „Nehmen Sie an, Sie wären an der Stelle des Gerichts, und jemand würde durch eine falsche Bekundung das seiner Auffassung nach gerechte Urteil fördern wollen. Er würde doch dann die Kammer zum Mittel seiner eigenen Beurteilung machen. Ich finde das maßlos überheblich."

Sie erwiderte einfach und bestimmt: „Das Urteil muss gerecht sein und wenn ich dazu lügen muss. Der Zweck heiligt die Mittel."

Sie schaute mich, der ihr sicher an Intelligenz unterlegen war, der ihr aber ebenso sicher einiges an Lebenserfahrung vorausȟatte, nachdenklich an, und ich fand einen für mich interessanten Themenwechsel als kleine entspannende Pause angebracht, bevor ich mich entscheiden würde, ob ich sie von ihrem Plan abbringen oder den Dingen ihren Lauf lassen sollte. An meiner Entscheidung würde ich noch lange zu leiden haben, wie immer sie auch ausfallen würde. „Wieso haben Sie sich eigentlich gerade auf Caravaggio spezialisiert?", fragte ich unvermittelt.

Michelangelo Merisi wurde wahrscheinlich am 29.9.1571 im Zeichen der Waage in der Kleinstadt Caravaggio in oder nahe Mailands, auch dies ohne Gewissheit, als Sohn eines Architekten geboren, der starb, bevor der elfjährige Caravaggio als Lehrling in eine renommierte Malerwerkstatt eintrat. Nach seiner Lehrzeit wurde in Rom einer der dort mächtigen Kardinäle, Francesco Maria del Monte, auf sein bahnbrechendes Talent aufmerksam und förderte ihn mehrere Jahre. Er lebte in seinem Palast, wurde mit Delikatessen und edlen Getränken versorgt und fein gekleidet. Es war eine Zeit der Veränderung und Auflösung, vielleicht noch mehr als unsere. Die Welt stand im Zeichen der Gegenreformation und die verblühende italienische Renaissancemalerei noch in einer ebensolchen Krise. Die Staatsräson und religöse Restauration, die bald zu einem lebensfeindlichen Dogmatismus erstarrte, ersetzten die Ideale des Humanismus und der klassischen Bildung. Hinrichtungen fanden in Rom fast täglich statt und mancher große Geist, wie der die kopernikanischen Prinzipien weitertreibende Giordano Bruno, schwor seinen Erkenntnissen nicht ab und wurde während Merisis Romaufenthalt dafür öffentlich ins Feuer geschickt. Die Innigkeit der großen Renaissancemaler hatte sich erschöpft und war einer immer geistvolleren, höchst raffinierten, aber blutleeren und inhaltslosen Formelhaftigkeit gewichen, die die großen Ideen dieser früheren Meister immer unerträglicher paraphrasierte und zuletzt keine Weiterentwicklung mehr gestattete. In diesen erstarrten Manierismus brach Caravaggio erneuernd, umwertend ein und wirkt seitdem bis heute tief und nachhaltig auf die abendländische Kunst. Er schenkte der Welt und dem Norden ein neues Licht, das die Niederländer Honthorst, Ter Brugghen und Jordaens nochmals männlich ernüchterten und zu Rembrandt und Vermeer trugen, die schließlich zu neuer Verklärung fanden und Alltagsszenen in eine höhere Wirklichkeit hoben.
Michelangelo Merisi begann mit einem Stillleben; ihm folgten mehre-

re Ganzkörperporträts mehr oder weniger unbekleideter Knaben und Jünglinge als Amor, Bacchus und Johannes, einige Genrebilder und christliche Themen. Was ihn neben einer perfekten Malweise auszeichnet, ist ein greller sinnlicher Realismus, der den Betrachter in die wie Momentaufnahmen geschilderten, zum Teil dramatischen Szenen als unmittelbar Teilnehmenden einfängt. Seine bis dahin nicht gekannte Interpretation selbst der heiligsten Bibelszenen ist lebendig und lebensnah. Knaben, Jünglingen, alten Männern gilt seine vordringliche Aufmerksamkeit und Leidenschaft. Frederik von Loewen-Kampen, der Sohn der Ermordeten, wäre sicher ein entzückter Verehrer seiner Kunst, falls ihm nicht manches zu direkt und grausam erschien.

Neben von Knaben bevölkerten, perspektivisch bis aufs Äußerste getriebenen und durch starke hell-dunkle Effekte verklärten Genrebildern, die versteckte, so hinter- wie tiefgründige Botschaften enthalten, stellt er büßende Heilige und lichtdurchflutete Christusszenen dar, die durch ihre sinnliche Unmittelbarkeit von allem bis dahin Geschaffenen abweichen. Christus keineswegs als Pantokrator, sondern als bartloser, mädchenhafter Jüngling, der in sonnendurchflutetem Raum den noch in sich verstockten Matthäus erwählt und aufruft, Christus, dessen Wunde der ungläubige Thomas angestrengt mit seinem versteiften Zeigefinger penetriert, Judas, dessen Kuss den in seinem Schmerz strahlenden Herrn verrät, nach dem schon ein Scherge in glänzender Rüstung greift, um ihn dem Kreuz zuzuführen und damit der Menschheit einen großen Dienst zu erweisen.

Und immer wieder Enthauptungsszenen: Abraham, der wollüstig das Messer an Isaaks Kehle legt, welcher sich mit ebensolcher Wollust darbietet und hingegeben auf den erlösenden Schnitt wartet, mehrere Fassungen eines jugendlichen Davids mit dem frisch vom Rumpf getrennten blutenden Haupt Goliaths, in welchem sich Merisi wahrscheinlich selbst und gleich mehrfach porträtiert hat. Ein enthaupteter Johannes, aus dessen frischer Schnittwunde das Blut wie das eines geschächteten Lamms in den Sand tropft, das Blut mit dem der verruchte Meister Caravaggio die mehrdeutigen Worte neben dem Kopf des Täufers in den Staub schrieb: „Michelangelo fecit."

Als Modell einer Marienbeweinung nahm er die schwangere Wasserleiche einer jungen Kurtisane, die sich in ihrer Not im Tiber ertränkt hatte und nun aufgedunsen als Maria in der Mitte der sie trauernd Beweinenden liegt. Die provozierende, kraftvolle, realistische Drastik seiner Darstellungen ergreift noch den heutigen Betrachter und lässt ihn zwischen Bewunderung und Abscheu schwanken. Die Meinungen über Caravaggio sind bis heute geteilt. Während Winckelmann, Ingres, Burckhardt und Picasso ihm die Verachtung des antiken Formenkanons, Vulgarität, geistlosen Realismus, grelle Effekthascherei und gestellt in Szene gesetzte Kulissenkunst vorwerfen und auch der vergessene Dichter erklärt hat, Caravaggio könne er überhaupt nicht mehr Kunst nennen, sind die Besucher der immer wieder neuen Ausstellungen hingerissen und ergriffen von seinen Schöpfungen, mit denen er dem Krud-Alltäglichen seine Göttlichkeit abfordert.

Ebenso abenteuerlich und wild wie seine Malerei ist Merisis Biografie. Was die Konflikte mit der Justiz anbelangt, konnte er durchaus mit Kussowski mithalten. Die erste Haft wegen Körperverletzung erleidet er als Neunzehnjähriger, ein Jahr später ein Verfahren wegen unerlaubten Waffenbesitzes. 22-jährig schafft er nicht nur die Gefangennahme Christi, sondern wird selbst wegen der Verbreitung diffamierender Gedichte inhaftiert. Im Jahr darauf erneut zwei Verfahren wegen Körperverletzung; in einem Fall hat er einen Polizeischergen angegriffen. Im darauffolgenden Jahr 1605 malt er ein Altarbild für die Kapelle in St. Peter, das die Auftraggeber nicht abnehmen, und wird mehrfach festgenommen, zweimal wegen Sachbeschädigung, einmal wegen einer weiteren Körperverletzung an einem Notar. Schließlich tötet er, nachdem er die Pilgermadonna di Loretto geschaffen hat, anlässlich eines Ballspiels nach einer heftigen Auseinandersetzung auf dem Campo Marzio seinen Mitspieler Ranuccio Tommasoni da Terni aus Wut. Seiner Meinung nach war es unfair zugegangen. Nach allgemeiner Annahme soll es sich bei dem Spiel um ein Schlagballspiel, um eine frühe Form des Tennis, gehandelt haben. Im Seicento hat man jedoch schon mit gleicher Begeisterung wie heute Fußball gespielt. Zu meiner Vorstellung passt eher, dass die Tat in der heftigen Erregung eines hitzigen, außer Kontrolle geratenen Calzio geschah. Diese brachte ihm die Anklage wegen Totschlags und die Flucht nach Malta zu dem ihn aufnehmenden Malteserorden ein.

Michelangelo Merisi ist damals 34 Jahre alt. In Malta wird er aus unbekannten Gründen abermals inhaftiert, kann aber aus dem Kerker des Kastell Sant' Angelo Vittorioso, aus dem er sich spektakulär über die Felsen abseilt, nach Messina fliehen. In Neapel erhält er bei einer Schlägerei schwere Gesichtsverletzungen. Schließlich hofft er nicht unberechtigt auf seine Begnadigung und tritt die Rückreise nach Rom an, auf der er aus ungeklärten Ursachen infolge eines Fiebers in dem Küstenort Porto Ercole am 18. Juli 1610 im Alter von noch nicht 39 Jahren stirbt. Die Enthauptung, die er immer wieder in seinen Darstellungen beschwor, blieb ihm zugunsten eines Lebensendes erspart, das hoffentlich gnädiger war als das der Frau von Loewen-Kampen.
Seit ich auf meiner Reise nach mit Ach und Krach bestandenem Abitur durch Frankreich und Italien einige Caravaggios im Original gesehen hatte, war ich von diesem Maler, den ich für eines der bedeutendsten Genies halte, fasziniert.

Auf meine wiederholte Frage antwortete die Zeugin trocken: „Weil er ein bedeutendes Forschungsgebiet liefert, das trotz zahlreicher Versuche kaum entschlüsselt ist."
Ich sagte: „Vermutlich ist Merisi deswegen so faszinierend, weil er das, was er liebt, religiös darstellt. Er transzendiert das Alltägliche, den Menschen unmittelbar neben ihm ins Heilige. Die Frage ist, ob er erhöht oder erniedrigt, wenn er den Täufer Johannes oder Christus mit aller Sinnlichkeit greifbar macht. Wird die Gosse zum Olymp oder wird der Olymp zur Gosse?", und dachte dabei an die Verse des vergessenen Dichters:

„Tonnen puren golds verstreut im staub:
Volk in lumpen streift es mit dem saum –
Keiner sieht."

Die Zeugin schaute mich verwundert und, wie ich hoffte, vielleicht ein wenig bewundernd an und hob mich mit der Feststellung: „Der Normalfall des Juristen sind Sie aber auch nicht", vielleicht ein wenig auf ihre Ebene.

Dann stellte ich ihr eine Frage, die auf dem Niveau derer nach Kussowskis Schuld lag und die mir sofort peinlich war, nachdem ich sie ausgesprochen hatte: „Mögen Sie Caravaggio?"
Sie verzog etwas gelangweilt die Mundwinkel und erwiderte: „Auf meine persönlichen Vorlieben kommt es bei meiner Aufgabe nicht an."
Sie behandelte ihren Job nicht anders als ich den meinen. Nicht das, was man am meisten liebt, zu seinem Beruf machen, sondern das, was man am besten kann. Die Liebe stellt sich dann von selbst mit dem Erfolg ein, zwischen Leidenschaft und Broterwerb ist dann nicht mehr zu trennen. Ich musste ihr unbedingt ausreden, durch eine sinnlose Falschaussage einen Fehler zu begehen, der sich nicht mehr reparieren ließ und keinem nützte, wenn es mir schon nicht gelungen war, Kussowski mit dem optimalen Ergebnis zu verteidigen.
Inzwischen war der Druck auf meine Blase, die dringend nach Entleerung verlangte, zur Qual gewachsen, und ich entschuldigte mich für ein paar Sekunden, um danach erleichtert und mit frischem Mut meine Überzeugungsarbeit wieder aufzunehmen. Ich besuche das Klo in diesem Bistro immer wieder gerne, weil die Einrichtung nach meinen Maßstäben vorbildlich ist.
Nach bürgerlichen Prestigewohnidealen ist die Badezimmereinrichtung zunehmend eine Statusfrage. Der Luxus kann dabei gar nicht weit genug getrieben werden. Einer meiner Mandanten, der es durch trickreiche Geschäftsideen zu großem Reichtum gebracht hat, hatte sich eine Kloschüssel aus blauem, peruanischem Marmor fertigen lassen. Neben dem Toilettenpapierhalter aus Gold prangte ein ebenso blaumarmornes Waschbecken unter einem an den Seiten viel zu protzig weitflächig geschliffenen Kristallspiegel. Die Wände waren wie der Fußboden mit Fliesen aus blau gefärbtem, kalifornischem Achat verkleidet. Auf einem gemauerten Absatz hinter dem Waschbecken standen zwei hauchdünne dunkelblaue Champagnergläser. Das saubere kalte Blau des Raumes ließ allerdings nicht vermuten, dass hier fröhliche Orgien gefeiert wurden, sondern allenfalls, dass ein gelungener Drainagevorgang am Abend bisweilen mit einem edlen Tropfen eingeleitet oder begangen wurde.
In dem Bistroabort war dagegen alles klassisch einfach und funktional, mit den einfachsten Mitteln war eine optimale Wirkung erzielt. Die vor-

stehenden, am Rand facettiert geschliffenen, weißen Fliesen waren an den Rändern der Wände von einem schmalen, ungeschliffenen schwarzen Marmorstreifen eingefasst; gegenüber einem kleinen, verchromten Waschbecken befand sich ein Pissoir, daneben hing etwas erhöht ein Automat mit Präservativen, den ich neugierig betrachtete, während sich meine Blase fröhlich plätschernd entleerte und die Anspannung in meinem Körper einer befreiten Erleichterung wich.
Hinter einer schmalen, länglichen Glasscheibe, die in das weiße Blech eingelassen war, stapelten sich die quadratischen Päckchen ordentlich übereinander. Über der kleinen Schublade, die man nach dem Geldeinwurf herausziehen konnte, prangte ein gedrucktes Foto, auf dem eine rothaarige Frau abgebildet war, ein jüngeres Modell der einfüßigen Rothaarigen, die Kussowski zum Verhängnis geworden war. Ihr kirschrot glänzender Mund war leicht geöffnet und zeigte zwei makellose weiße Zahnreihen, hinter denen eine gut durchblutete rote Zunge lag, dagegen waren ihre Augen leicht geschlossen und ließen nur einen schmalen Schlitz funkelnden Grüns erkennen. Knapp unterhalb des fruchtbaren Brustansatzes war das Bild abgeschnitten. Hinter ihrem roten Schopf wölbte sich der Ansatz ihres wohlig runden, offenbar äußerst gebärfreudigen Beckens, das sie in interessierter Erwartung der sich a tergo nähernden fröhlichen Ereignisse in einer Sphinxhaltung, die jedoch keine Frage offen ließ, etwas angehoben hatte. Geradezu ein Ausbund an Fruchtbarkeit, der das Produkt, für das sie warb, entgegenwirken sollte.
Schon bemerkenswert, mit welchen Mitteln dieses naturwidrige Gummi angeboten wird, dachte ich. Ein seelenloses, auf seine bloßen Schlüsselreize reduziertes Wesen musste herhalten, um die gleichermaßen vor Empfängnis wie der Lustseuche schützenden Gummiprodukte, die zwar das Gefühl leicht einschränken, aber Sicherheit und unbekümmerte Folgenlosigkeit garantieren, an den Mann zu bringen.

„Schweigt mir vom weib: eh ihr all dies nicht seht“,

hatte der vergessene Dichter gemahnt,

„Was unterm fruchtbar schmerzenvollen prall
Des stärkeren in lust erstöhnen muss“,

und rückte damit nach seiner Vorstellung die alte Ordnung zurecht. Diese Betrachtung darf man freilich mehrfach in Zweifel ziehen. Denn anders als im Tierreich ist der Prall nicht zwingend fruchtbar, wie gerade der erfindungsreiche Automat beweist. Zudem ist er und sollte wenigstens nach Umständen und in aller Regel auch nicht schmerzhaft sein und wenn, dann nicht notwendigerweise nur für den einen Teil der Menschheit. Unter dem Bild las ich die Aufschrift *Erotflex de Luxe* und darunter mit kleineren rosa Buchstaben „Himbeergeschmack“. Rechts auf halber Höhe befand sich der Geldeinwurfschlitz. Ich traute meinen Augen kaum, als ich diesen näher betrachtete. Die Erkenntnis kam wie ein Schlag über mich und durchzuckte mich wie ein grell leuchtender Blitz. Mir wurde heiß, Schweißperlen bildeten sich auf meiner Stirn und ich musste mich für einen Moment an der Wand abstützen. Dann fing ich mich. Unter dem Einwurf stand gedruckt: „Ein-, Zwei- und Fünfmarkstücke.“ Verfügte man über die nötige Anzahl von Ein- und Zweimarkstücken, war der Zugang zum verheißenen Gummi frei; es bedurfte keines Geldwechselns. Bunsch hatte tatsächlich gelogen! Er hatte auf mein beharrliches Nachfragen behauptet, er habe die irische Kneipe verlassen, um seine Markstücke in ein Fünfmarkstück zu wechseln und um dann später unbemerkt Kondome ziehen zu können, und hatte damit die Erklärung geliefert, warum er sich ausgerechnet vor der Gaststätte aufgehalten hatte, als die Tat geschah.
Ich wischte mir die Schweißtropfen von der Stirn, drehte mir eine Zigarette und während ich den Rauch tief einsog und durch die Nase wieder entließ, schaute ich immer noch fassungslos auf die Aufschrift und dachte angestrengt nach. Wenn Bunsch schon eine falsche Erklärung für seinen Aufenthalt vor der Kneipe zum Besten gegeben hatte, war seine gesamte Aussage in Zweifel zu ziehen. Die Zeugin hatte Recht. Kussowski war nicht der Täter! Ich steckte drei Einmarkstücke und ein Zweimarkstück in den Automaten, lauschte andächtig dessen schallendem, die Sperre lösendem Geschepper, warf die halb gerauchte Zigarette in das Pissoir und zog mit einem energischen Ruck die Lade auf, der ich das Gummi-

produkt mit Himbeergeschmack entnahm. Der Zigarettenrest schadet nicht, denn nach zwei bis drei Spülungen würden sich Papier und Tabakrest aufgelöst haben und ohne Rückstände in den Orkus der Kanalisation hinabfahren, so, wie es das Schicksal von allem Vergänglichen verlangt, denn Selbstgedrehte haben keinen resistenten Filter.

Ich ging zurück zu unserem Tisch und warf lässig elegant das erworbene Quadrat vor die Kaffeetasse der Zeugin. Trotz meiner Grobheit hoffentlich nicht gänzlich ungeschmeichelt schaute die Zeugin nach einem kurzen, aber vielsagenden Augenaufschlag prüfend in mein Gesicht. Dann fragte sie – möglicherweise der Form halber, leider aber wahrscheinlich nicht ganz ohne echte Aufgebrachtheit – : „Was bilden Sie sich denn ein?"
Das Dasein setzt sich aus unseren tausend kleinen Gesten und Handlungen zusammen, von denen, da ist Schlomo Recht zu geben, nur wenige das bedeuten, was sie zu bedeuten scheinen. Aber wenn man schon seine Umwelt nicht beherrschen kann, dann wenigstens sich selber so gut wie möglich.
Ich antwortete betont tonlos: „Die habe ich gerade mit drei Einmarkstücken und einem Zweimarkstück gezogen. Bunsch brauchte nicht zu wechseln. Er hat nicht die Wahrheit gesagt."
„Das ist nichts Neues. Ich weiß schließlich, was ich gesehen habe. Aber mit dieser offensichtlichen Lüge können Sie bestimmt seine gesamte Aussage widerlegen", erwiderte sie aufgeregt. Ich bemerkte in ihren blauen Augen einen aufleuchtenden Hoffnungsschimmer.
Nach einer kurzen Pause entwickelte ich wie in einem Selbstgespräch meine Schlussfolgerung: „Warum hat er gelogen? Bunsch hat die Kleidung des Täters exakt beschrieben. Er wusste also, was der Täter anhatte. Dafür gibt es nur eine Erklärung: Er kennt den Täter und will ihn decken."
„Wissen Sie, was das bedeutet?", stieß die Zeugin hervor und antwortete sich dann selbst, wobei sie ihre flache rechte Hand leicht auf ihre Stirn klatschte. „Er war der Täter, natürlich, er war's!"
Einen Moment verstand ich gar nichts mehr. Ich war wie vor den Kopf geschlagen. Sie aber fuhr mit wachsendem Eifer fort: „Die Ähnlichkeit zwischen ihm und Ihrem Mandanten ist offensichtlich. Er hat ihn danach ausgewählt. Wieso bin ich darauf nicht früher gekommen?"

Die Erkenntnis traf mich mit aller Wucht. Während einiger Schweigesekunden, in denen wir gewissermaßen zur stabilisierenden Konzentration gegenseitig unsere Pupillen fixierten und ich begeistert in ihre von Azur umgebenen, fast wie hundenasig rein schwarzen versank, ratterten die Gedanken durch unsere Köpfe. In meiner Skepsis versuchte ich noch einen Einwand: „Aber könnte er sich nicht einfach vertan haben?"
Sie jedoch kannte seine Aussage genau. „Bunsch hat erklärt, er ziehe dort jeden Sonntag Präservative. Also musste er wissen, welche Geldstücke er brauchte."
Ich winkte den Studenten heran, der beschwingt wie Puck im Sommernachtstraum an unseren Tisch kam. Ich bezahlte und fragte beiläufig, seit wann der Automat im Klo hing. Er grinste breit und anzüglich meiner schönen Begleiterin zu und fragte, ob mit dem Gerät etwas nicht in Ordnung sei. „Klemmt er?"
Wahrscheinlich dachte er, unsere vermeintliche Beziehungskrise hätte sich aufgelöst und der Rest des Abends sei einer Versöhnungsfeier gewidmet, die ein Versagen des Automaten gefährdete. Ich zog ein ernstes Gesicht und erklärte ihm, mit diesem Gerät sei alles in Ordnung, ich wolle nur wissen, seit wann es dort hänge. Er wusste, dass ich Anwalt bin.
„Wir haben ihn irgendwann im Sommer aufgehängt. Ist einer aus dem vorigen geplatzt?"
Wahrscheinlich studierte er Jura und dachte an ein interessantes Regressproblem, vor allem, wer von verschiedenen Verantwortlichen für die Folgen des mutmaßlich defekten Sicherheitsmittels zur Rechenschaft zu ziehen sei. Zu viel Fantasie kann ein angehender und erst recht ein fertiger Jurist gar nicht haben. „Wir sind nicht die Aufsteller, das Ding gehört nicht dem Bistro."
Um ihn zu beruhigen und endlich genauere Information zu erhalten, log ich ihm vor, ein befreundeter Kinobetreiber sei an gebrauchten Geräten interessiert und er würde mir einen großen Gefallen erweisen, wenn er mir den Automatenlieferanten und den Zeitpunkt der Aufstellung des neuen verraten würde. Er war vielleicht zehn bis zwölf Jahre jünger als ich, in unserer kurzlebigen Zeit macht das schon einen Generationsunterschied aus. Zwar mit wieder sich erhellender Miene, aber weniger

beschwingt ging der Student in das hinter der Theke gelegene Büro und kam mit einer sich als Lieferschein entpuppenden, schmutzigen rosa Zettelkopie wieder. Dort war unter dem Kopf der Firmenbezeichnung in krakeliger Handschrift notiert: „Erotflex 95/9.6/9 K am 3.5.1995."
„Der neue ist viel besser, da passen nicht nur Fünfmarkstücke rein, sondern auch die Aufmachung ist ansprechender", erklärte der Student. Genau das wollte ich hören. Ich gab ihm ein üppiges Trinkgeld; beim Rausgehen zwinkerte er mir anzüglich zu.

Die Dämmerung hatte eingesetzt, die versinkende Sonne zog die letzten Strahlen in ihren Panzer zurück. Mitte Oktober wich die strenge Klarheit einem weichen, diffusen, trägen Licht und das Jahr bereitete sich auf sein Ende vor. Ich musste dringend zu dem irischen Pub in Bunschs Nachbarschaft, um das dortige Gerät zu überprüfen. Die Zeugin bestand darauf, mich zu begleiten, um möglichst schnell Klarheit zu gewinnen und sich des bedrängenden Konflikts und des auf ihrer Seele lastenden Mühlsteins – wegen eines Fehlers, der keiner war – zu entledigen.
Der Laden hatte eben geöffnet. Er war eine kultivierte Fassung des „Halben Stiers", der dieselben Bedürfnisse wie dieser erfolglos zu stillen versuchte. Immerhin gab es dort statt Frikadellen Grillkartoffeln mit Quark, Schnittlauch und gewürfelten Tomaten, verschiedene gehaltvolle Suppen und am Wochenende, das hier schon Donnerstag um 18.00 Uhr eingeläutet wurde, Irish Stew und Welsh Rare-Bits, Ceddar und Stilton, wie ich mit Vergnügen und knurrendem Magen auf der an der Tür angeschlagenen Speisekarte, die außerdem noch sechs Sorten Bier und verschiedene sehr edle Whiskeysorten anpries, feststellte.
Bevor wir die Gaststätte betraten, mahnte ich die Zeugin, behutsam zu sein: Hier war nicht nur für sie und mich wie in jeder Kneipe fremdes Terrain, sondern Bunschs Stammlokal und somit Feindesland. Auf keinen Fall sofort mit der Tür ins Haus fallen und die brennenden Fragen stellen, sondern sich vorsichtig ans Ziel anpirschen; kein Misstrauen und wenig Aufmerksamkeit erregen.
Den grob verputzten Raum nahm in seiner vollen Breite eine Theke ein, über der sich sauber glänzende Kupferleitungen schlängelten, aus deren sechs Hähnen die unterschiedlichen Biersorten von einem hellrothaa-

rigen Wirt gezapft wurden, dessen Kinn ein wilder Bart umwucherte und der uns freundlich zunickte, als wir die Szenerie betraten. Hinter ihm standen in großen Fächern glänzende Gläser und verschiedene ordentlich aufgereihte Whiskeys unterschiedlichster Qualität, unter denen mir mein Lieblingswhiskey, ein zwanzigjähriger Malt, fröhlich entgegenstrahlte. Aus dem Lautsprecher erklangen in angenehmer Lautstärke die beschwingten Töne aus Liam O'Flynns Uilleann Pipes, begleitet von der unvergleichlichen Bouzouki Dónal Lunnys, und versetzten mich in fröhliche, abenteuerlustige Stimmung.

Außer uns befanden sich keine Gäste hier; wir setzten uns an einen Tisch in Fensternähe und bestellten zunächst je ein großes Stout, das der freundliche Rotbärtige mit einem kleinen Herzen auf der Schaumkrone, das seiner persönlichen Zapfkunst entsprang, aber eine lange irische Zapftradition hat, servierte. Ich fragte ihn, ob er das Welsh Rare-Bit empfehlen könne. „Gute Wahl, unsere Spezialität", sagte er und ging in die Küche, während ich aufs Klo ging, um den dortigen Automaten zu inspizieren. Dieselbe Rothaarige schaute mir mit demselben verheißenden Ausdruck entgegen und ich warf zwei Zweimarkstücke und ein Einmarkstück in den Geldschlitz, um mit einem kräftigen Ruck heute die zweite Packung *Erotflex de Luxe* mit Himbeergeschmack dem Blech zu entnehmen. Zurück am Tisch überreichte ich diese meiner schönen Begleiterin, während ich dabei meine Augen kurz aufblitzen ließ und die Worte sprach: „Die habe ich gerade mit zwei Zweimarkstücken und einem Einmarkstück gezogen. Ich schenke Sie Ihnen als Andenken."

Sie schaute mich regungslos an und kommentierte zum zweiten Mal: „So ganz ohne Skurrilitäten sind Sie nicht. Was soll ich damit?"

„Als Kinder haben wir daraus immer Wasserbomben gebastelt. Das Fassungsvermögen ist aufgrund der Stärke des Materials etwa zwei Liter und die haben wir dann aus erheblicher Höhe auf der Straße zerplatzen lassen und Passanten nass gespritzt; vielleicht ist das ein guter Verwendungszweck."

Die Anspannung der Zeugin entlud sich in einem ausgelassenen, befreienden Lachanfall, in den ich einstimmte. Wir lachten immer noch fast bis zur Schmerzgrenze, als der Zerfurchtbärtige die Rare-Bits servierte. Sie harmonierten hervorragend mit dem dunklen Starkbier, das schon

leichte Wirkung zeigte, und waren ungewöhnlich gut. Denn statt auf der konventionellen Toastscheibe war der Ceddar in Blätterteig eingebacken, der das schwere warme Bier besser aufnahm, wodurch sich seine würzige Bitterkeit stärker entfaltete. Die dazu gereichte Kresse war frisch und die Soße mit Bier und einigen Spritzern Worcestershire Sauce mit echter Markbrühe zubereitet. Ich bestellte zum zweiten Gang unseres gemeinsamen Abendessens Stilton und ein weiteres Glas, das mir in den Kopf stieg und die Hemmungen für ein Gespräch nehmen würde, bei dem es um die Aufstellungsdaten des Geräts ging, welches reuelosen Genuss spenden sollte. Danach winkte ich den Wirt heran, zahlte und gab zum zweiten Mal an diesem denkwürdigen Tag ein großzügiges Trinkgeld, eigentlich für eine Auskunft. „Die Welsh Rare-Bits, der Stilton und das Bier waren vorzüglich“, eröffnete ich die Plauderei.
„Freut mich“, sagte der Wirt mit einem freundlichen Gesichtsausdruck.
„Wir nehmen noch einen Absacker an der Theke“, sagte ich wie absichtslos zu meiner schönen Begleiterin und wir gingen hinter dem Wirt zu den Barhockern. Ich bestellte zwei doppelte meines Lieblingswhiskeys, die in etwa auch doppelt so viel wie unsere Mahlzeit kosteten und hier sicher kaum einmal bestellt wurden.
„Sie wissen, was gut ist“, kommentierte der Wirt zutraulich und erfreut über meine außergewöhnliche Bestellung.
Inzwischen erfüllte Matt Molloys schwere Holzflöte, die wiederum Dónal Lunnys beschwingte Bouzoukitöne begleiteten, erheiternd den Raum. „Matt Molloy ist einer der Größten“, leitete ich ein Gespräch über irische Musik ein, während ein guter Teil des köstlichen Malt über meinen Gaumen glitt. Wir schwärmten uns von verschiedenen irischen Musikern vor und waren uns einig, dass Liam O'Flynn jetzt endlich zu Recht die Ehre zuteil wurde, die ihm gebührte. Von vielem etwas zu verstehen, ist gut, weil es viele Anknüpfungspunkte bietet. Dazwischen nippte ich, zunehmend angetrunken, den unvergleichlichen alten Malt und näherte mich unter der aufmerksamen, angenehm bewundernden Beobachtung der Zeugin meinem Ziel.
„Wenig los“, sagte ich.
„Das ändert sich gegen neun und um zehn kriegen Sie hier bis morgens keinen Platz.“

„Haben Sie eigentlich mal daran gedacht, den Pariserautomaten auszuwechseln?“, fragte ich, meinem vordringlichen Anliegen in aller Gemütlichkeit entgegentreibend.
„Wieso, ist der nicht gut?"
„Ich bin Vertreter für Präservativautomaten und Präservative“, log ich mein Thema erläuternd. „Vielleicht kommen wir ja ins Geschäft.“
Immerhin trank ich seinen teuersten Whiskey, verstand etwas von Welsh Rare-Bits und wusste Dónal Lunny, Matt Molloy und Liam O'Flynn zu schätzen.
„Wir haben ihn gerade an meinem Geburtstag erneuert. Vielleicht beim nächsten Mal.“
„In welchem Sternzeichen sind Sie denn geboren?“
„Am 6.5.“, kam freundlich die Antwort aus rotumwuchertem Mund.
„Stier“, stellte ich fest, während mein Herz freudig hüpfte und ich dachte, dass man mehr als zwei Wochen vor Bunschs Bluttat wahrscheinlich alle Erotflexautomaten in Köln ausgewechselt hatte. Ich trank den Whiskey aus; diesmal bezahlte die Zeugin die Zeche und ich ging nochmals zum Automaten, wo ich mir im Waschbecken daneben kaltes Wasser über den Kopf laufen ließ, um mich von der leichten Angetrunkenheit zu ernüchtern, denn der Abend war noch lang und das Problem Kussowkis, der Zeugin und vor allen Dingen meins längst noch nicht gelöst.
Zu beschwingten Klängen der unvergessenen Planxty verließen wir den gastlichen Ort, nachdem wir uns von dem zerzausten Zottelbart mit Handschlag verabschiedet hatten. Ich spürte den leicht schwankenden Körper der Zeugin, die ihren Arm vertraut unter meinen eingehakt hatte, als wir durch die Dunkelheit in Richtung meines Wagens gingen.
Von der kalten Abendluft plötzlich ernüchtert zog die Zeugin abrupt ihren Arm unter meinem weg, weil ihr erschreckt bewusst wurde, dass ihrer künftigen Lebenskonzeption zu viel anderweitig trauliche Nähe als die zu ihrem Verlobten nicht opportun war.
„Ich muss die Staatsanwaltschaft zu einer Hausdurchsuchung veranlassen. Wie ich Bunsch einschätze, hat er sich von den Klamotten und erst recht von den Stiefeln nicht trennen können“, sagte ich ebenfalls ernüchtert, unsanft aus zu viel traulicher Distanzlosigkeit gestoßen, und

überlegte, ob ich Gallo oder Dr. Legatz informieren sollte. Es war kurz nach 21.00 Uhr und tiefdunkel. Die Staatsanwaltschaft muss, so ist der formale Zuständigkeitsweg, falls keine Gefahr in Verzug ist, bei dem für die Ermittlung zuständigen Amtsrichter einen Durchsuchungsbeschluss einholen, der dann mithilfe der Polizei von der Staatsanwaltschaft vollzogen wird und der zuständige Staatsanwalt war Gallo oder einer der Beamten aus seiner Abteilung.

Aber ehe ich am Donnerstagabend Gallo um Hilfe bat, der sich sicher schon längst in vorwochenendliche Lustbarkeiten gestürzt hatte und der gewiss schon in morgendlichem Frischezustand erhebliche Verständnisschwierigkeiten haben würde und schwer zu überzeugen wäre, erschien mir der schöpferische, schnell verstehende, geistreiche Dr. Legatz als der geeignetere und verständnisbegabtere Gesprächspartner. Ich setzte der Zeugin auseinander, was zu tun sei. Sie wollte mich begleiten und vor Dr. Legatz' Wohnung auf mich warten, um sofort über den Fortgang der Ereignisse unterrichtet zu sein und ihre vermeintliche Absolution möglichst ohne Verzug zu empfangen. In einer Telefonzelle fand ich ein zerfleddertes Telefonbuch, in dem glücklicherweise die Seiten La-Lo nicht herausgerissen waren und Dr. Legatz, der sich nicht einschüchtern lässt, trotz seines Amtes als Vorsitzender einer Strafkammer mit seiner Privatanschrift verzeichnet war. Er wohnte in Bocklemünd, im Grünen, am Rand der Stadt, die dort in vorstädtliche Dörfer, große Gärten und Felder übergeht. Gegen halb zehn stand ich vor seinem verschachtelten, weitläufigen Bungalow, der in den Fünfzigerjahren wahrscheinlich als das modernste galt, was zeitgenössische Architektur zu bieten hatte und unter heute geltender Bauästhetik als Überbleibsel vergangener Wirtschaftswunderzeiten unmöglich und altmodisch erschien.

Ich fuhr mit dem Wagen an dem hell erleuchteten Flachbau vorbei, parkte etwa 100 Meter von der Gartenpforte entfernt und ließ die Zeugin auf dem Beifahrersitz zurück. Vom von einem Jägerzaun umfassten Gartentor aus, an dem sich die Klingel befand, konnte ich durch ein großes Fenster in der dort gelegenen Küche eine hübsche, nicht mehr ganz junge Frau in einer weißen Schürze mit nachlässig hochgesteckten braunen Haaren, aus denen eine gelöste Strähne in ihr Gesicht fiel, hantieren sehen. Ich klingelte und nach etwa einer halben Minute schnarrte

es unwirsch aus dem Lautsprecher der Gegensprechanlage: „Hier Legatz, wer ist da?"
Ich nannte meinen Namen, und sofort wurde der Schließmechanismus des Gartentores geöffnet. Wenig später erschien Dr. Legatz mit ausgelatschten Pantoffeln, ohne Jacke und mit geöffnetem Hemdkragen in dem beleuchteten Haustürrahmen. Wir gaben uns die Hand und ohne verbale Begrüßungsformel stieß ich hektisch hervor: „Entschuldigen Sie die Störung, aber ich brauche dringend Ihre Hilfe. Es ist ein Notfall."
Er bat mich mit verständnisvoller Miene herein und ging vor mir durch ein mit einfachen Fichtenmöbeln ausgestattetes Wohnzimmer in ein zwei Stufen niedrigeres Arbeitszimmer, dessen Wände voller Bücher standen. Dort setzte er sich hinter einen großen Schreibtisch, auf dem ein psychologisches Fachbuch über das Aussageverhalten von Zeugen sowie unter einigen voll geschriebenen Blättern Kussowskis Gerichtsakte lag. Jetzt bemerkte ich, was, schon seit ich das Haus betreten hatte, meine ohnehin seltsamen Höhepunkten zustrebende Stimmung erhöhte. Überlaut erschallte aus einem der Räume des Hauses, wahrscheinlich der Küche, die kräftige Altstimme des ergreifenden „Ombra mai fui" aus Händels „Xerxes" und ließ jedem, der zu hören verstand, das Herz um einige Oktaven höher schlagen.
„Haben Sie Kussowski nun doch endlich zu einem Geständnis verhelfen können", sagte er feststellend mit befriedigtem Gesichtsausdruck.
„Glauben Sie, wegen so was würde ich Ihren Feierabend stören?", war meine etwas zu barsche Antwort, denn auch Dr. Legatz ist hochsensibel, wenn es ihn selbst betrifft. „Nein, es geht mir darum, Sie vor einem Fehlurteil zu bewahren." Damit zerstörte ich sichtlich seine frohe Erwartung.
„Sind Sie betrunken, Herr Verteidiger? Sie haben eine Fahne!", fragte er ungehalten, während mir aus seiner Atemluft der würzig-starke Geruch eines soeben genossenen sehr guten, vollen Rotweins entgegenwehte. Ich tippte auf einen starken Südfranzosen, einen Bandol oder vielleicht sogar Margaux und zwar nicht nur aus einer sehr guten Lage, sondern auch mindestens sechs Jahre gelagert, denn meine Nase funktioniert und meine Instinkte sind sicher, wenn auch meine Nerven bisweilen stärker sein könnten. „Ja, ich habe was getrunken und wahrscheinlich

etwas weitaus weniger Gutes als den Margaux, den Sie gerade genossen haben, aber das war leider im Rahmen meiner Ermittlungen notwendig, die ja sonst anscheinend keiner mit der erforderlichen Gründlichkeit durchführt. Manchmal fordert der Beruf eben Opfer."

Ich erfreute mich an seiner verblüfften Miene und fuhr fort: „Kussowski wird zu Unrecht von Bunsch belastet. Der Zeuge hat gelogen; er ist selbst der Täter und das kann ich beweisen. Einige Wochen vor der Tat wurden sämtliche Pariserautomaten von *Erotflex* ausgewechselt. Die neuen nehmen seitdem nicht nur Fünfmarkstücke, sondern auch Ein- und Zweimarkstücke an. Bunsch brauchte nicht zu wechseln. Der Automat in dem irischen Pub wurde am 6. Mai ausgewechselt. Ich vermute, dass man bei einer Hausdurchsuchung die Kleidung, die Bunsch zur Tatzeit getragen hat, vielleicht sogar mit Blutspuren des Opfers, und die Stiefel findet. Bunsch kann sich auch nicht damit herausreden, er habe von der Umrüstung nichts gewusst, denn er will dort jeden Sonntag die Gummiprodukte gezogen haben."

Dr. Legatz errötete aufgeregt, griff dann ohne weitere Erklärung zum Telefon und versuchte, Gallo zu erreichen, bei dem aber nur der Anrufbeantworter lief. Legatz bat ihn dringlich um einen Rückruf, egal um welche Uhrzeit. „Ich werde Staatsanwalt Galbitsch-Loser veranlassen, einen Durchsuchungsbeschluss zu erwirken, und vor der Urteilsverkündung wird bei Bunsch eine Hausdurchsuchung vorgenommen. Für den Fall, dass dabei nichts herauskommt, werde ich weiter aufklären, wann der Automat ausgewechselt wurde, und Bunsch nochmals befragen", erklärte er wie im Stakkato des Abdiktats einer richterlichen Verfügung.

Der Ablauf, den ich mit der Eröffnung meiner gewonnenen Erkenntnisse in Gang gesetzt hatte, würde die Ereignisse mit der Zwangsläufigkeit ineinandergreifender Zahnräder exakt zu einem runden, vollkommenen Ergebnis fügen. Wir standen beide gleichzeitig auf. Nach der Wucht meiner Mitteilung gab es nichts mehr zu sagen, und Dr. Legatz begleitete mich zur Tür. Händels Arie war inzwischen verstummt.

Dort sagte er mir zum Abschied: „Ich wusste schon, warum ich Ihnen diese Pflichtverteidigung angetragen habe. Ich habe Sie ausgesucht, weil Sie keiner von diesen kleinkarierten, kriecherischen Duckmäusern sind, die alles ungefragt hinnehmen, und auch keiner der gewissenlosen

Nassforschen, die einen Freispruch um jeden Preis erreichen wollen und die leider in Ihrem Berufsstand immer mehr zunehmen."
Damit schlug er mir, statt mir die Hand zu geben, anerkennend auf die linke Schulter. Der gute donnerstagabendlich in Vorfreude auf das Wochenende verkostete Margaux macht manchen leutselig und entweder wird einem dann auf die Finger oder auf die Schulter geklopft.
Zurück am Wagen berichtete ich der Zeugin von dem Gespräch, setzte sie bei ihrer Wohnung ab und fuhr nach Hause. Emma hatte ich abermals viel zu lange allein gelassen. Diesmal war die Wohnungseinrichtung unversehrt geblieben. Sie lag bekümmert neben dem Sofa auf dem Boden, wedelte verhalten und schaute traurig an mir vorbei, als ich den Raum betrat, was mein Gewissen alles andere als verbesserte.
„Ging nicht anders", sagte ich zu ihr, „war für Kussowski."
Bei dem Namen schaute sie hoch. „Kussowski", flüsterte ich zwei, drei Mal hintereinander und dann lauter: „Wo ist Kussowski?"
Als sie aufstand und aufgeregt mit ihrem Schweif heftig wedelnd näher kam, um dann schnüffelnd die Zimmer abzuschreiten, holte ich die Leine und wir brachen zu einem langen entschädigenden Waldspaziergang auf, der bis zur ersten Dämmerung dauerte.

12.

Nachdem ich etwa zwei Stunden in voller Kleidung auf dem Sofa geschlafen hatte, weckte mich um 8.30 Uhr schrilles Telefonklingeln. Ich war sofort hellwach. Dr. Legatz berichtete mir, dass am heutigen Freitag, dem 13., um 6.00 Uhr bei Bunsch, der unsanft aus dem Schlaf gerissen worden war, eine Hausdurchsuchung durch vier Polizeibeamte und einen Staatsanwalt stattgefunden hatte. In einem Originalkarton fanden sich fast neue Cowboystiefel, handvernäht, schwarz, mit 7 Zentimeter hohen Absätzen, neben diversen handgefertigten Schuhen englischer Provenienz in Bunschs Schuhschrank. Ferner fand sich Bunschs Terminkalender, der einige Eintragungen des Namens „von Loewen-Kampen“ zu bestimmten Daten und Uhrzeiten enthielt. Sonst war die Hausdurchsuchung ergebnislos gewesen.
Bunsch hatte den vernehmenden Beamten, die ihn über sein Recht zu schweigen belehrt hatten, erklärt, er werde überhaupt nichts sagen, bevor er nicht mit seinem Anwalt gesprochen habe. Gallo ließ ihn vorläufig festnehmen. Denn solange kein Haftbefehl ergangen ist, sind nach dem Wortlaut des Gesetzes die Staatsanwaltschaft und die Beamten des Polizeidienstes bei Gefahr im Verzug auch dann zur vorläufigen Festnahme befugt, wenn die rechtlichen Voraussetzungen eines Haftbefehls vorliegen, und dies beurteilen sie selbst. Das Gesetz bestimmt ferner, dass der vorläufig Festgenommene unverzüglich, bis spätestens am Tag nach der Festnahme, dem zuständigen Amtsrichter vorzuführen ist. Unverzüglich bedeutet, sobald wie möglich, ohne eine nicht durch die Sache begründete Verzögerung. Aber falls weitere Ermittlungen erforderlich sind, und das sind sie zwangsläufig fast immer, kann die Frist von 24 Stunden ausgeschöpft werden und das geschieht oft. Eine Beschwerde hiergegen ist sinnlos, denn über diese wird infolge der Überlastung der Amtsgerichte kaum binnen 24 Stunden entschieden.
Der Leitende Oberstaatsanwalt wollte die Vernehmung selbst durchführen. Bunsch hatte aus dem Vernehmungsraum, in dem ihm gegenüber neben Gallo KK Müller und KOK Möller erwartungsvoll saßen, in Zülpigers Büro angerufen, von dem er unbedingt vertreten werden

wollte. Zülpiger verteidigte gerade irgendeinen Halunken anderswo; vor heute Mittag würde er nicht zu Bunschs Verfügung stehen. Also wurde Bunsch in einer Zelle des Polizeibehördenhauses eingeschlossen, während der Prozess gegen Kussowski seinen Fortgang nahm.
Dr. Legatz erklärte mir weiter, er werde erneut in die Hauptverhandlung eintreten, die Vernehmung Bunschs abwarten, diesen selber noch vernehmen und in zwei Tagen die Hauptverhandlung fortsetzen. Ich fragte, ob er den Haftbefehl gegen Kussowski nicht aufheben oder wenigstens außer Vollzug setzen könne. Knapp und keinen Widerspruch duldend schnarrte mir vom anderen Ende der Leitung entgegen: „Zurzeit auf keinen Fall, bis gleich", und dann signalisierte ein gleichmäßiges Tuten, dass er den Telefonhörer aufgelegt hatte.

Ich war hellwach, völlig ruhig und meine Gedanken glasklar. Die Nervosität und Unsicherheit der letzten Tage war wie weggeblasen und ich war erfüllt von der Gewissheit, dass Kussowski freigesprochen werden würde, obwohl dieses Ergebnis zu diesem Zeitpunkt noch längst nicht sicher war. Aber manchmal ist der Instinkt stark und manchmal schenkt er sogar Gewissheit. Ich kochte mir noch einen nicht zu starken Milchkaffee mit der italienischen Blechkanne, die ich bei Luigi erworben hatte und die Kochkessel und Kaffeekanne in einem bildet, schäumte sorgfältig die Milch auf, die ich mit einem Schneebesen schlug, und streichelte, während ich den Kaffee zu einer Zigarette trank, Emma, die verschlafen herangetapst kam und sich an meine Beine lehnte.
Dann nahm ich eine ausgiebige warme Dusche. Ich dusche niemals kalt und nehme auch keine Wechselbäder, von denen ohnehin das Leben genug bereithält, solange heißes Wasser aus der Leitung kommt. Und ein schmackhaftes cholesterinreichen Essen ziehe ich allemal einem gesünderen geschmacklosen vor.
15 Minuten vor der Verhandlung traf ich im Gericht ein und ließ mich sofort zu Kussowski bringen, der in der kleinen Zelle wartete. Kussowski war nicht bleich, Kussowski war aschfahl. Für ihn stand fest, dass er jetzt gleich verurteilt würde. Er hockte in aller Armseligkeit unrasiert und in Sünderpose wie ein Häufchen Elend auf der zerkratzten Bank und erinnerte mich an Caravaggios Franziskusdarstellungen, in denen

der Heilige mit zerfetztem Gewand, den unvermeidlichen Totenschädel vor oder neben sich, wahrscheinlich nicht nur über seine Vergänglichkeit meditiert, sondern auch seine früheren Sünden bereut. Auch wenn mancher große Heilige früher ein ebenso großer Sünder war wie Kussowski, war der doch weit entfernt von allem Heiligen, auch wenn er mir zur Begrüßung erklärte, jetzt könne ihm nur noch der Himmel helfen.

Wahrscheinlich hatten irgendwelche meiner tieferen Schichten Kussowski meine Assoziation verraten, die er in ebenso tiefen empfangen hatte. Denn menschliche Kommunikation funktioniert bei Weitem nicht nur auf der meist unzulänglichen sprachlichen Ebene oder der manchmal deutlicheren der Gesten.

„Wie kommen Sie denn auf die Idee? Der Himmel hilft keinem und das ist in Ihrem Fall auch nicht nötig. Sie werden freigesprochen werden“, leitete ich meinen Bericht über meine Entdeckung, die Hausdurchsuchung, deren Ergebnis und Bunschs noch bevorstehende Vernehmung ein. Ich habe allenfalls einer Handvoll Mandanten den sicheren Ausgang ihrer Prozesse vorausgesagt. Ich bin vorsichtig und verfüge über eine Fülle zurechtgelegter Leerformeln, mit denen ich mich nichtssagend über den zu erwartenden Ausgang äußere. Meistens gebe ich das Risiko in Prozentzahlen an und wenn mir der Schalk im Nacken sitzt, was öfter vorkommt, nenne ich sogar zwei Stellen hinter dem Komma: „50,07 Prozent, dass Sie diesen Rechtsstreit gewinnen.“

Dabei erläutere ich die Rechtslage, die ich zuvor gründlich geprüft habe. Denn ich lege Wert darauf, dass der Rechtsuchende versteht, wo die Probleme liegen, selber das Risiko erkennt und ich gewissermaßen nur das Mittel bin, um seine fehlende Rechtskenntnis zu ersetzen und seine eigene Entscheidung zu ermöglichen.

Aber jetzt, gegenüber Kussowski, war ich mir absolut sicher, vielleicht als Folge von Überanstrengung und Schlafentzug, vielleicht als echte Eingebung und Erleuchtung, dass er freigesprochen würde.

„Wem immer Sie das auch zu verdanken haben“, sagte ich leise, voller Ernst und selbstsicher, „Sie werden freigesprochen, noch nicht heute, aber in kurzer Zeit. Ich verwette mein Leben darauf.“

Kussowski starrte mich aus tiefliegenden, umschatteten Augen an und

dann stieß er hervor: „Doc, ich glaube, jetzt sind Sie verrückt geworden!"
„Herr Kussowski, ich war selten so klar. Sie sind in Kürze wieder in Freiheit."
Wahrscheinlich machte ich tatsächlich den Eindruck eines Wahnsinnigen, aber vielleicht gehört ein bisschen Wahnsinn dazu, einen Mandanten so zu vertreten, wie ich es tat.
Kussowski wurde wieder von zwei Wärtern in Handschellen in den Sitzungssaal geführt. Ich ging neben ihm her. Am 7. Verhandlungstag, dem 13.10.1995, pünktlich um 10.00 Uhr, betrat die 9. Strafkammer im Gänsemarsch und zum überwiegenden Teil mit wehenden Talaren den Raum und erinnerte mich dabei an die großen Werke Spitzwegs.
„Die Hauptverhandlung wird wiederaufgenommen", erklärte Dr. Legatz noch im Stehen formlos, denn hierzu bedarf es keines Beschlusses. Nachdem sich alle gesetzt hatten, erläuterte er die bei Bunsch durchgeführte Hausdurchsuchung und den Fund der Stiefel und des Terminkalenders, der die Verabredung mit von Loewen-Kampen dokumentierte. Er würde Bunsch vorladen und vernehmen, die Hauptverhandlung werde in 3 Tagen um 9.00 Uhr fortgesetzt. Ich erklärte, noch einen Beweisantrag stellen zu wollen. Dr. Legatz bat mich nach vorne zur Richtertheke, der Leitende Oberstaatsanwalt kam hinzu.
„Was gibt's, Herr Verteidiger?", fragte mich Dr. Legatz, leise und fast intim, sodass die Zuhörer und die Pressevertreter nichts von unserem Dialog hören konnten.
„Ich will sofort die Vernehmung von Frederik von Loewen-Kampen; er steckt mit Bunsch unter einer Decke und ist der Nutznießer der Tat. Entweder ist er Anstifter oder Mittäter."
„Gut", sagte Dr. Legatz. „Ich unterbreche jetzt die Hauptverhandlung für eine Stunde und gebe Ihnen die Möglichkeit, den Beweisantrag auszuformulieren. Der Herr Staatsanwalt hat dann Gelegenheit, das Notwendige zu tun."
Gallo schaute ihn fragend an, worauf Dr. Legatz etwas ungehalten die Erklärung anhängte: „Nämlich eine Telefonüberwachung von Bunschs Anschluss zu veranlassen, falls das noch nicht geschehen sein sollte."
„Natürlich", sagte Gallo brav, offenlassend, ob er schon selbst auf diese Idee gekommen war, denn Gallo braucht klare Anweisungen, um etwas

Sinnvolles zu tun. Dann unterbrach Dr. Legatz die Hauptverhandlung für eine Stunde.

Als ich mit dem wieder gefesselten Kussowski den Gerichtssaal verließ, eilte mir die Zeugin entgegen, die mir bereits im Zuschauertrakt aufgefallen war. Ich erklärte Kussowski, ich würde gleich in seine Wartezelle nachkommen, drückte der Zeugin die Hand und freute mich, sie berühren zu können. Wir setzten uns nebeneinander auf eine der Bänke für wartende Zeugen oder Parteien, die rechts und links vor der Eingangstür zum Gerichtssaal platziert sind. Inzwischen war es mir egal, ob einer der Prozessbeteiligten uns beobachten würde.
„Die Sache läuft gut, Sie werden meinen Fehler korrigieren. Ich habe mir Ihren Mandanten heute noch mal ganz genau angesehen. Bunsch hat ihn nach seiner Ähnlichkeit mit ihm ausgewählt. Er muss ihn von irgendwoher kennen. Versuchen Sie herauszufinden, ob es irgendwelche Berührungspunkte gibt; vielleicht hat er vor Jahren eine Versicherung bei ihm abgeschlossen“, sprudelte es weise aus ihr hervor. „Und zwischen dem Sohn des Opfers und dem Zeugen muss es auch eine Verbindung geben.“
Noch bevor ich antworten konnte, ging der Leitende Oberstaatsanwalt auf uns zu und herrschte mich entrüstet an: „Herr Verteidiger, finden Sie das eigentlich richtig, mit einer Zeugin in einem noch nicht abgeschlossenen Verfahren, in dem Sie den Angeklagten vertreten, angeregte Gespräche zu führen?“
Denn den Dialog mit den Vertreterinnen der holden weiblichen Schönheit in Gerichtsfluren zu pflegen, scheint er für sein persönliches Privileg zu halten, das kein anderer für sich in Anspruch nehmen darf. Ich hasse Gallo nicht, habe aber auch kein Mitleid mit ihm. Wäre er nicht aufgrund einer Fehlbesetzung, die er seinen guten Beziehungen wegen seines frühen, unermüdlichen Einsatzes für die Sache der Burschenschaft und dem allgegenwärtigen Klüngel zu verdanken hat, der Leitende Oberstaatsanwalt, wäre er mir gleichgültig und ich würde ihn wahrscheinlich nicht zur Kenntnis nehmen und noch nicht einmal bemerken, wie wohltuend es war, ihn ausnahmsweise nicht in seiner typischen Pose im angeregten, meist einseitigen Flirt im Gerichtsfoyer anzutreffen.

„Zeigen Sie mich von mir aus bei der Anwaltskammer an, falls Sie mein Verhalten für standeswidrig halten oder eröffnen Sie ein Ermittlungsverfahren gegen mich, aber drängen Sie sich bitte nicht in wichtige Gespräche, so was gehört sich nicht."

Gallo blieb der Mund offen stehen. So viel freche Respektlosigkeit war er nicht gewöhnt. Ich spürte, wie er mühsam eine handfeste Beleidigung unterdrückte. Mehr fiel ihm nicht ein, denn Schlagfertigkeit erfordert geistige Beweglichkeit. Die Zeugin grinste und Gallo trollte sich mit zornrotem Kopf, um die Abhörung des Bunschschen Telefonanschlusses in die Wege zu leiten, was ihm vielleicht auch ohne Anstoß von außen eingefallen wäre, woran ich allerdings meine Zweifel habe. Die Zeugin hatte Recht: Wer hier mit wem wie und warum in Beziehung stand, müsste sich klären lassen.

„Entweder teilt Bunsch von Loewen-Kampens Neigung oder der Kontakt hat auf beruflicher Ebene stattgefunden. Bunsch wollte ihm eine Versicherung verkaufen oder die Familie ist über seine Gesellschaft versichert und seine Agentur betreut sie", schloss die Zeugin messerscharf. Ihr hatte ich schon einiges an Anregungen zu verdanken und ohne unser Treffen hätte ich wahrscheinlich niemals bemerkt, welche Geldstücke den Automatenweg zum Besitz eines Erotflexpräservativs eröffnen, und das Urteil im Fall Kussowski wäre längst gesprochen.

In der Zelle ging ich mit Kussowski die Verhandlung durch und erklärte ihm, dass die Staatsanwaltschaft Bunschs Telefon abhören würde. Kussowski strahlte mich aus nachtumschatteten Augen an. „Ich kann also hoffen."

„Klar, ich muss jetzt dringend einige Beweisanträge formulieren. Aber zuvor noch eine Frage: Haben Sie eigentlich eine Versicherung?"

„Was soll ich denn damit? Ich hab nix zu versichern und meine Krankenversicherung zahlt das Sozialamt", antwortete Kussowski.

„Und Emma, hat die eine Versicherung?"

„Die hat gerade mal 'ne Steuermarke; was soll die denn anstellen? Bin ich Krösus?"

„Haben Sie irgendwann einmal was mit einer Versicherung zu tun gehabt?"

Kussowski grübelte und sagte dann: „Vor zwei Jahren hatte ich mal mit 'ner Versicherung zu tun. So'n Blödmann hat mich angefahren. Aber eigentlich nicht richtig, er hat mich beim Ausparken gestreift, als ich ein bisschen besoffen da langgelatscht bin, aber ich hab 'ne Riesenschau draus gemacht. Ich hab mich auf den Boden fallen lassen und vor Schmerzen gewimmert. Der Typ, irgend so'n korrekter Beamter, wollte auf keinen Fall die Schmier und ich auch nicht, sonst hätten die noch festgestellt, dass ich mir nix getan hab und auch meine Klamotten in Ordnung waren. Und ich wollte bei der Sache ein bisschen Kohle rausholen. Also hat der Typ mir seine Versicherung auf'n Zettel geschrieben und dann hat er noch aufgeschrieben, dass er mich beim Ausparken umgenietet hat. Ich hab dann so eine Schadensliste gemacht, mit meinen Klamotten, meinen Schuhen und dann hab ich mir das Knie blau angemalt und ein Foto von mir gemacht. Den ganzen Quatsch hab ich zur Versicherung von dem geschickt und wollte 2.500 Mark für den ganzen Spaß, allein für die Schuhe 420. Die wollten dann Nachweise von mir und da hab ich ein Bestellformular bei diesem Westernversand ausgefüllt und 'ne Seite aus'm Katalog von denen rausgerissen und mitgeschickt. Meine Stiefel waren völlig abgelatscht, aber die aus dem Katalog sahen so ähnlich aus, hatten nur ein bisschen höhere Absätze. Ich habe dann nach längerer Zeit 250 Mark gekriegt und das war's dann. Die haben zwar den ganzen Schaden anerkannt, aber mit alten Forderungen gegen mich aus den Autoknackereien von früher die Aufrechnung erklärt. Die haben Vollstreckungsbescheide gegen mich über 36.000. Aber bei mir ist ja sowieso nix zu holen. Die 250 gab's nur, damit ich meine Schnauze halte und den Typ nicht anzeige. Die hab ich ziemlich schnell im ‚Halben Stier' versoffen und dann hab ich nicht mehr über die Sache nachgedacht. War ja eigentlich ein gutes Geschäft, Doc. Is' das irgendwie wichtig?"
Kussowski tat mir nicht nur wegen seiner Fantasielosigkeit leid.
„Wissen Sie noch, welche Versicherung das war?"
„Nein, irgend so'ne große."
Ich fragte nach der, die Bunsch vertrat und Kussowski meinte, die könne es gewesen sein.
Dann formulierte ich die Beweisanträge. Diese beinhalteten die sofortige Vernehmung Bunschs, dessen Täterschaft mit seiner Aussage unter

Beweis gestellt wurde, und die Vernehmung Herrn von Loewen-Kampens zu demselben Thema. Neben Beweisanträgen kann man auch Ermittlungsanträge stellen, um einen Beweis vorzubereiten. Solche Anträge stellt man, wenn die Tatsache, die man beweisen will, noch offen ist und eine Ermittlung Klarheit bringen soll. Ich formulierte alle meine Anträge als Beweisanträge. So sollte die Vernehmung von Frederik von Loewen-Kampen seine Anstiftung oder seine Mittäterschaft am Mord seiner Mutter erweisen. Außerdem wünschte ich eine Nachfrage bei der von Bunsch vertretenen Versicherung, die ergeben würde, dass Kussowski dort unter Einsendung eines Fotos seiner Person einen Regressanspruch verfolgt hatte, in dessen Bearbeitung Bunsch eingebunden worden war.

Ich gab mir bei der Formulierung keine besondere Mühe, ließ Kussowski in der Zelle zurück und ging in die Gerichtskantine in der Erwartung, dort Dr. Legatz zu treffen. Bis zur Verhandlung waren noch fünfzehn Minuten Zeit. Tatsächlich saß Dr. Legatz an seinem üblichen Platz vor einer Tasse Kaffee und blickte aus dem Fenster auf vergammelte, verfallene Fabrikanlagen. Die Aussicht störte ihn nicht, er war mit seinen Gedanken beschäftigt. Wahrscheinlich konnte er das Beratungspalaver nicht mehr ertragen und wollte ein paar Minuten allein sein.

Ich holte mir ein Wasser, denn der Kaffee, der hier ausgeschenkt wird, gehört nicht in meinen Magen. Wenn schon ein ungesundes Getränk, dann nur von bester Qualität und der italienische, den ich zu trinken pflege, wird hier nicht angeboten. Deshalb ziehe ich an diesem Ort Wasser vor, damit kann man nichts falsch machen, die Qualität deutschen Tafelwassers ist hervorragend. Als Dr. Legatz mich erblickte, hellte sich seine Miene auf, und er lud mich mit ausholender Geste ein, vor ihm Platz zu nehmen. Dies tat ich, füllte mein Glas mit dem sprudelnden Mineralwassergesöff und drehte mir eine Zigarette, die mir perfekt, ohne Falten im Papier gelang.

„Wieso gewöhnen Sie sich eigentlich das Rauchen nicht ab? Sie wissen doch, dass das schädlich ist“, leitete Dr. Legatz das Gespräch fürsorglich ein.

„Versuch ich seit 20 Jahren“, antwortete ich, „aber Sie wissen ja aus den BTM-Prozessen, was Sucht ist.“

„Sucht ist Charakterschwäche“, antwortete Dr. Legatz.
„Und Hochgenuss“, replizierte ich, während ich den Rauch aus meinen Nüstern stieß und damit das für ihn typische Schmunzeln hervorrief. Bis zur Fortsetzung der Hauptverhandlung hatten wir noch zehn Minuten.
„Sie wollen Beweisanträge stellen?“, fragte er mich und ich erzählte ihm, was ich zu beantragen beabsichtigte und berichtete ihm auch von der Schadensregulierung aus Kussowskis Autounfall, in die Bunsch möglicherweise eingebunden war.
„Bunsch können Sie sich sparen“, klärte er mich auf, „das veranlasse ich selber. Loewen-Kampen ist in Ordnung, die anderen Anträge auch. Aber ich hör mir Bunsch und Loewen-Kampen nicht heute an.“
„Wieso das denn nicht?“
„Bunsch sagt sowieso nichts, bevor er nicht mit Zülpiger gesprochen hat, und von Loewen-Kampen lassen wir ein paar Tage schmoren. Er wird seine bevorstehende Vernehmung aus der Presse erfahren. Die drei Pressevertreter haben heute das Verfahren besonders aufmerksam verfolgt. Ich werde später noch mit ihnen reden und ihnen erklären, dass ich gegen eine umfassende Berichterstattung nichts einzuwenden habe. Wenn Loewen-Kampen das in der Zeitung liest, wird er sofort Kontakt mit Bunsch aufnehmen. Und Gallo, Entschuldigung, ich meine natürlich Herr Galbitsch-Loser“, unterbrach er sich selbst, „wird die Abhörung wohl inzwischen schon veranlasst haben.“
Seine Offenheit beeindruckte mich ebenso wie mich seine in den nächsten Äußerungen zutage tretende Arroganz abstieß.
„Das Gespräch bleibt unter uns“, befahl er mir, und ich sagte gehorchend: „Ja, selbstverständlich, das versichere ich Ihnen“, und hängte die Frage an: „Können Sie Kussowski nicht endlich rauslassen?“
„Auf keinen Fall, drei Tage mehr schaden dem überhaupt nichts, besser er vermehrt seine Haftentschädigung um drei Tage, als dass er sie drei Tage früher im ‚Halben Stier‘ versäuft. Ich mache keine halben Sachen. Das Urteil muss felsenfest sein und der Revision standhalten, und außerdem lasse ich mir die Möglichkeit nicht entgehen, diesen Fall aufzuklären.“
Anscheinend ist hohe Intelligenz immer mit irgendeiner negativen Eigenschaft gepaart, in Dr. Legatz’ Fall mit anmaßendem Zynismus, aber

wer ist schon perfekt und wenn, wäre er ein langweiliger Heiliger.
„Ich glaube, wir müssen los; die Verhandlung soll in drei Minuten fortgesetzt werden“, sagte ich, auf meine Armbanduhr weisend.
„Gehen Sie schon mal vor“, sagte er, „ohne Ihren Kopf kann die Kammer sowieso nichts anfangen.“
Mit neunminütiger Verspätung setzte Dr. Legatz die Hauptverhandlung fort. Ich stellte den Beweisantrag auf Frederik von Loewen-Kampens Vernehmung mit dem Ziel, zu erweisen, dass Bunsch und er die Täter des Muttermordes waren, und die Ermittlungsanträge betreffend Kussowskis Regressanfragen und Bunschs Terminkalender. Dann wurde die Verhandlung geschlossen und sollte am 16.10.1995, dem achten Verhandlungstag, um 13.00 Uhr fortgesetzt werden.
Ich verabschiedete mich von Kussowski, kündigte meinen Besuch für den nächsten Tag in der Haftanstalt an und versicherte ihm nochmals, dass seine Haftentlassung nur noch eine Frage der Zeit sei und er spätestens am nächsten Verhandlungstag freigesprochen würde. Dann standen plötzlich die drei Journalisten der örtlichen Tagespresse um mich herum und bestürmten mich mit Fragen, die ich teilweise ausführlich und teilweise ausweichend beantwortete. Im Wesentlichen sprach ich meinen Verdacht gegen Bunsch und von Loewen-Kampen aus und schilderte genüsslich meine Entdeckung, welche Münzen seit dem 6.5.1995 in Erotflexautomaten passten. Dann folgten Fragen zu meiner Person, wie lang ich praktizierte und ähnliches. Im Hinblick auf eine werbeträchtige Berichterstattung vergaß ich nicht zu betonen, dass meine Haupttätigkeit auf dem Gebiet des Zivilrechts läge, in dem meiner Fantasie ebenfalls kaum Grenzen gesetzt seien.
Am nächsten Morgen las ich erfreut das Ergebnis meiner bereitwilligen Auskünfte in den drei Tageszeitungen der Region. Während die für die breiteren Schichten hemmungslos reißerisch die Ereignisse und meinen Beitrag hierzu in grellbunten Farben schilderte, berichteten die beiden anderen eher sachlich und zurückhaltend, aber nicht weniger effektvoll, weil die zu berichtenden Ereignisse dies nun einmal hergaben. In allen Beiträgen stand mein Name, und auch die zivilrechtliche Spezialisierung war erwähnt. Ich suhlte mich genüsslich und lange in meiner Eitelkeit und meinem Stolz wie ein Wildschwein im satten, durchfeuchteten

Uferschlamm eines Waldbächleins, während der morgendliche Kaffee und das Nikotin meine Sinne umschmeichelten und meinen Geist stärkten.

Dann besuchte ich Kussowski, für den ich zur Feier der Ereignisse drei Frikadellen aus einem Delikatessenladen mit einem kleinen Glas des ihm sicher unbekannten Dijonsenfs und mehreren Zweigen Kerbel von Luigi, die nach meinem persönlichen Geschmack exakt mit Frikadellen harmonierten, in den Knast schmuggelte. Sie waren, wie er mir bestätigte, in dieser Kombination die besten, die er je gegessen hatte, nur leider fehlte das morgendliche Kölsch.

Vor dem nächsten Verhandlungstag, der der letzte sein sollte, machte ich lange Waldgänge mit Emma, durchschlief problem- und traumlos die Nächte in sicherer Gewissheit und war immer noch euphorisiert und von wacher Geistesklarheit durchdrungen.

13.

Am 16.10.1995 pünktlich um 13.00 Uhr wurde die Hauptverhandlung mit der Verlesung von drei Schriftstücken, die Dr. Legatz zu deren Gegenstand machte, fortgesetzt.
Das erste betraf die Vernehmung des Zeugen Bunsch als Beschuldigten und diente mehr informatorischen Zwecken, denn sie war in diesem Prozess wohl kaum verwertbar. Bunsch hatte in Gegenwart des beigezogenen Rechtsanwalts Zülpiger die Aussage verweigert. Zülpiger hatte auf sofortiger Freilassung bestanden, denn was bewies es schon, dass Bunsch Westernstiefel besaß? Dann könne man ihn, Zülpiger, ebenso festnehmen, denn er besaß davon mindestens ein halbes Dutzend. Gleichwohl hatte Gallo in Verkennung der Situation einen Haftbefehl beantragt, dessen Erlass der Haftrichter ablehnte, sodass Bunsch etwas länger festgehalten wurde und erst am späten Nachmittag nach Hause gehen konnte.
Das zweite Schriftstück war die Wiedergabe des Protokolls einer Bandaufnahme von Bunschs abgehörtem Telefon. Am Morgen nach seiner Freilassung war um 10.00 Uhr ein Anruf erfolgt, von dem folgende Worte verzeichnet wurden: „Hallo, hier Frederik."
„Sie sind falsch verbunden", antwortete Bunsch. Dann wurde der Hörer aufgelegt und das Freizeichen ertönte.
Das dritte Schriftstück war Bunschs Terminkalender, den Gallo ohne richterlichen Durchsuchungsbeschluss sichergestellt hatte, da diesen die nach seiner Auffassung vorliegende Gefahr im Verzug entbehrlich machte. Hierin fand sich der Name von Loewen-Kampen mit einer Uhrzeit, 15.30 Uhr am 26.4.1995, vermerkt.

Dann wurde der Zeuge Bunsch hereingeführt, für den dessen Beistand Rechtsanwalt Zülpiger, nachdem man ihn mit den Schriftstücken konfrontiert hatte, erklärte, sein Mandant mache von seinem Zeugnisverweigerungsrecht Gebrauch. Er stritt sich ein bisschen mit Gallo herum, der ein Zeugnisverweigerungsrecht trotz dessen Offensichtlichkeit nicht einsah, bis Dr. Legatz schließlich dem überflüssigen und peinlichen Disput ein Ende bereitete und Bunsch, trotz Gallos Schmollen, ein Zeugnisverweigerungsrecht zugestand. Wahrscheinlich hatte Zülpiger damit den besten Zeitpunkt für ein Geständnis seines Mandanten verpasst, aber bei der Schwere der Tat kam es hierauf nicht mehr an. Bunsch erwartete mit Sicherheit die Höchststrafe und daran hätte auch ein Geständnis nichts mehr ändern können.

Danach kam als traurige Krönung der Hauptverhandlung die Aussage des Barons Frederik von Loewen-Kampen. Er betrat in einer schwarzen Samtjacke mit weißem, gestärktem Hemd, den Hals anstelle der hier üblichen Krawatte von einem edlen, weinroten Seidentuch umhüllt, bleich, schmal und zart voller Würde den Gerichtssaal. Seine Aussage sollte über eine Stunde dauern. Vermutlich hatte er gerade die Morgenzeitung gelesen, als ihm die Ladung zugestellt wurde. Sicherlich hatte ihn dies spontan zu dem verräterischen Anruf bei Bunsch verleitet. Er hatte von da an 24 Stunden Zeit gehabt, um seine Aussage zu überdenken. Wie sich zeigen sollte, war ihm die Sinnlosigkeit jedes Leugnens klar, also nutzte er möglichst frühzeitig und umfassend die Gelegenheit, seine Tat fast wie eine angestiftete Notwehrhandlung zu erklären, seinen eigenen Beitrag auf Kosten Bunschs herunterzuspielen und für seine Person, den einzigen und letzten Spross der Frau von Loewen-Kampen, um Verständnis, Mitleid und Milde zu werben.

Dies war der Zweck, den er mit seiner Aussage verfolgte; Kussowskis Freiheit war nur ein notwendiges Abfallprodukt auf dem Weg zu diesem. Vor den Schilderungen der Ereignisse, die zum Tod seiner Mutter geführt hatten, gab er einen Abriss seines Lebens und seiner Person zum Besten, mit der er für sich warb, und seine Tat so hinstellte, als sei sie zum Selbstschutz erforderlich gewesen. Bei seinen Erklärungen hatte ich bisweilen den Eindruck, er sei geistig nicht gesund, und vielleicht traf dies auch zu.

Der späte Spross einer wahrscheinlich zu engen Zuchtauswahl war möglicherweise dem schuldmindernden Irrsinn verfallen, vielleicht gehörte es auch nur zu seinem Plan, einen solchen Eindruck zu erwecken, um ein günstigeres Strafmaß zu erwirken oder, statt ins Gefängnis gesteckt, in der Psychiatrie untergebracht zu werden.

Er hatte seine Aussage mit schriftlichen Aufzeichnungen, die er improvisierend ergänzte, vorbereitet, und Dr. Legatz, der sonst grundsätzlich auf unmittelbaren Erklärungen in freier Rede bestand, ließ ihn gewähren und unterbrach ihn auch dann nicht, wenn er etwas zu weit ausholte.

„Hohes Gericht, Herr Staatsanwalt, Herr Verteidiger, Herr Angeklagter," begann er seine Rede, und er sprach tatsächlich auch Kussowski an und das hatte in der Tat Stil. „Meine Kindheit und mein ganzes Leben waren furchtbar und von einem Leid geprägt, das sich nur jemand vorstellen kann, der es selbst erlebt hat."

Sein Leidensweg war komplizierter, aber nicht weniger zerstörerisch als der Kussowskis, wenn auch der Druck sich über Jahre aufgebaut hatte, bevor er sich in einer einzigen Bluttat entlud, während Kussowski in kleinen Schritten viele kleine und dann größere Untaten beging, bis er seine kriminelle Laufbahn mit einem Kapitalverbrechen krönte, das er freilich nicht begangen hatte. Aber Frederiks Voraussetzungen, unter denen sich das Schicksal erfüllte, unter dem er angetreten war, waren vielleicht noch ungünstiger. Er berichtete von seiner schönen, geistvollen Mutter. Sie stammte aus einem alten, ehrwürdigen Adelsgeschlecht, hatte einige Jahre als Lehrerin in einem renommierten Internat zugebracht, das viele Sprösslinge des Hochadels beherbergte und sich schließlich in eine Ehe mit dem hochstehenden Regierungsbeamten Kampen geflüchtet, als ihr eine zunehmende Nervenschwäche das Unterrichten unmöglich machte.

„In ihrem 35. Jahr entspross ich dieser zunächst glücklich scheinenden Verbindung."

Frau von Loewen-Kampen hatte sich sehnlichst ein Mädchen gewünscht und bei tieferer Betrachtung hatte sie schließlich fast auch eines bekommen. Sein Vater hatte ihn von Anbeginn an abgelehnt.

„Nach meiner Geburt nahmen ihre immer schon heftigen, von Hysterie begleiteten Migräneanfälle zu. Diesen folgten für gewöhnlich Depressionsschübe, die ihr oft tagelang einen Aufenthalt in abgedunkelten Räumen und in vollkommener Stille abzwangen und die Erfüllung der ihr ohnehin lästigen ehelichen Pflichten unmöglich machten."

Die hochsensible seismografische Empfindlichkeit und die geistige Empfänglichkeit für jede Form von Kulturerzeugnissen, selbst für schwer erschließbare der abstrakten Hochmoderne, die mancher Kenner als Scharlatanerie abtut, als Folge einer jahrhundertelangen Überzüchtung derer von Loewen forderten als Tribut eine schwächliche Gesundheit und vor allem ein noch schwächeres Nervenkostüm, dachte ich.

„Schon ein halbes Jahr nach meiner Geburt suchte mein lebenslustiger Vater Trost bei seiner jungen, schönen, robusten, allem Sinnlichen zu- und allem Geistigen abgewandten Sekretärin und fand ihn dort auch in aller Bereitwilligkeit. Meine Mutter tolerierte die außerehelichen Eskapaden zunächst, aus denen ihr Ehemann keinen Hehl machte, denn was konnte er der anderen schon geben, was sie gerne empfangen hätte. Dann nagte jedoch der Gedanke an ihr, dass das Verhältnis des Ehegatten zu einer vitalen Vertreterin des Domestikenstands als kompromittierende ‚Mesalliance' erscheinen könnte und auf Dauer nicht tragbar sei. Vielleicht spielte auch uneingestandene Eifersucht eine Rolle, als sie ihren Gatten an meinem dritten Geburtstag vor die Wahl zwischen Geliebter und Gattin stellte, die er ohne zu Zögern zu Gunsten der Geliebten traf. Mit Vollendung des dritten Lebensjahres wuchs ich vaterlos und ganz allein der Liebe meiner Mutter ausgeliefert auf, der ich Mann und Gefährten ersetzte", sagte Frederik wörtlich, wie ich später meinen in einem selbstentwickelten Stenosystem mitgeschriebenen Aufzeichnungen entnahm, und Tränen bildeten sich in seinen ohnehin wässrigen hellen Augen.

„Die Scheidung brachte sie schnell und effektiv hinter sich. Statt schmutzige Wäsche vor Gericht zu waschen, einigte sich das Ehepaar in aller standesgemäßen Sauberkeit vor einem Notar. Die Höhe der monatlichen Unterhaltsleistungen entsprachen der in den sechziger Jahren gezahlten Entlohnung eines Staatssekretärs und waren wie in der notariellen Unterhaltsvereinbarung festgeschrieben, entsprechend dieser jährlich anzupassen. Als Kampen einige Jahre später starb, erhielt ich meinen Pflichtteil aus einem immer noch großen Vermögen und seine als Witwe zurückgebliebene, ehemalige Sekretärin musste die Unterhaltszahlungen weiter leisten."

Das stimmte, wie ich wusste, denn nach deutschem Familienrecht ist der nacheheliche Ehegattenunterhaltsanspruch anders, als der der bedürftigen Kinder, der mit dem Tod des Verpflichteten erlischt, passiv vererblich. Der Erbe des verstorbenen Unterhaltspflichtigen darf vom unterhaltsberechtigten geschiedenen Ehegatten solange zur Kasse gebeten werden, bis die Höhe des Pflichtteils, den der Unterhaltsberechtigte bei intakt gebliebener Ehe gehabt hätte, erreicht ist. So will es die von klugen Juristen in umständliche Normen gegossene Sitte und die Scheidung wirkt, anders als die Ehe, über den Tod hinaus.

„So wuchs ich separiert von den altersgemäßen Freuden abenteuerlicher Spiele auf. Kameraden hatte ich keine. Stattdessen erhielt ich früh samtene lange Beinkleider, Lackschuhe und Geigenunterricht. Zum aufgezwungenen Geigenunterricht reichten meine Fähigkeiten ebenso wenig wie zur dringend gebotenen Bewältigung des alltäglichen altersmäßig angepassten Lernpensums. Zwar sah ich mit meinen langen, seidenen Haaren und ebensolchen Wimpern über großen, hellen Kinderaugen aus wie ein musikalisches Frühgenie, aber auch nach langem, peinvollem Üben brachte ich zum Kummer meiner Mutter nur Gekrächze auf dem feinen, alten, venezianischen Familieninstrument zustande, auf dem schon mein Ur-Ur-Urgroßvater zu Familienfesten aufgespielt hatte, obgleich meine nichts unversucht lassende Mutter mich oft tagelang ohne Essen und Trinken in einen dunklen, fensterlosen und stillen Kellerraum sperrte."

Von Loewen-Kampen brach vor Selbstmitleid in Schluchzen aus und musste eine kurze kunstvolle Pause einlegen, bis er seine durch die offenen Bekenntnisse hervorgerufenen Erschütterungen wieder im Griff hatte.

„Stellen Sie sich vor, was eine solche Behandlung in meiner armen, hilflosen Kinderseele angerichtet hat. Ich, ein braves, sanftes Kind, warf eines Tages einen schweren Pflasterstein in die Wurfkiste unserer Hauskatze und richtete dort ein wahres Blutbad an. Die mir verhasste, edle Perser Silbermoor, die meine Mutter neben mir nach ihren Möglichkeiten über alles liebte, lahmte seitdem, von ihrem Wurf blieben ihr nur drei. Wie muss es in einer Kinderseele aussehen, wenn ein Kind zu so etwas gebracht wird? So was tut man nur, wenn man nicht mehr weiterweiß. Daraufhin ließ mich meine Mutter von unserem Butler und Sekretär windelweich prügeln und sperrte mich für zwei Tage und zwei Nächte in den Keller."

Seine Aussage erschien mir als gekonnter und verlogener Kunstgriff. Der Täter versuchte, einen üblen Charakterzug seiner Person zu seinem Nutzen zu wenden, indem er der, die ihn angeblich zu dem gemacht hatte, was er war, die Schuld zuwies und so über sie triumphierte. Ich konnte mir gut vorstellen, welche Art Kind der kleine Frederik gewesen war, wie er leidenschaftlich Insekten, die er blitzschnell fing, die Flügel ausriss und die Qualen der hilflos zappelnden, zarten, flügellosen Gestalten vergnügt beobachtete. Jetzt brach er wiederum in Tränen aus, die er mit dem seidenen Einstecktuch elegant aus seinem Gesicht wischte. Der aufmerksam zuhörende und geduldige Dr. Legatz ließ ihm eine Karaffe mit Wasser und ein Glas bringen. Von Loewen-Kampen fuhr, als er sich einigermaßen gefasst hatte, fort: „Mit dem Klavierspiel ging es nicht besser als mit der Geige, und jede Form von Lernen fiel mir schwer. So verließ ich schließlich nach mancher teuren, aber vergeblichen Nachhilfestunde, erteilt von den besten Lehrern, nach mühsam erreichter Mittlerer Reife die Schule, ohne den von meiner Mutter sehnlichst gewünschten Abschluss, den eine akademische Laufbahn voraussetzt, erreicht zu haben, um eine Einzelhandelslehre mit viel Mühe und mäßigem Erfolg und auch nur nach verlängerter Lehrzeit zum Abschluss zu bringen. Ab da, ab meinem 19. Lebensjahr, verkaufte ich teure, erlesene Stilmöbel im besten Möbelhaus der Stadt. Denn irgendeine Aufgabe, die er mit Erfolg bewältigen kann, braucht jeder. Hierbei kamen mir meine früh aufgezwungene distinguierte Art und mein mütterlicherseits mitgegebenes Stilbewusstsein zugute und mit den Jahren nahm mein Auftreten noch an Würde zu, obgleich es in meinem Inneren immer stärker tobte. Ich hatte die größten Umsatzzahlen und damit den größten Erfolg unter allen meinen möbelverkaufenden Kollegen. Ich freute mich über meine Leistungen und meine Mutter tolerierte sie immerhin. Glauben Sie nicht, dass sie mich auch nur einmal gelobt hätte. Als ich mit 20 Jahren, eigentlich nicht mehr ganz altersgemäß, die obligate Tanzschule besuchte, zeigte sich dort nicht nur mein Talent für jede Form von Gesellschaftstanz, den ich schnell und mühelos hervorragend beherrschte, sondern auch ein meiner Mutter auffallendes Desinteresse an den weiblichen Tanzschülerinnen. Stattdessen schwärmte ich ihr stundenlang und offenkundig verliebt von einzelnen, schnell wechselnden gleichgeschlechtlichen Tanzschulgefährten vor. Derartige Vorlieben waren unter den letzten Nachkommenden unserer Familie zumindest vorübergehend nicht unüblich und meiner Mutter nicht unvertraut. Sie nahm meine noch nicht eindeutigen Bekenntnisse mit Gleichmut hin, blieben ihr doch so weibliche Nebenbuhlerinnen und die mit diesen verbundene Aufregung erspart."

Abermals ein Seitenhieb gegen die mütterliche Reputation, indem er seiner Mutter indirekt auch für diese Veranlagung die Verantwortung zu- und von sich wegschob, interpretierte ich seine Aussage.

„Offen haben wir nicht miteinander geredet und wahrscheinlich dachte sie, ich befände mich in einer späten Orientierungsphase und es würde sich schon geben, oder sie hat, wie vieles, was ihr nicht gefiel, meine Andersartigkeit einfach verdrängt. Als ich mich meinem dreißigsten Lebensjahr näherte und somit dem familienintern zum besten Heiratsalter erklärten, wuchs bei meiner Mutter stetig der Wunsch nach einem stammhalterischen, männlichen Erben heran. Die Jahre vergingen. Ihr zeitliches Korsett bildeten die sommerlichen und weihnachtlichen Aufenthalte in dem an der österreichischen Grenze gelegenen Weingut ihres Bruders und die alljährlichen Familiensitzungen derer von Loewen, bei denen sie das Amt der Protokollführerin innehatte, sowie zwei alljährliche Bildungsreisen, die in der Regel nach Italien oder Frankreich oder zu sonstigen abendländischen Kulturwiegestätten führten. Und mit den Jahren nahmen auch die Forderungen nach einem standesgemäßen Erben und Stammhalter zu. Inzwischen wurde ich 45 Jahre alt und entweder jetzt oder nie. Seit meinem 40. Lebensjahr hatte ich meine Tätigkeit als Stilmöbelverkäufer aufgeben müssen. Meine zunehmende Nervenschwäche und meine sich steigernde Sensitivität erlaubten die Ausübung eines bürgerlichen Berufs nicht mehr. Meine hierfür verständnisvolle Mutter, der es schließlich auch nicht anders ergangen war, fand eine neue akzeptable und sinnvolle Beschäftigung für mich: Sie reduzierte das Dienstpersonal. Während Zofe und Köchin im Bestand derer von Loewen-Kampen blieben, musste der langjährig als Sekretär, Butler und Verwalter tätige, inzwischen 65-jährige Adelige aus einem bankrotten Nebenspross, der seit 20 Jahren in den Diensten unserer Familie stand, mit einer großzügigen Abfindung versehen das Feld räumen. Ich servierte seitdem den nachmittäglichen Tee und verwaltete die Liegenschaften und das Vermögen meiner Mutter. Das war ziemlich aufwendig, denn zum Besitz gehörten außer der von meiner Mutter und mir bewohnten dreistöckigen Villa mit dem Park ein teuer an einzelne Firmen vermietetes Bürogebäude, eine weitere größere Jugendstilvilla mit einem parkartigen Garten am Rande der Stadt, in dem seit Jahren das Büro einer weltweit agierenden Computerfirma untergebracht war, und drei Eigentumswohnungen im oberen Stockwerk eines Hochhauses, die meine Mutter durch ihre missglückte Ehe erworben hatte. Die Mieteinnahmen erbrachten nach Abzug der Kosten monatlich 39.000 Mark. Daneben gab es ein Depotkonto, auf dem meine Mutter etwa 3 Millionen Mark sicher und sich stetig vermehrend angelegt hatte. An das geheime Nummernkonto in Liechtenstein ließ sie mich nicht heran, dort schmorten etwa weitere 1,8 Millionen vor sich hin, die ihr im Alter, wie sie sich ausdrückte, wann immer das sein sollte, als Notgroschen dienen würden. Alles dies benötige auch nach mir einen Erben. Schließlich hatte meine Mutter die Tochter einer sehr edlen, aber verarmten Seitenlinie der Sippe auserkoren, die Mutter ihres Enkels zu werden. Das Mädchen war schön genug und vereinigte alle Vorzüge des alten Geschlechts derer von Loewen. Ihre Gene, gepaart mit meinen, würden einen in der Linie liegenden Stammhalter hervorbringen. Mit den Eltern der Auserkorenen wurde sie sich schnell einig. So war meine Mutter. Sie glaubte, für Geld könne man sich alles kaufen, auch einen Erben und erst recht eine Ehefrau. Für die hohe Morgengabe, die die gesamte Familie der standeswidrigen Armut entheben würde und den sorgenlosen Reichtum, den die Tochter erwartete, konnte man dieser die relativ geringen Strapazen einer Geburt zumuten und mehr an körperlichen Strapazen würde sie von mir kaum zu erdulden haben. Nach der Geburt würde sie in Luxus schwelgen und konnte in aller Unbescheidenheit Wohltätigkeitsaktionen für die Unterprivilegierten organisieren, sich hierfür in renommierten öffentlichen Veranstaltungen feiern lassen, teure Designerdrogen konsumieren, mit schweren Motorrädern und einem extravaganten Irokesenhaarschnitt des bekanntesten Szenecoiffeurs der Hautevolee sicher vor jedem Strafzettel die Straßen unsicher machen und unbehelligt jeden ihr gewünschten Lebensstil pflegen. Ich sträubte mich bei den mittäglichen Lunchgesprächen und den abendlichen Dinnerdialogen heftig, bis schließlich mütterliche Autorität und Vernunft scheinbar den Sieg davontrugen. Meine Mutter war eigentlich immer sehr mit sich selbst und ihren Interessen beschäftigt. Aber trotz ihrer ausgefüllten Tage, zwischen einer Vorlesung über italienische Frührenaissance des Trecento, die sie gemeinsam mit einer Freundin besuchte, den zweiwöchentlich stattfindenden Treffen des Lyrikzirkels, die Vorbereitung erforderten, und den wöchentlichen Zusammenkünften mit ihrem ehemaligen Hochschullehrer, einem emeritierten Professor der Theologie und der Philosophie, organisierte sie verschiedene Treffen der Familien der zukünftigen Brautleute und bestellte dann, nachdem die Sache abgemacht war, das Aufgebot. ‚Wenn nichts hilft, gibt's ja immer noch die Möglichkeit einer künstlichen Insemination', zerstreute sie die Bedenken, die ich anmeldete. Sechs Wochen vor dem geplanten Hochzeitstermin ließ sich meine vollständige Invertiertheit, vor der sie ihre Augen bewusst verschlossen hatte, nicht mehr verheimlichen. Sie erwischte mich mit dem neu eingestellten jungen Gärtner in eindeutiger Situation im Geräteschuppen."

Frederik brach abermals in Tränen aus. Er teilte also die Leidenschaft seines Vaters für die vitaleren unteren Schichten in gewisser Hinsicht, dachte ich.

„Nachdem nun einmal alles heraus war, wünschte ich keine Ehe mehr und sah die Notwendigkeit weiterer Camouflage nicht ein. Der Eklat war unvermeidlich. Die Mutter stellte mich vor die Wahl: Entweder Ehe und Stammhalter, wie auch immer inseminiert, oder Enterbung. Die Grundstücke und ihr bewegliches Vermögen würde sie ansonsten schon zu ihren Lebzeiten der katholischen Kirche schenken und sich eine lebenslange Nutznießung vorbehalten, sodass auch vom Pflichtteil nichts mehr für mich übrig bliebe. Glauben Sie nicht, dass es mir um das Geld gegangen ist. Das war mir egal. Meine Bedürfnisse sind nicht groß und von dem Pflichtteil meines väterlichen Erbes kann ich bis ans Ende meiner Tage zwar nicht luxuriös, aber sorgenlos leben. Aber aus der Villa ausziehen zu müssen und vor allem den Rest meiner Tage von meiner Mutter verstoßen zu sein, konnte ich nicht ertragen. Sie hätte kein einziges Wort mehr mit mir gewechselt, wenn ich diese

Ehe nicht geschlossen hätte. Ich geriet in tiefe Verzweiflung und auch die entspannenden Treffen mit dem jungen Gärtner vermochten meine Qualen nicht zu lindern. Ihnen wäre es an meiner Stelle auch nicht anders gegangen."

Frederik von Loewen-Kampen gliederte seine wohlvorbereitete und gründlich überlegte Aussage in 3 Teile. Dies war der erste, der seiner Person und der Entwicklung, wie es geradezu zwangsläufig zu seiner gewissermaßen aus einem höheren Rechtfertigungsgrund motivierten Untat kommen musste, galt. Er warb nicht ohne Überzeugungskraft für sein Unrecht und für den, der bessere Ohren hat, letztlich auch für seinen späten Triumph über das stärkere, böse, vergeblich enkelkindfordernde Mutterherz. Sein erklärtes Motiv bewegte sich an der Grenze zwischen Mord und Totschlag, seine präsentierte Geistesverfassung an der zwischen schuldmindernder Neurose und schuldausschließender Psychose. Er legte eine kurze, besinnliche Pause ein, während er in kleinen Schlucken ein Glas Wasser trank und mir, wie schon zuvor bei Sequenzen seiner Aussage, in denen er die Muttertötung als geradezu zwangsläufig erscheinen ließ, die Erinnerung an die in einigen Gedichten der Jahrhundertwende beschworenen Figur des Gehenkten kam. Zuerst hatte Pulverkopf von einem zu hängenden Verbrecher gedichtet, der seinen Verfolgern zuruft:

„Bettler ihr! Denn euch zum Neide
ward mir, was ihr – nie erwerbt:
zwar ich leide, zwar ich leide-,
aber ihr – ihr sterbt, ihr sterbt!
auch nach hundert Todesgängen
bin ich Atem, Dunst und Licht –
‚Unnütz, unnütz, mich zu hängen!
Sterben? Sterben kann ich nicht.'"

Auch der vergessene Dichter hat einen Gehenkten zum Hohen Rat, der ihn zum Strangtod verurteilt hat, sprechen lassen:

„…>ahnt ihr nicht
Wie sehr des armen sünders ihr bedürft?<
Tugend – die ich verbrach – auf ihrem antlitz
Und sittiger frau und maid sei sie auch wahr.
So strahlen kann sie nur wenn ich so fehle!
Als man den hals mir in die schlinge steckte
Sah schadenfroh ich den triumf voraus:
Als sieger dring ich einst in euer hirn
Ich der verscharrte …und in eurem samen
Wirk ich als held auf den man lieder singt
Als gott …und eh ihrs euch versahet biege
Ich diesen starren balken um zum rad."

Mit ähnlichen Mitteln warb Frederik um Identifikation, Verständnis und Mitleid und versuchte, die Wahrheit für sich zurechtzubiegen. Aber Frederik war nicht der Gehenkte aus den Poemen, sein Triumph war nicht echt, ihm fehlte die kalte, schicksalsergebene Größe. Zu einem Helden oder Gott würde er sich nicht aufschwingen, sondern immer das degenerierte, blaublütige Muttersöhnchen bleiben. Er würde nicht erfolgreich den starren Balken der Wahrheit zum Rad der Lüge umbiegen, sondern sich vielmehr hilflos und naturgemäß vergeblich damit abrackern, einen Pudding an die Wand zu nageln. Bisweilen setzt sich das Böse durch, zumal in Deutschland; man denke nur an die gerade 50 Jahre zurückliegende böse Zeit, von der auch heute wieder manches Horst-Wessel-Lied gesungen wird, und kein Abend vergeht, ohne dass man das Konterfei des großen deutschen Verderbenbringers in irgendeiner, wenn auch kritischen, Dokumentation im Televisionsapparat sieht, was keiner der unzähligen Zuschauer zu bemerken scheint. Im Fall Frederiks waren die Chancen hierfür freilich gering. Ich genoss mit jeder Silbe, die seine Sprachorgane und sein Geist produzierten, meinen eigenen Triumph und damit den Kussowskis.

„Sechs Wochen vor meinem Hochzeitstermin fand meine verhängnisvolle Begegnung mit dem Versicherungsvertreter Dietrich Bunsch statt, ohne die es nie zu der Katastrophe gekommen wäre. Er hatte angerufen und um einen Termin gebeten. Mir gefiel nicht nur seine jugendliche klare Stimme, sondern auch seine Offenheit. Der frühere Versicherungsagent, der uns seit Jahren betreute, war ein schwammiger, viel zu fetter, ewig schwitzender, kurzatmiger Mann, der uns ständig eine bessere Versicherung andrehen wollte, um neue Provisionen zu kassieren. Bunsch dagegen antwortete mir ohne Verstellung auf meine Frage, warum er einen Termin wünsche, er stecke im Sommerloch. Zu Beginn des Sommers bleiben in jeder Agentur, nicht nur in seiner, die neu zu vermittelnden Versicherungsverträge, die den großen Verdienst brachten, regelmäßig aus und deshalb frische er während dieser Zeit die Bestände auf. Er erzählte mir, dass er sein Einkommen zum Teil aus neu vermittelten Versicherungen erhalte und zum Teil aus dem Bestand bereits vermittelter, für die ihm jährlich ein Prozentsatz zufloss. Er lege Wert auf eine gute Betreuung und einen guten Service für seine Kunden und deshalb pflege er die alten Bestände besonders. Er würde mich gerne aufsuchen, um zu überprüfen, ob die eine oder andere Versicherung einer Anpassung bedürfe oder ob ein Neuabschluss nötig wäre, falls sich noch nicht abgedeckte Risiken auftäten. Wenn alles in Ordnung wäre, würde er mich bei dieser Gelegenheit wenigstens einmal kennengelernt haben, denn wir waren uns bis dahin noch nicht begegnet und schon das wäre schließlich einen Besuch wert.

Zwei Minuten vor der verabredeten Zeit beobachtete ich Dietrich Bunsch, der vor unserer Gartenpforte stand, durch deren Gitter bewundernd auf unsere Villa schaute und ab und zu auf seine Armbanduhr blickte, um exakt zur verabredeten Zeit zu klingeln. Der Eindruck, den ich von ihm bei unserem Telefonat gewonnen hatte, bestätigte sich und nicht nur seine gepflegte Erscheinung gefiel mir, sondern auch seine exakte Pünktlichkeit. Als ich ihn in den Salon geleitet und wir die ersten Worte gewechselt hatten, war es restlos um mich geschehen. Ich stand in Flammen und hatte mich gründlich in ihn verguckt. Wäre das nicht geschehen, hätte er mich nie so weit bringen können. Ich servierte ihm frisch aufgebrühten Darjeeling, reichte dazu frische Ingwerbisquits, die unsere Köchin nach altem englischen Rezept zuzubereiten pflegte, und Bunsch fragte, angesichts des sorgfältig facettenreich geschliffenen Glases der Salontür, ob die Glasversicherung noch stimme. Wir beugten uns gemeinsam über die alten Policen und ich sog gierig den frischen

Duft seines Rasierwassers ein, während wir fast Wange an Wange die Verträge durchgingen. Ich hatte den Eindruck, er hatte die zwischen uns herrschende Spannung ebenfalls bemerkt. Aber als ich meine linke Hand während des intensiven, hochinteressanten Gesprächs über versicherungstechnische Fragen wie unbeabsichtigt auf sein rechtes Knie legte, war ich wohl etwas zu weit gegangen. Er zuckte zurück und erklärte mir ohne Verstellung, dass ich einer der sympathischsten und liebenswürdigsten Menschen sei, denen er je begegnet wäre. Aber sein Respekt vor mir geböte ihm, vom Anfang unserer Beziehung an klarzustellen, dass er nicht dem eigenen Geschlecht zugewandt sei. Er sagte tatsächlich Beziehung und daraus schöpfte ich Hoffnung. Als er mir dann erzählte, er sei glücklich verlobt, werde demnächst heiraten und wolle keine unerfüllbaren Erwartungen in mir wecken, kam mir meine ganze verzweifelte Situation wieder wie mit einem Hammerschlag ins Bewusstsein. Ich zog meine Hand weg und brach zunächst in stilles Weinen aus, das bald von erbärmlichem Schluchzen übertroffen wurde. Bunsch war ebenfalls erschüttert. ‚So schlimm ist das doch nicht', sagte er, ‚Sie werden bald einen anderen finden.'
Ich antwortete ihm verzweifelt, er hätte nicht die leiseste Ahnung von meinen Problemen, und erzählte ihm meine ganze lange Qual, beginnend mit dem folternden Geigenspiel, die haltlosen Versuche, ein Abitur zu erreichen, die mütterlicherseits kaum gewürdigten Erfolge als Stilmöbelverkäufer, die Nervenschwäche, die die Berufsaufgabe erforderte, meine jetzige Verwaltertätigkeit und das Ultimatum der bevorstehenden Zwangsehe, die mir im Diesseits ewiges Unglück verhieß. Bunsch war betroffen. Auch seine langjährige Verlobte, die gerade zur Abteilungsleiterin einer kleinen Werbeagentur aufgestiegen war, forderte die Ehe ein. Auch sie wünschte sich ein Kind und Bunsch verzichtete seit über einem Jahr auf die aus Gummi hergestellten synthetischen Erzeugnisse, deren Gebrauch ihm stets wie ein kindliches Doktorspiel vorgekommen war. Manchmal empfand ich seine Offenheit als unangebracht und aufdringlich. Im Gegensatz zu mir freute er sich auf die Heirat, die spätestens angesagt wäre, wenn seine Verlobte schwanger würde.
Zur Feier unserer Begegnung holte ich eine gute Flasche aus dem Weinkeller neben dem Verließ meiner Kindertage. Ich dekantierte einen Me-

doc, dessen Ernte über 30 Jahre zurücklag. Dietrich bemerkte entzückt: ‚Von Rothschild', und nachdem er das Etikett bestaunt hatte, äußerte er die Vermutung, dass die Flasche bestimmt 200 Mark kosten würde. Ich erwiderte souverän, dass er einen solchen Tropfen dafür wohl nicht bekäme, da könne er schon fast eine Null dranhängen, und genoss seine staunende Bewunderung. Wir leerten die Flasche gemeinsam und während wir weiter Höflichkeiten und Komplimente austauschten und der gute Tropfen in unsere Hirne drang und unsere Herzen erwärmte, keimte in mir die Hoffnung auf, Dietrich vielleicht doch noch auf den rechten Pfad führen zu können. Ich schloss noch eine kleine Lebens- und einige Sachversicherungen ab, beispielsweise über das neue Gewächshaus."

So also war die erste Begegnung der beiden Gescheiterten, des unfruchtbaren Adelssprosses und des auf den großen Wurf hoffenden, Erfolg versprechenden Versicherungsvertreters, verlaufen. Dieser witterte das große Geld, und für jenen, der die konturlose männliche Eleganz nun einmal liebte, die Bunsch perfekt verkörperte, hatten sich Wunsch und Wirklichkeit aufs Trefflichste ergänzt. Mir kam das Wort des vergessenen Dichters in den Sinn

„Verkannte brüder suchend euch und hassend
Ihr immer schweifend und drum nie erfüllt!",

mit der er die Verdammnis solcher menschlichen Erscheinungen im Diesseits beschrieb.

Nun ging Frederik von Loewen-Kampen zur Schilderung der Tat über, die er allein als die Bunschs hinstellte, mit der er gewissermaßen nur als zufälliger Auslöser zu tun hatte, und riss mich aus weiteren Überlegungen.

„In den zwei folgenden Tagen dachte nicht nur Dietrich, sondern auch ich immer wieder an unsere Begegnung, und er witterte seine große Chance. Schließlich griff er zum Telefon, verabredete sich erneut mit mir und schlug mir die endgültige Lösung meines Problems vor. Er würde gegen angemessene Entlohnung meine Mutter beseitigen und ich hätte eine ehe- und sorgenlose Zukunft vor mir. Dies war nach Bunschs

Meinung allerdings 1,5 Millionen Mark wert. ‚Auch mehr', antwortete ich ihm, ‚Ich übertrage Ihnen das Konto in Liechtenstein, da sind sicher mehr als 1,8 Millionen drauf.'
‚Dafür mach ich's', erwiderte Bunsch und entwickelte ganz allein ohne mich seinen teuflischen Plan. Ein einfacher Einbruch oder ein Raubmord durch einen unbekannten Täter, soviel wusste er aus seiner langjährigen Versicherungspraxis, barg ein zu großes Risiko in sich. Die Ermittlungen würden sich immer gegen den Erben richten. Anders wäre es, wenn man mit der Tat auch gleich den Täter präsentieren würde. Das würde den Anschein eines auf mich fallenden Verdachts so gut wie sicher ausschließen. So wie Bunsch, wie er mir einmal erläutert hatte, von der einen großen zündenden Geschäftsidee träumte, die mit einem Schlag ohne die geringste Mühe unermesslichen Reichtum brachte, glaubte er an das perfekte, durchgeplante Verbrechen, das er nur für eine Frage der Fantasie und der Intelligenz hielt, die er sich im höchsten Maße zutraute, und das sein Leben von einem zum anderen Tag völlig verändern würde. Als geeigneten Täter präsentierte er mir Kussowski, der ihm in einer Schadensakte aufgefallen war, die ihm die Schadensabteilung vor etwa zwei Jahren vorgelegt hatte. Damals hatte ihn seine Ähnlichkeit mit Kussowski amüsiert. Bei seiner Versicherung war Kussowski als typischer Krimineller bekannt, der schon einige Versicherungsschäden verursacht hatte."
Während Frederiks ausführlicher Beichte hatte ich nicht auf Kussowski geachtet, dessen Gesicht neben mir vor Zorn rot anlief und der zwischen zusammengepressten Lippen nur für mich hörbar jetzt hervorstieß: „So ein Arschloch, so ein dreckiges Schwein, dem hau ich das Gehirn zwischen seinen Ohren weg!"
Ich griff nach Kussowskis rechtem Unterarm und presste meine Linke so stark zusammen, wie ich nur konnte. Dabei raunte ich, mit Zorn in den Augen: „Es ist gleich vorbei, Herr Kussowski, halten Sie einfach die Klappe und nehmen Sie sich zusammen. Wenn Sie jetzt ausrasten und mir meine wohlverdiente Show zum Schluss vermasseln, rede ich nie wieder ein Wort mit Ihnen."
Das saß, Kussowski beruhigte sich und blieb bis zum Ende der Verhandlung ruhig, während von Loewen-Kampen weiter den Ablauf der Tat

berichtete, so wie er ihn von Bunsch erfahren hatte.

„Ich unterschrieb Bunsch aus formalen Gründen, wie dieser erklärte, ein vorbereitetes Schuldanerkenntnis, in dem ich mich verpflichtete, ihm 1,8 Millionen Mark zu leisten.

‚Das zerreißen wir gemeinsam, Frederik, wenn du mir das geheime Konto in Liechtenstein übertragen hast', sagte Dietrich, denn inzwischen war man sich nähergekommen und sich weiter distanziert mit Sie anzusprechen, wäre nicht mehr angemessen gewesen.

‚Bitte sorge dafür, dass es schnell geht, sie soll nicht leiden', hatte ich ihm eingeschärft, denn ich wollte unter keinen Umständen, dass meine Mutter Qualen erduldete. Bunsch hat mich verleitet, ich wäre von mir aus nie auf eine solche Idee verfallen. Ich kann mir heute nur erklären, dass ich vor lauter Verliebtheit nicht wusste, was ich tat. Bei klaren Sinnen hätte ich ein solches Angebot niemals angenommen, das müssen Sie mir glauben", versuchte Frederik erfolglos, seinen Tatbeitrag zu verkleinern, seine Tat zu verleugnen und so abermals den starren Balken zum Rad umzubiegen, und blieb doch nur weiter beim vergeblichen Puddingnageln. Von kurzen, erstickten Schluchzern begleitet, schilderte er, was ihm Bunsch berichtet hatte. Wie er, hoffentlich schmerzlos, den Muttermord ausführte und anschließend Kussowski als Täter identifizierte. Dietrich hatte Frederik jede Einzelheit seiner Planung und nach Durchführung ihren gelungenen Ablauf, der dieser fast in allem entsprach, erläutert. „Der Plan war gut und ohne mein Geständnis wäre die Tat nie aufgedeckt worden. Aber in einem wesentlichen Punkt habe ich mich verrechnet", fuhr Frederik heuchelnd fort. „Der Tod meiner Mutter hat mich nicht befreit. Ich vermisse sie jeden Tag. Und ich kann nicht mit dem Gedanken leben, dass ein Unschuldiger für Bunschs Untat büßen soll."

Hiermit bereitete er weiterhin schon seine eigene Verteidigung vor, die wahrscheinlich mit geschickter anwaltlicher Vertretung in der Behauptung einer schweren, schuldmindernden oder gar schuldausschließenden Psychose bestand und statt Knast zu einem längeren Aufenthalt in einer heilsamen Nervenklinik führen sollte und außerdem den eigenen Tatbeitrag auf Kosten Bunschs herunterspielte.

Nachdem von Loewen-Kampen geendet hatte, erfüllte mehrere Sekunden lang Schweigen den Raum. Die Spannung während Frederiks Aussage machte einer betroffenen Stille Platz. Die Kammer wollte gerade den Saal verlassen, um sich zu beraten, als Zülpiger nach vorne zur Richtertheke trat und um eine Unterbrechung bat, weil er sich mit seinem Mandanten, der eventuell seine Aussage ergänzen wollte, beraten müsse. Dr. Legatz, der zur vollständigen Aufklärung nicht nur verpflichtet, sondern an ihr auch hochinteressiert war, unterbrach die Verhandlung für 15 Minuten. Gallo ließ Frederik von Loewen-Kampen und Dietrich Bunsch sofort von den anwesenden Wächtern Kussowskis vorläufig festnehmen und nach exakt 15 Minuten betrat das Schwurgericht erneut den Sitzungssaal.
Dr. Legatz verkündete noch im Stehen einen Beschluss, nämlich die Aufhebung des Haftbefehls Kussowskis.

Zülpiger erklärte für seinen Mandanten, dieser habe sich zur Ergänzung seiner Aussage entschlossen. Bunsch nahm erneut auf dem Zeugenstuhl Platz und begann ohne Anrede der Zuhörerschaft mit einem umfassenden Geständnis. Na endlich, aber das Geständnis kommt zu spät, um strafmildernd zu wirken, dachte ich schadenfroh. Aber was heißt hier überhaupt strafmildernd! Es geht ja zweifellos um Tötung aus Habgier, also um Mord und dafür schreibt das Gesetz zwingend „lebenslang" vor. Allenfalls konnte Zülpiger anstreben, die Feststellung besonders schwerer Schuld zu vermeiden, die auch Bewährungsentlassungen nach fünfzehn Jahren ausgeschlossen hätte. Zülpiger versuchte die Weichen zu stellen, aber der Zug war abgefahren und hatte die Weichen längst passiert.
„Ich habe Frau von Loewen-Kampen getötet", hub Bunsch an. „Ich hatte einen großartigen Plan und habe jede Einzelheit berücksichtigt. Und ohne Geständnis," wobei er offen ließ, ob er Frederiks oder seines meinte, „wäre das erste vollkommene Verbrechen vor der Welt verborgen geblieben."
Bunsch glaubte an das perfekte Verbrechen, das es nur in der Vorstellung von Narren gibt. Denn etwas Verwerfliches kann niemals perfekt sein; es trägt immer einen unauslöschlichen Makel an sich.
Er berichtete dem Gericht jedes Detail der Tat: „Ich plante die Tat eben-

so sorgfältig, wie ich die Abschlüsse großer Versicherungsverträge vorbereite. Ich bin überzeugt davon, dass Entwicklungen exakt voraussehbar sind, wenn man nur jede noch so geringe Kleinigkeit in die Planung einbezieht und dabei die große umfassende Weltordnung im Blick behält. Ich habe spezielle Formeln und Systeme entwickelt, die über die üblichen Parameter, wie man Risiken eines Versicherungsobjektes abschätzt, wie zum Beispiel Gebäudegröße, Standort, Anteil des Glases oder Metalls, geografische Lage usw., bei Weitem hinausgehen und eine absolut zuverlässige Risikoeinschätzung liefern. Noch hat keiner verstanden, welche geniale Erfindung ich gemacht habe, aber irgendwann einmal werde ich ganz groß rauskommen und Millionen verdienen."
Genauso hatte ich Bunsch eingeschätzt, ein pedantischer, kleinkarierter Gescheiterter, der sich durch den Gebrauch von Markenartikeln vermeintlich aufwertete und vor sich selber ständig betonen musste, zu welchen Leistungen er fähig sei und zu welchen Erfolgen er es irgendwann einmal bringen werde, um sich sein Versagen nicht eingestehen zu müssen. Und so würde er aus Erkenntnismangel niemals etwas am persönlichen Dilemma ändern können. Zu solcher Zwangsneurosen fördernder Haltung gehört auch der infantile Aberglaube an die große Weltordnung, dem viele unterliegen, anstatt zu begreifen, dass es keinen übergreifenden großen Weltplan gibt, sondern alles dem evolutionären Chaos, von nichts und niemandem gelenkt, unterworfen ist.

„Wir haben uns gewöhnt, an zwei Reiche zu glauben, an das Reich der Zwecke und des Willens und an das Reich der Zufälle; im letzterem geht es sinnlos zu, es geht, steht und fällt darin, ohne dass jemand sagen könnte, weshalb? wozu?"

und

„Der Gesamtcharakter der Welt ist dagegen in aller Ewigkeit Chaos,... Es gibt nur Notwendigkeiten: da ist keiner, der befiehlt, keiner, der gehorcht, keiner, der übertritt. Wenn ihr wisst, dass es keine Zwecke gibt, so wisst ihr auch, dass es keinen Zufall gibt: denn nur neben einer Welt von Zwecken hat das Wort ‚Zufall' einen Sinn", hatte Pulverkopf, ein erklärter Gegner aller Systeme, was zwar seine Philosophie nicht verständlicher, dafür aber poetischer macht, diese tiefe Weisheit formuliert, die einem flachen Geist wie dem Bunschs auf immer verschlossen ist, was sicher auch zu seiner gewagten Unvorsichtigkeit beigetragen hatte.

Ebenso pseudosystematisch und verästelt wie er die Risikoerwägungen gestaltete, wird Bunsch sich den vor den klein gedruckten allgemeinen Bedingungen in den Versicherungsvertrag aufzunehmenden besonderen Zusatzvereinbarungen gewidmet haben, wobei ihm sein 16-semestriges, unabgeschlossenes Jurastudium, das also doch nicht völlig sinnlos war, zugute gekommen sein mag.

„Ich erstelle nämlich Horoskope für die zu versichernden Objekte", fuhr Bunsch fort. „Je nach dem Stand der Sterne zu dem Zeitpunkt, zu dem ein zu versicherndes Gebäude errichtet wurde, lässt sich unter Berücksichtigung weiterer Zusammenhänge exakt seine Lebensdauer und seine Gefährdung ermitteln."

Ich beobachtete Zülpiger, der teilnahmslos mit gesunder Gesichtsfarbe neben dem rot angelaufenen Bunsch saß, und fragte mich, was er mit diesem Geständnis bezweckte. Als Bunsch fortfuhr, war mir klar, welche Verteidigungsstrategie er entwickelt hatte. Bunsch sollte sich als geisteskrank und damit zumindest eingeschränkt schuldfähig darstellen, um Milderungsmöglichkeiten zu eröffnen und so vom absoluten Strafmaß wegzukommen und dieses gegebenenfalls nach einer abzuklärenden Vereinbarung erheblich herabzusetzen. Zülpiger ist ein alter schlauer Fuchs; er handelt niemals unüberlegt und seine Verteidigung ist immer stark. Bunschs anschließende, erläuternde Äußerungen wurden immer abstruser und unlogischer, bis schließlich kein Zweifel daran bestand, dass er nicht nur, wie ich bisher angenommen hatte, ein kleinkarierter, neurotischer Zwangspedant war, sondern sich einige Schrauben gründlich gelöst hatten und er an einer schweren Psychose litt.

„Denn neben dem Sternenstand zum Zeitpunkt der Gebäudeerrichtung spielt die wesentlichste Rolle für die Risikokalkulation, in welcher Entfernung und in welchem Erdwinkel das zu versichernde Objekt zur Kaaba in Mekka, zum Geburtsort Christi und Siddarthas und zum Berliner Reichstag steht und welcher Aszendent im Osten zum Zeitpunkt

des Versicherungsabschlusses über dem versicherten Objekt aufgeht."
Richtig hat Pulverkopf erkannt: „Zwischen Verbrechern und Geisteskranken besteht kein wesentlicher Unterschied." Falsch ist dagegen seine Feststellung, alle großen Verbrechen erwüchsen aus Stärke, denn dann müsste auch der Täter stark sein und stattdessen ist wohl, wie sich an den Kümmerlingen Dietrich und Frederik zeigte, das Gegenteil häufiger der Fall. Ohne seine Detailversessenheit wäre Bunsch niemals der Fehler unterlaufen, den ich zufällig bemerkt hatte und der Kussowskis Unschuld ans Licht zerrte. Denn es hatte keine Notwendigkeit bestanden, eine umständliche und falsche Erklärung für Bunschs Aufenthalt zur Tatzeit vor dem irischen Pub zu liefern, außer seinem Bestreben, alle auch im noch so entfernten Zusammenhang mit der Tat stehenden Umstände zu bedenken und zu erklären. Er präsentierte bei seiner Aussage dieses Detail mit großem Stolz. „Ein besonders genialer Kunstgriff war meine Erklärung, warum ich mich vor dem Pub aufhielt, als die Tat geschah. Ich wirke nun einmal auf jeden Menschen sympathisch und um gewissermaßen einen kleinen Makel in mein einnehmendes Wesen einzubauen, habe ich mich auf die Nachfragen des Herrn Verteidigers etwas geziert und dann so getan, als wäre es mir unangenehm, dass ich den Wirt ein bisschen angeflunkert habe, um eine bessere Figur zu machen. Dies hatte zwei Effekte: Kleine Fehler machen den Menschen sympathischer, weil sie den Neid der anderen hindern, und gerade dass ich ungern meine nur gespielte Schamhaftigkeit um der angeblichen Wahrheit willen überwand, hat meiner Aussage noch den letzten Schliff der Wahrhaftigkeit verliehen."
Haarscharf daneben, dachte ich, aber so agiert der Psychotiker, der zu Kussowskis Glück in jedem Verbrecher steckt und damit Pulverkopfs Gleichsetzung zwischen Verbrechern und Geisteskranken bewahrheitet. Bunsch berichtete weiter, wie er Kussowski observiert hatte. „Ich hatte mich vor dessen Wohnung in einiger Entfernung mit einem Fernglas, allerdings mit Unterbrechungen, auf die Lauer gelegt und Kussowski an drei Sonntagen beobachtet. Bereits am ersten Tag sah ich ihn mit einem Hund aus dem Hauseingang kommen. Tatsächlich hatte Kussowski fast dieselbe Statur wie ich, vielleicht habe ich um die Hüften und den Bauch ein bis zwei Kilo mehr, vielleicht war Kussowski 2 bis

3 cm größer. Aber derartig geringe Abweichungen würden selbst einem sehr sorgfältigen Beobachter nicht auffallen. Auch die Haarfarbe und Haarstruktur waren exakt gleich, wobei meine Haare stets mit wohlriechendem Gel sorgfältig aus der Stirn nach hinten gebürstet werden, während sich Kussowski fast nie kämmte und die dichten Haupthaare ungepflegt von einem inakkuraten Mittelscheitel in sein Gesicht hängen. Gekleidet war Kussowski mit einem Jeansanzug, dessen Fabrikat ich sofort richtig erkannte, einem weißen T-Shirt und Cowboystiefeln. Mein Plan bestand darin, mich für den Fall, dass weitere Zeugen die Tat beobachteten, bei der Ausführung als Kussowski zu verkleiden. So würden nicht nur ich, sondern auch eventuelle weitere Zeugen, die sich weiter entfernt aufhielten, Kussowski zumindest an der Kleidung wiedererkennen, wenn ich ihn dann später aus den einschlägigen polizeilichen Karteien einwandfrei identifizieren und in einem anschließenden Verfahren zwingend überführen würde.
Wichtig war der exakte zeitliche Ablauf. Ich stellte bei meinen Auskundschaftungen fest, dass Kussowski jeden Sonntag von 11.00, spätestens 11.30 Uhr bis mindestens 15.00 Uhr einen Waldspaziergang mit seinem Hund unternahm. Während dieser Zeit würde er mit Sicherheit kein Alibi vorweisen können."
Ich spürte, wie sich Kussowski nur mühsam beherrschte und hörte ihn irgendetwas vor sich hin grummeln, von dem ich nur Sprachfetzen wie: „Dreckiges Arschgesicht, Zunge rausreißen, auf kleiner Flamme braten", verstand, bis ich ihn mit einem leisen Zischen zum Verstummen brachte und wir uns wieder ausschließlich auf Bunschs Aussage konzentrieren konnten.
„Ich legte Sonntag, den 28.5., 13.39 Uhr, als Tatzeit fest."
An diesem Tag würde, wie er von Frederik wusste, Frau von Loewen-Kampen den Weg durch die Innenstadt nehmen, um wie auch zwei Wochen zuvor ihren zweiwöchentlich tagenden Lyrikkreis zu besuchen, der im Wechsel bei jeweils einer anderen Teilnehmerin stattfand und zu dem sich ein Zirkel feingeistiger Damen vor einem geselligen Mahl gegenseitig im rechten Vortrag großer Dichtungen korrigierten und dabei überflügelten und der eine der wohltuenden, geistig erhebenden Höhepunkte ihres von manchen kulturellen Ereignissen, wie anspruchsvollen

Matineen und Vernissagen, durchstrukturierten Monatsablaufs bildete. Das Treffen vor zwei Wochen hatte, wie ihm Frederik erklärt hatte, bei einer ebenfalls adeligen älteren Kunstliebhaberin stattgefunden und sollte am 28.5. von deren jüngerer Freundin ausgebracht werden und, da diese mit ihr in einem gemeinsamen Haushalt lebte, am gleichen Ort stattfinden.

Das Wetter war seit zwei Wochen schön. Frau von Loewen-Kampen pflegte deshalb mit dem Taxi am Rheinufer entlang über die Ringe bis zum Neumarkt zu fahren, vor der schönen, romanischen St. Apostelkirche auszusteigen und von dort zu Fuß zu den Treffen zu gehen, um sich unterwegs in linder Sommerluft sammelnd auf die zu erwartenden Genüsse einzustimmen, die manchmal sogar im Vortrag eigener Dichtungen der Damen bestanden. Er war ihr vor zwei Wochen gefolgt und hatte die Zeiten genommen, von dem Augenblick an, wo sie mit strammem Schritt und der unnachahmlichen, straffgestreckten, würdevollen Körperhaltung, an der man die jahrhundertelang gepflegte Disziplin der Spätlinge früher Adelsgeschlechter erkennt, am Neumarkt das Taxi verlassen hatte. Exakt nach 19 Minuten hatte sie die zukünftige Stätte ihrer in zwei Wochen terminierten Hinrichtung erreicht. Bunsch errechnete, dass er sich um 13.37 Uhr und 50 Sekunden aus dem Pub entfernen müsste, 40 Sekunden zum Umkleiden in seinem Wohnbüro benötigte und 20 Sekunden, um seine Haare der Frisur Kussowskis anzuähneln, damit er exakt um 13.39 Uhr den tödlichen Schnitt ausführen konnte. Frederik von Loewen-Kampen signalisierte ihm absprachegemäß durch dreimaliges Telefonklingeln in seinem Büro, dass sich die zukünftige Erblasserin pünktlich zum kulturellen Ereignis aufgemacht hatte. So nahmen die Dinge am 28. Mai ihren geplanten Verlauf.

„Ich wartete in meinem Büro, in dem ich das Kussowskikostüm griffbereit drapiert hatte, bis Frederik das Telefon dreimal klingeln ließ. Dann ging ich langsam in den Pub. Ich trug wie üblich ein Harris-Tweed-Sakko zur beigen Feincordhose der Marke Comfort, statt Krawatte und einem Businesshemd mit Button-down-Kragen ein mit feinstreifigen Quadraten verziertes Flanellhemd von Cambrich mit offenem Kragen und weiche Wildlederslipper von Hudson, in die man schnell hinein-

und herausschlüpfen kann und, dem Ereignis angemessen, ein symbolhaft blutrotes Einstecktuch in der Außenbrusttasche des edlen Sakkos. Kurzum, meine Erscheinung war wie immer gepflegt. Die Haare legte ich diesmal nicht mit dem üblichen Gel in Form, sondern benutzte ordinäres Leitungswasser. In zehn Minuten würden sie trocken sein und mit zwei bis drei Bürstenstrichen konnte ich sie zu Kussowskis Frisur umgestalten. Ich kontrollierte ab 10.00 Uhr, ob Kussowski wie jeden Sonntag mit seinem Hund zum Waldspaziergang aufbrach, und nachdem dieser sich um 11.30 Uhr endlich auf den Weg gemacht hatte, ging ich zurück in mein Büro. Die von einer warmen Sonne auf knallblauem Himmel beschienene Innenstadt war leer gefegt, im Pub befanden sich keine Gäste und ich trank ein kleines Stout an der Theke, aß eine kleine Portion Welsh Rare-Bits und wechselte einige unverbindliche Worte mit dem Wirt. Bevor ich den Pub kurz nach 13.27 verließ, begab ich mich zur Toilette. Denn der Toilettenbesuch, den eventuell später der Wirt bekunden konnte, sollte schließlich, falls notwendig, die Erklärung liefern, warum ich mich zur Tatzeit vor dem Pub aufgehalten hatte."

Wahrscheinlich strahlte ihm dort aus dem blechernen Automaten die Rothaarige entgegen und lenkte seinen Blick von zweifellos Wesentlicherem ab. Nicht übel, wird Bunsch gedacht und alle Aufmerksamkeit auf die Fotografie gewandt haben, anstatt den Aufdruck über dem Geldeinwurfschlitz zu beachten, und beging damit einen fatalen Fehler, obgleich er bis jetzt jede Einzelheit kalkuliert hatte. Man sollte sich eben nie durch billige Schlüsselreize vom Wesentlichen ablenken lassen, wenn man es im Leben zu etwas bringen will.

„13.38 hatte ich mich, zumindest was die groben Äußerlichkeiten anbelangt, Kussowski stark angenähert. Dieser Teil der Innenstadt war immer noch leer. Frau von Loewen-Kampen passierte eben den Spanischen Bau und ging in meine Richtung. Ich näherte mich in drei bis vier schnellen Schritten unbemerkt dem Opfer von hinten, riss ihren Kopf mit der linken Hand, die ich auf ihre Stirn legte, zurück und führte mit der rechten den schnellen Messerschnitt durch ihre Kehle aus, den ich zuvor stundenlang an unreifen Melonen geübt hatte. Frau von Loewen-Kampen hatte noch nicht einmal Zeit zu einem Schrei, den stattdessen in einiger Entfernung die Zeugin ausstieß. Ich rannte weg, die Handtasche Frau von Loewen-Kampens, die sich geöffnet hatte und die neben ihrem verendenden Körper lag, ließ ich entsprechend meinem Plan, wo sie war, nachdem ich die Brieftasche mit Geld und Scheckkarten mit zwei Fingern herausgenommen hatte, ohne Abdrücke zu hinterlassen. 30 Sekunden nach der Tat hatte ich von meinem Büro aus mit der rechten Hand den polizeilichen Notruf gewählt, während ich mit der linken das Haargel auf meine streng zurückgestrichenen Haare verteilte. In meiner gewohnten Kleidung begab ich mich etwa 1 1/2 Minuten nach der Tat zu dem Ort, von dem aus ich angeblich, wie ich kurz danach den mich vernehmenden Beamten KK Müller und KOK Möller erklärte, die Tat in allen Einzelheiten gesehen hatte. Nach zweistündigem Verhör, legte man mir die Ordner vor, aus denen ich nach weiteren drei Stunden sorgfältiger Suche Kussowski identifizierte. Mein genialer Plan war aufgegangen. Ich dachte befriedigt darüber nach, was ich mir von dem wohlverdienten Geld als Erstes kaufen würde und entschied mich für eine Rotgolduhr der Präzisionsmarke Glashütte. Am darauffolgenden Tag entsorgte ich die Kleidung, die ich zur Tat getragen hatte, indem ich sie einfach in die Mülltonne legte und den üblichen Hausmüll darüber verteilte. Die Stiefel zu beseitigen brachte ich nicht übers Herz. Ich hatte sie aus dem Katalog für Westernartikel bestellt, mit dem Kussowski damals seine Schadensersatzansprüche beziffern wollte, um exakt die gleichen Schuhe wie Kussowski zu tragen. Sie waren neu, teuer und einfach zu schön verarbeitet, um sie einer überflüssigen Vernichtung zuzuführen", erklärte grinsend der restlos seiner selbst sichere, sich für sieghaft und genial haltende Bunsch. „Ich stellte sie achtungsvoll zu meinem anderen liebevoll gepflegten Schuhwerk, wo sie die Polizei bei der Hausdurchsuchung auffand. Sagen Sie selbst, die Planung und Ausführung der Tat war genial", schloss Bunsch sein Geständnis. „Man wird mich hierfür verurteilen müssen, aber trotzdem muss man mich auch bewundern."

Er ließ mich wie zuvor sein Komplize an das Motiv des Gehenkten denken, dem er ebenso wenig gerecht wurde wie jener. Kussowski saß mit offenem Mund neben mir. Auch er hatte erkannt, dass Bunsch an einer schweren psychischen Störung litt. Ich glaubte, hinter Zülpigers wie immer makelloser Fassade den mühsam verhehlten Ausdruck von

Zufriedenheit zu erkennen. Er war während Bunschs Aussage vollkommen regungslos geblieben. Offenbar war seine Rechnung aufgegangen. Niemand konnte sich dem Eindruck, den Bunschs Geständnis machte, verschließen. Seine Störungen waren zu offensichtlich und wiesen in aller Deutlichkeit zumindest auf seine verminderte Schuldfähigkeit hin. Zülpiger konnte in der kurzen Zeit, die zur Vorbereitung von Bunschs Aussage blieb, diese unmöglich mit ihm eingeübt haben, und hierfür bestand wohl auch keine Notwendigkeit — vielleicht eine der Verteidigungssituationen, in denen Schein und Wahrheit nicht auseinanderklafften.

Dr. Legatz schloss die Hauptverhandlung und bat den Leitenden Oberstaatsanwalt um dessen Plädoyer, denn die Prozessordnung verlangt zum Schluss der Hauptverhandlung, auch nach Wiedereröffnung erneut die Schlussvorträge und Gallo legte los, um genau das Gegenteil seines ersten Plädoyers mit derselben Vehemenz und Wahrhaftigkeit vorzutragen. Abermals psalmodierte er nach klassischem Aufbau, wiederholte unerträglich mit den für ihn typischen Hebungen und Senkungen, die er für effektvoll hielt, die Aussagen der Zeugen, um sich dann zu steigern: „Hohes Gericht, Herr Verteidiger, nachdem das Ergebnis der Beweisaufnahme schon einmal fast feststand, ist es der Staatsanwaltschaft gelungen, bei einer Hausdurchsuchung des Zeugen Bunsch die Stiefel zu finden, die der Täter wahrscheinlich zur Tatzeit getragen hat. Sein Telefon ließen wir glücklicherweise überwachen und zeichneten das Gespräch zwischen dem Zeugen Bunsch und dem Zeugen von Loewen-Kampen auf. Dies führte dann schließlich zu den Geständnissen der Zeugen von Loewen-Kampen und Bunsch.“
Und dann fuhr Galbitsch-Loser fort, lang und breit, hebend und senkend, gequält und frohlockend unter dem Aufgebot aller seiner Stimm- und Gestengewalt, wie nur er es beherrschte, gegen Frederik von Loewen-Kampen und Dietrich Bunsch zu plädieren, obwohl deren Fall gar nicht verhandelt wurde. Nach 45 Minuten seines Plädoyers, das ich von Zeit zu Zeit mit lautem Husten und Räuspern zu stören versuchte und bei dem Kussowski mehrmals lange, laut und ungerügt aufgestöhnt und gegähnt hatte, war dies endlich überstanden und endete in

dem Antrag auf Freispruch Kussowskis. Auch Dr. Legatz' angestrengte Beherrschung seiner Mimik konnte kaum verhehlen, wie peinlich ihm Gallos sinnloses Gefasel war.

Dann war die Reihe an mir und unter Verzicht auf alle Förmlichkeiten und alle Aufbauregeln, die dieser Situation nicht mehr angepasst waren, begann ich ohne Anrede mein Plädoyer: „Nach dem Ergebnis der Beweisaufnahme ist mein Mandant freizusprechen, was ich hiermit beantrage. Dies ist allerdings nicht der Staatsanwaltschaft zu danken. Ihr ist es lediglich gelungen, meinen Mandanten unschuldig 145 Tage in Haft zu setzen."

Ich hörte ein Raunen und Murmeln im Zuschauerteil, der wohl als Folge der lokalen Presseberichterstattung bis auf den letzten Platz besetzt war.

„Der Herr Staatsanwalt hat also keinen Anlass, irgendein Verdienst an der Unschuldsfeststellung Herrn Kussowskis für sich in Anspruch zu nehmen. Die Hausdurchsuchung, bei der die Stiefel gefunden wurden, geht nicht auf seine Initiative zurück, sondern ist erfolgt, weil mir aufgefallen ist, dass zur Tatzeit alle Kondomautomaten der Marke *Erotflex* ausgewechselt worden waren, statt Fünfmarkstücke auch Ein- und Zweimarkstücke annahmen, und mir hierdurch klar wurde, dass der Zeuge Bunsch nicht die Wahrheit gesagt hat. Und das ist mir zufällig aufgefallen und wahrscheinlich deshalb, weil ich als Einziger in diesem Verfahren für Entlastungsmomente offen war. Ich will mich nicht rühmen, aber wir sollten aus diesem Verfahren nochmals die Lehre ziehen, dass die Schlüsse, die sich aus den Akten gewinnen lassen, keine unumstößlichen Wahrheiten sind, sondern nie genug hinterfragt werden können und wir jederzeit bereit sein müssen, zu überprüfen, ob wir aufgrund unserer vorgefassten Wahrnehmungen irgendein und sei es auch noch so kleines Detail übersehen haben. Dies ist sinnvoller, als sich zu entschuldigen oder gar, wie es der Herr Staatsanwalt offenbar richtig findet, sein eigenes Versagen kaschieren zu wollen."

Gallo errötete purpurn; ich fixierte meistens ihn oder Dr. Legatz, während ich sprach. Dr. Legatz beobachtete mich genau und nickte zum Ende nachdenklich. Sicher hatte er gespürt, dass es mit meiner zur Schau getragenen Bescheidenheit in Wirklichkeit nicht allzu weit her war, sondern ich vor Stolz, Triumph und Euphorie fast platzte. Das Zentrum solcher Gefühle ist, wie das des Rausches, der Magen. Dann erhielt Kussowski das letzte Wort. Er räusperte sich und sagte: „Ist noch mal gut gegangen, obwohl ihr wirklich einen Dummen gefunden hattet und alles wunderbar passte. Ich danke dem Doc und bin froh, dass dieser Quatsch hier ein Ende hat."

Ohne gegen ihn eine Ordnungsstrafe auszusprechen, zog sich das Schwurgericht zu einer Beratung zurück, die nur Sekunden dauerte. Dann verkündete Dr. Legatz den Freispruch und legte der Staatskasse die notwendigen Auslagen Kussowskis auf. Die Begründung war sehr knapp, weil alles gerade eben gesagt war. Das Verfahren gegen Kussowski war damit abgeschlossen.

Als die Kammer den Sitzungssaal verließ und sich alle erhoben, blieb Kussowski sitzen, ohne dass jemand hierauf achtete. Nach dieser Verhandlung durfte sich der unschuldig Inhaftierte einige Respektlosigkeiten ungesühnt herausnehmen. Dann stand er auf und sagte einfach: „Danke, Doc."

Ich sah, dass sich eine kleine Träne in seinem linken Auge bildete und Gallo geduckt aus dem Sitzungssaal huschte. „Gern geschehen, Herr Kussowski. Wir wollen doch nicht noch zum Schluss sentimental werden."

Er fasste sich sofort, wischte den Rührungstropfen vor dessen Ausbildung weg und drückte mir markig fest die rechte Hand, dass meine Handknochen krachten. „Ich bin heilfroh, dass Sie das gemacht haben, mit dem Tätowierten wäre das nicht so gut gelaufen."

Wir verabredeten, dass Kussowski zunächst seine Sachen aus dem Knast und dann Emma in circa einer Stunde bei mir abholen sollte.

Vor dem Verhandlungsraum kamen diesmal nicht nur die drei Vertreter der örtlichen Presse auf mich zu, sondern auch mir unbekannte Journalisten größerer Tageszeitungen und die Reporter von zwei Magazinen, die durch die lokale Presse auf den Fall aufmerksam geworden waren, und machten Fotos von mir und Kussowski. Einige von ihnen gaben mir eine Karte und sprachen mit mir ab, dass sie mich am nächsten Tag ausführlich telefonisch befragen wollten. Als ich mich, noch einige

Fragen auf die Schnelle beantwortend, aus dem Pulk gelöst hatte, kam die Zeugin auf mich zu. Ohne Begrüßung erklärte sie schnörkellos: „Ich weiß nicht, wie ich Ihnen danken soll“, und umarmte mich. Während ihre weichen Haare mein Kinn streichelten, ich ihren Geruch einsog und ihren Körper spürte, begann sich aufgrund ihrer Annäherung alsbald ein sich unmittelbar physisch ausdrückendes Wohlbefinden einzustellen, das nach mehr verlangte. Während sie sich wieder von mir löste, sagte ich: „Vielleicht sollten wir mal zusammen essen gehen, zum Beispiel mal was anderes als irisch.“ Sie antwortete mit sehr ernstem Gesicht: „Ja, vielleicht rufe ich Sie an.“

Dann sagte sie zum Abschied: „Schalom“, drehte sich um und ging zum Ausgang. Inzwischen kamen die Pressevertreter erneut auf mich zu und wollten noch irgendwelche Details wissen. Sie rief nie an und ich sah sie nie wieder. Nach drei Monaten sandte sie mir eine förmliche Mitteilung zu, aus der sich ergab, dass sie die Professur in Massachusetts angetreten hatte und der sie das Manuskript ihrer Antrittsvorlesung zum Thema „Mathis Gothardt-Neithardt als Maler des Isenheimer Altars“ mit einem kurzen handschriftlichen Gruß beigefügt hatte. Es enthielt unter anderem eine fesselnde Interpretation, die grundsätzlich neue Perspektiven eröffnete und sich mit Schuld und Erlösung auseinandersetzte. Nach einem weiteren halben Jahr erhielt ich ihre Heiratsanzeige mit einem Hochzeitsfoto und nachdem nochmals elf Monate vergangen waren, die Geburtsanzeige ihres Sohnes mit einem Babyfoto. Fünf Jahre nach dem Prozess Kussowskis übersandte sie mir ihr Buch über Caravaggio, das sie mir handschriftlich mit den Worten dedizierte: „Ohne Ihre Hilfe wäre das nicht entstanden“, und das ich mit Begeisterung las, weil darin mit Brillanz das Beste über Michelangelo Merisi gesagt wurde, was über ihn gesagt werden kann.

Auf der Rückfahrt zu meinem Wohnbüro befand ich mich in einer Euphorie, die mancher nie und andere nur wenige Male erleben. Ich schaltete das Autoradio auf den örtlichen Sender, in der Hoffnung, in den stündlichen Lokalnachrichten einen Bericht über den Fall zu hören, aber aus dem Lautsprecher ertönte zunächst die singende Stimme eines aufgebrachten Jugendlichen, die vor nahezu 30 Jahren in den Äther geschickt wurde und seitdem immer wieder. Er besang wütend seine vergeudeten Tage, die mit nutzloser Arbeit dahingingen und das Wochenende, an dem er seine Freundin wiedersehen würde, von dem er sich allerdings auch keine Befriedigung versprach. Seine Stimme war dem Stimmbruch noch nicht lange entwachsen. Er schrie unverfälscht heraus, was ihn bedrückte. Ich hörte nicht mehr zu bis zu einem typischen uneingelösten Versprechen der 68er-Generation, das er herausschrie: „One day, we'll change the world". Damals stimmten die Feindbilder noch.

Mir kam Holders *Abendphantasie* in den Sinn, in der er sich über den Stachel in seiner Brust beschwert.

„Wohin denn ich? Es leben die Sterblichen
 Von Lohn und Arbeit; wechselnd in Müh und Ruh
  Ist alles freudig; warum schläft denn
   Nimmer nur mir in der Brust der Stachel?"

Aber was scherte mich der Wechsel von Müh und Ruh oder die sinnlose Arbeit verplemperter Tage eines jungen Rebellen, mich, der während des Kussowskiprozesses an 7 Tagen der Woche täglich 24 Stunden im Einsatz war, der seine Aufgabe noch in den kaum erfrischenden Schlaf nahm und der jetzt erst einmal auf unabsehbare Zeit in ein tiefes Loch fallen würde, weil die Reihe der kommenden sogenannten freien Tage nach den mit unablässiger Anspannung und Arbeit gefüllten nicht abzusehen war, für den es keine Feiertage und -abende gibt und der anderen Abläufen als dem der Woche unterliegt? Die lokalen Kurznachrichten unterbrachen meine Gedanken, und voller Stolz hörte ich einen meiner Sätze aus meinem Plädoyer leicht verfremdet im Radio: „Niemals sollte man voreingenommen und ohne zu hinterfragen einen Menschen oder eine juristische Sachlage beurteilen, sondern immer wach und auf der Hut sein und auch das Unwahrscheinliche nicht für unmöglich halten, sonst taugt man wenig für die Forensik und vielleicht auch sonst im Leben."
Da es unbedingt etwas zu feiern gab, hielt ich unterwegs an einer Spirituosenhandlung an. Ich hatte noch knapp 200 Mark in meiner Ho-

sentasche und erwarb für 180 Mark den ältesten Maltwhisky meiner Lieblingsmarke, der in dem Laden vorhanden war.
Zu Hause begrüßte mich Emma schweifschwenkend freundlich. Ich öffnete die Flasche mit dem unauffälligen Etikett und stellte zwei dreieckige Gläser auf meine Schreibtischplatte. Dann steckte ich mir einen schwarzen Zigarillo an und nahm den ersten Schluck des bernsteinfarbigen Edelgesöffs zu mir, das angenehm sanft meine Kehle streichelte und sich wohlig warm in meinen von Emotionen geschüttelten Magen legte, während Euphorie und Anspannung langsam nachließen und einer sanften, matten Ermüdung wichen. Als der Zigarillo halb geraucht, das erste Glas halb getrunken war, ertönte die Haustürklingel. Ich öffnete Kussowski unter Emmas lautem Gebell. Ich hatte oft erlebt, wie sie ihre Freude ausdrückte und mich lachend und umschmeichelnd umwedelte, wenn ich nach Hause kam. Aber diese Begrüßung war etwas grundsätzlich anderes: Emma sprang um Kussowskis Beine herum, drehte sich in der Luft, ihr hinterer Körperteil wurde von dem schnell nach äußerst links und äußerst rechts ausschlagenden Schweif wie unkontrolliert hin und her geworfen. Sie umrannte, bellend und andere Wohllaute ausstoßend, Kussowski, und als er sich herabbeugte, kniend sie streichelte und mehrmals ihren Namen hingebungsvoll vor sich hin murmelte, kannten ihre Gefühle keine Grenzen mehr.

„Fröhlich, fröhlich, fröhlich,
wie die Hunde glücklich sein können,
einfach so, mit der Unumschränktheit
unverschämter Natur,“

dachte ich, wie schon oft, seit ich nähere Freundschaft mit Emma geschlossen hatte, an die Worte des großen chilenischen Hundeverstehers. Die hündische und die mit ihr glücklich korrespondierende menschliche Freudenorgie dauerte gute sechs Minuten, dann ließ sich Kussowski mir gegenüber mit zufriedenem Gesichtsausdruck nieder und Emma legte ihren Kopf auf seine Füße.
„Es ist vorbei, Doc, ich kann's noch gar nicht fassen“, sagte er, „Sie haben verdammt gute Arbeit gemacht.“

„Ja“, erwiderte ich und war etwas bedrückt, weil Emma gleich für immer aus meinen Bezirken verschwinden würde. Ich schenkte ihm ein Glas ein, aus dem Kussowski einen großen Schluck nahm, den er mit dem Worten kommentierte: „Irre guter Stoff, Doc, aber den ham Se sich verdient.“

„Wie geht's jetzt weiter, Herr Kussowski?“, fragte ich.

„Ich geh jetzt erstmal 'ne doppelte Portion ‚Currywurst mit‘ essen und dann schau ich mir mal meine Bude an. Danach geh ich in den ‚Halben Stier‘, heute und vielleicht sogar den Rest der Woche halten mich die Kumpels sicher frei.“

„Glaub ich auch, nach dem Erfolg.“

„Und dann such ich mir 'nen vernünftigen Job. Vielleicht auf'm Bau oder so, irgendwas im Freien. Nach der ganzen Rumsitzerei hab ich Bock, mich mal ein bisschen zu bewegen. Übrigens, Sie kriegen noch Geld von mir für die Fütterungskosten und Unterbringung von Emma und für das Tierheim. Sie sieht prima aus. Am besten, Sie nehmen das, was Ihnen zusteht, aus meiner Haftentschädigung, die sie noch locker machen müssen.“

Ich bat ihn um seine Kontonummer, die er mir auf einen Zettel notierte. Da konkreter Schaden nicht entstanden war, hatte Kussowski Anspruch auf eine pauschale Haftentschädigung, die nach dem Gesetz 20 Mark pro Tag betrug. Das ist der Preis, den kluge gesetzgeberische Juristen für einen Tag Unfreiheit ansetzen und wahrscheinlich steht dahinter tatsächlich die Vorstellung, dass umgekehrt der Wert eines Tages in Freiheit 20 Mark beträgt. Über den Wert der Unfreiheit richtig urteilen kann nur, wer den wahren Wert der Freiheit kennt.

Bei 145 Tagen waren das 2.900 Mark. Die Staatsanwaltschaft entschied hierüber nach Monaten und rechnete mit dem Anspruch wegen des Klos und des Waschbeckens, die Kussowski in seiner Zelle zertrümmert hatte, in Höhe von 699,96 Mark auf. Die verbleibenden 2.200,04, die nach zähem Schriftwechsel an mich ausgekehrt wurden, überwies ich auf Kussowskis Konto. Einen Einbehalt für Emma fand ich unangemessen; sie hatte mich mit ihrer Anwesenheit reichlich entgolten einfach nur dadurch, dass sie da war. Ein Tag Emma kostete, wenn man eine derartig absurde Rechnung wirklich aufmachen wollte, nach der damaligen Rechnung der Tierheimangestellten 5 Mark. Ich selbst konnte statt des Pflichtverteidigerhonorars, das sich bei 8 Verhandlungstagen auf 5.231,60 Mark belief, die Wahlanwaltsvergütung, die stattdessen 6.061 Mark betrug, geltend machen.

Kussowski stand auf und als ich ihm die Tür öffnete, blieb er stehen und schaute mir fixierend in die Augen. Ich erwiderte seinen Blick, wir schauten uns einige Sekunden an und dann sagte er ins Du verfallend, weil in dieser aufs Elementare reduzierten Situation keine Konvention mehr passte und ein Sie in der Tat unangebracht gewesen wäre: „Hey Alter, das war echt Spitze, was du da gemacht hast, du bist der Größte."

„Ja", erwiderte ich nickend und verstand sein Benehmen, „du bist auch bei Weitem nicht so klein, wie du glaubst."

Kussowski drehte sich um und verließ das Haus. Als er die Türschwelle passiert hatte, sagte er noch, indem er zum vertrauten, gewohnten Sie zurückkehrte: „Sie haben eine große Zukunft vor sich, Doc. Hoffentlich brauch ich Sie nicht mehr."

Ich schloss, ihm und Emma nachlächelnd, die Tür und füllte an meinem Schreibtisch erneut mein Glas, während ich die Füße auf den Schreibtisch legte. Emma fehlte mir sofort, das Haus war leer und während ich zum zweiten, schwarzen Zigarillo griff und an dem zweiten Glas des unvergleichlich beruhigenden Gesöffs, aus dem schottisches Moor atmete, in kleinen Schlucken nippte, genoss ich weiter meinen Erfolg, das Siegesgefühl und die mit jedem Schluck nachlassende Spannung. Während, unterstützt vom 30-jährigen narkotischen Moorozon aus Schottlands Hochebenen, die große selbstzufriedene Ruhe einsetzte, kamen mir Holders Verse zum Feierabend in den Sinn, die zeigen, dass er auch die andere Seite der zufriedenen, bürgerlichen Behaglichkeit kannte und seinen Feierabend nicht nur der Stachel sticht:

„Rings um ruhet die Stadt; still wird die erleuchtete Gasse,
  Und, mit Fackeln geschmückt, rauschen die Wagen hinweg.
Satt gehen heim von Freuden des Tags zu ruhen die Menschen,
  Und Gewinn und Verlust wäget ein sinniges Haupt
Wohlzufrieden zu Haus;..."

Dann dachte ich an Emma, die die letzten Monate abends immer in meiner Nähe gehockt oder gelegen hatte und mich ab und zu wie aus kajalumrandeten Augen angeblinzelt hatte, die dieselbe goldgelbe Farbe wie der Malt hatten und die in ihrer vollendeten Form denen der Zeugin ähnelten. Ich erinnerte mich lächelnd an die Nöte, die die Zeugin angesichts ihres vermeintlichen Fehlers befallen hatten, welcher in ihrer richtigen Aussage bestanden haben sollte. Wir alle setzen Ursachenketten in Gang, deren Ausmaß wir nicht überblicken, meist nicht überblicken können, die Frage unserer Verantwortlichkeit und nach dem Zweck unserer Handlungen stellt sich unzählige Male.

Mich beschlich ein Gedanke, den ich sofort mit einem kräftigen Schluck des Nervenbalsams beiseitezudrängen versuchte. Ich war verantwortlich dafür, dass Kussowski wieder die Luft der Freiheit atmete, hingegen Bunsch und von Loewen-Kampen für immer oder jedenfalls sehr lange aus dem Verkehr gezogen wurden. Zweck dessen ist unter anderem, die Gesellschaft vor weiteren Straftaten zu schützen. Bei Bunsch, der durch die Tat sein Auskommen gehabt hätte, wenn ich nicht dazwischengekommen wäre, und bei Frederik von Loewen-Kampen, dem es um die ganz persönliche Auseinandersetzung mit seiner Mutter ging, hätte die Allgemeinheit nichts mehr zu befürchten gehabt, mit weiteren Straftaten war bei ihnen nicht zu rechnen.

Anders stand es bei Kussowski, dessen bisheriges Leben kaum den Schluss auf zukünftiges strafloses Verhalten zuließ. Aber ohne Tat keine Verurteilung, außer bei der Maßregel der Sicherungsverwahrung, die einer Prognose folgt, aber keine Tat bestraft. Denn unser Strafrecht sieht die Möglichkeit zum weiteren Freiheitsentzug vor, falls jemand zu einer Strafhaft von mindestens zwei Jahren verurteilt wird, er vor dieser Tat wegen vorsätzlicher Taten zweimal zu einer Freiheitsstrafe von mindestens einem Jahr verurteilt worden ist, mindestens zwei Jahre verbüßt hat und die Gesamtwürdigung einen Hang zu erheblichen Straftaten ergibt. Auch eine nach der Strafe beschlossene Sicherungsverwahrung ist möglich.

Ich war mir fast sicher, dass Kussowski irgendwann wieder etwas anstellen würde und es nur eine Frage der Zeit war, wann, und nur eine Frage der Umstände, wie schwer die Folgen sein würden.

Die Zeugin hatte allein ihr sicheres Wissen, das sie nicht effektiv zum Ausdruck gebracht hatte und aus dem heraus nach ihrer Auffassung eine Lüge geboten war, um das richtige Ergebnis zu erzielen, in tiefe Verzweiflung gestürzt, die bis zur ernsthaften Karrierebedrohung und vielleicht noch weiter gegangen war. Da ich mir gewiss war, dass von Kussowski noch Unheil zu erwarten war, wäre ich nach ihrer Logik auch dafür verantwortlich. Aber ich bin nicht das Maß aller Dinge, ich stelle keine Prognosen, ich verteidige den Täter und habe nicht für die Folgen eines richtigen Ergebnisses einzustehen, und vielleicht hätte die 9. Strafkammer Kussowski auch ohne mein Zutun freigesprochen. Denn Dr. Legatz, der die Kammer beherrschte, war schließlich ein schlauer Fuchs und hielt mindestens so viele Überraschungen bereit wie Kussowski selbst. Dann freilich war mein Triumph, aber auch meine Verantwortlichkeit, kleiner, als ich bisher annahm. Ich überlegte, ob ich die Zeugin oder Dr. Legatz anrufen sollte, aber die wirkungsvollste Absolution ist die, die man sich selbst erteilt, und der gute Malt half mir dabei und erfüllte seinen Zweck. Mit einem letzten großen Schluck beseitigte ich die dunklen Gedankennebel, verkorkte die inzwischen halb leere Flasche und begab mich völlig erschöpft und den überstandenen Ereignissen angemessen heiter vernebelt am frühen Abend zur Nachtruhe.

14.

Gegen 5.00 Uhr morgens erwachte ich nach traumlosem Schlaf ausgeruht und frisch, und sofort stellte sich die Euphorie der letzten Tage wieder ein. Bis 8.00 Uhr arbeitete ich an einigen liegengebliebenen Fällen, fertigte zwei Klagen, drei Erwiderungen und einige kleinere Schriftsätze an, dann besorgte ich mir sämtliche Zeitungen, die erhältlich waren. Jede berichtete über den Fall und in jeder wurde ich als Held des Tages gefeiert. Geschmeichelt ging ich zu Luigi, weil mein Kühlschrank leer, die Bestände aufzufrischen waren und mein Organismus nach Wohltaten verlangte.

„Buon giorno, Avocado", begrüßte er mich und schlug mir mit seinen beiden schwarzhaarigen Pranken gleichzeitig auf die rechte und linke Schulter. „Den Gadsche muss man ab und zu mal zeigen, welches die richtige Richtung ist, sonst verlaufen sie sich. Das hast du gut gemacht, ich bin stolz auf dich", grummelte er mit seiner tiefen Stimme aus dem wie immer verstoppelten Bart. „Heute haben wir was ganz Besonderes für dich. Frische, gut geschnittene Kalbsschnitzel, gerade gekommen. Ideal für Saltimbocca alla Romana. Dazu dieser Salbei und natürlich dieser Marsala. Das ist der einzig Wahre, nicht irgend so ein Kochzeug, sondern direkt aus Sicilia. Dazu nimmst du rohen Schinken, besser Parma als San Daniele, der ist weniger sanft, und hier den Knoblauch. Du weißt, wie das geht?"

„Klar", antwortete ich, „zuerst das Schnitzel pfeffern und salzen. Ich nehme frisch gemörserten weißen Pfeffer, auf keinen Fall schwarzen, der ist zu stark, und bin mit dem Salz sparsam, weil ich ja den Schinken habe. Dann zwei bis drei Salbeiblätter auf die Schnitzel und darüber eine Scheibe von dem rohen Parma, vorsichtig mit Holzzahnstocher festgesteckt. Dann in einer Pfanne etwas von deinem Olivenöl, dem besten der Welt, und zwei bis drei frische Knoblauchzehen, mit Schale und vorher mit einer Gabel platt gedrückt dazu. Wenn sich deren Duft entfaltet, die Schnitzel auf beiden Seiten kurz scharf anbraten und dann eine Zigarettenlänge bei mittlerer Hitze ab und zu umdrehen, auf beiden Seiten braten und eventuell etwas Butter dazu. Dann die Schnit-

zel warmstellen und die Ofenplatte voll erhitzen, den Marsala in dem Bratensatz einkochen, Knoblauchzehen raus, Fleisch wieder rein und fertig."
Luigi fuhr sich bei meiner Schilderung mit der Zunge über die Lippen, weil ihm das Wasser im Mund zusammenlief.
„Genau, Avocado, du hast es begriffen, so hat meine Urgroßmutter das schon zubereitet. Klappt aber nur mit diesem Marsala". Er reichte mir eine grüne Flasche ohne Etikett, die bestimmt von unvergleichlicher Qualität war. „Und dazu nimmst du mit diesem Pane Tipo die Sauce auf, habe ich auch erst heute morgen bekommen." Luigi schnalzte vor Vergnügen über soviel frische Köstlichkeit mit der Zunge.
Wir trugen noch alle möglichen anderen Sachen zur Kassentheke und Luigi tippte die Preise seiner Kostbarkeiten mit der rechten Hand auf einer altmodischen Rechenmaschine ein, während er sie mit der linken, wobei ich ihm half, in einen großen Packkarton verstaute. Diesmal kam ein anständiger, aber nicht zu hoher Preis zustande, bestimmt hatte er weniger als regulär eingetippt. Luigi steckte mir noch mit der Bemerkung „Dalla casa", eine Flasche jungen Grappa in den Karton und verabschiedete sich mit dem unvermeidlichen schmatzenden Kuss auf meine Backe.
Beim Rausgehen sagte ich: „Danke, Luigi, die Welt hat mich wieder."
Luigi grinste, zwinkerte mir mit einem Auge zu, sagte: „Buon appetito, Dottore", und schlurfte zurück in den Hintergrund seines Ladens. Ich trank noch einen Espresso, wo ich ihn immer zu trinken pflege, und tatsächlich, die Welt hatte mich wieder. Kein Deprivationsempfinden, sondern freundliche Aufnahme und das Gefühl dazuzugehören, wieder ein Teil des Ganzen zu sein. Noch maßgeblicher war, dass auch ich die Welt wieder hatte. Zu Hause arbeitete ich mehrere Stunden durch, bis das größte Dickicht der liegengebliebenen Fälle überschaubar geordnet war. Am späten Nachmittag rief einer der Magazinjournalisten an, mit denen ich kurz nach der Verhandlung gesprochen hatte. Wir redeten ausführlich etwa eine Stunde über Kussowski, seinen Fall und mich. Gegen Abend rief der zweite an und Fragen und Antworten wiederholten sich. Trotzdem waren beide Berichte später aus völlig unterschiedlicher Perspektive und mit anderen Farben gemalt. Hauptsache, ich kam dabei gut weg, und das war zweifellos der Fall. Abends richtete ich das

Saltimbocca an. Da das Fleisch nicht zarter sein konnte, beschloss ich, die Seite mit dem Schinken nur halb so lange wie sonst anzubraten, also solange wie ich für eine halbe und nicht eine ganze Zigarette brauchte, und vermisste schmerzlich den vor dem Herd gemütlich im Weg liegenden Hund. Das Ergebnis war umwerfend und unbedingt mit Luigi zu diskutieren.

Mitte des nächsten Tages war meine Arbeit getan. Emma fehlte mir, ich langweilte mich und begann, die Aufregungen der letzten Wochen zu vermissen. Darauf folgten zwei Tage furchtbarer Ruhe; ich lief wie ein einsperrtes Tier in den Zimmern auf und ab, ohne mich mit irgendetwas beschäftigen zu können. Dann beschloss ich, die von Emma hinterlassene Leere zu füllen und fand in der Zeitung eine Annonce, in der siebenwöchige altdeutsche Schäferhundwelpen aus bester Zucht angeboten wurden, also das Gegenteil der aus kaum identifizierbarer Mischung stammenden Emma. Bei der Auswahl entschied ich mich für einen Rüden, der mich zurückhaltend und mit ruhiger Aufmerksamkeit, mit derselben Mischung von Traurigkeit, Erwartung und Interesse aus der Mitte des Zwingers fixierte wie seinerzeit Emma, als ich sie aus dem Tierheim geholt hatte. Sein linkes Ohr war abgeknickt. Deswegen und wegen großer roter und weißer Flecken und Einsprengsel in seiner Pelzfarbe war er in mehrfacher Hinsicht zuchtuntauglich, wie sich der Besitzer ausdrückte, und deshalb erheblich billiger. Er riet mir ab. Merkwürdige Kriterien, um den Wert eines Hundes, der sich ohnehin durch den Preis nicht bestimmten lässt, zu beziffern. Man sollte sie entweder verschenken oder Unsummen für sie verlangen. Der Verkäufer wollte die Hälfte des üblichen Preises für ihn, nämlich 750 Mark und damit exakt den Betrag, mit dem ich Emma aus obrigkeitsstaatlicher Verwaltung ausgelöst hatte. Dieses gute Omen bewahrheitete sich, denn wir wurden die besten Gefährten. Mit dem Buntbepelzten kamen die ersten neuen Fälle, zuerst nur zwei, am nächsten Tag fünf und nachdem am Freitag die Magazinartikel erschienen waren, klingelte das Telefon ununterbrochen.

Der Prozess Kussowskis hatte eine Woche nach der Urteilsverkündung meine berufliche Situation völlig verändert. Ich arbeitete bis zu vierzehn

Stunden am Tag und stellte zunächst eine, dann eine zweite Sekretärin ein. Nach einem halben Jahr hatte ich ein Gebührenaufkommen erwirtschaftet, das in etwa dem der letzten zwei Jahre entsprach. Ich musste dringend Büro und Wohnung ändern. Der Laden wurde zu eng und anspruchsvolle Mandanten verlangen zwar kein allzu originelles, aber ein großzügigeres Ambiente, und auch in meiner Wohnung fühlte ich mich immer eingeengter. Manchmal stehen die Sterne über mir günstig: Ein neues Mandat brachte die Lösung.

Ein zu dicker, etwa 69-jähriger Mann betrat eines Tages mein Büro und schilderte mir sein Problem. Er war Eigentümer einer alten, halbverfallenen ehemaligen Autowerkstatt in Ehrenfeld, nicht zu weit vom Stadtzentrum entfernt, der nach hinten heraus ein als Schrottplatz dienender, riesengroßer Garten angegliedert war. Eine Bürgerinitiative mit starkem historischem Bewusstsein und ausgeprägtem Gemeinsinn hatte erreicht, nachdem der langjährige Mieter den Betrieb aufgegeben hatte, dass das Gebäude unter Denkmalschutz gestellt wurde. Grund dafür war irgendeine angeblich schützenswerte Fassadenverklinkerung und die Tatsache, dass es sich um ein typisches Industriegebäude aus den zwanziger Jahren handelte. Nun forderte die untere Denkmalbehörde umfangreiche Renovierungsarbeiten.

Der dicke Besitzer, ein einfacher, aber geradeaus denkender Mann, hatte, statt sinnvollerweise rechtzeitig Rechtsrat einzuholen, alle Widerspruchsfristen versäumt. Die Verfügung, mit der das Gebäude in die Denkmalliste eingetragen wurde, kam ihm derart absurd vor, dass er deren Ernsthaftigkeit und deren Konsequenzen verkannte. Sowohl die Unterdenkmalstellung, gegen deren Rechtmäßigkeit ich erhebliche Bedenken hatte, als auch die Auflage, das Dach des Bürohauses und der dahinterliegenden Werkstatthalle zu erneuern, waren irreparabel bestandskräftig, und weil er diesem städtischen Begehren bisher nicht nachgekommen war, wurde ihm nun das erste Zwangsgeld angedroht. Das neue Dach würde etwa 30.000 Mark kosten. Ich erläuterte ihm die aussichtslose Rechtslage und er sackte in sich zusammen. An die Vermietung als gewerblicher Betrieb war auch nicht mehr zu denken, entsprechende Untersagungsverfügungen hatte er ebenfalls nicht rechtzeitig angegriffen, auch insoweit gilt der alte Landsknechtsgrundsatz:

„Wer sich nicht wehrt, verliert sein Pferd", und das Prinzip der formalen Rechtssicherheit hatte sich infolge versäumter Fristen gegen die Idee oder Fiktion der materiellen Gerechtigkeit erfolgreich durchgesetzt.
„Da bleibt mir wohl nur der Verkauf", äußerte mein Auftraggeber.
Wir fuhren zu dem Grundstück, er nannte einen extrem niedrigen Preis, den ich noch mal um die anstehenden Investitionen drückte. Wir einigten uns auf 150.000 Mark, sicherten die Absprache mit Handschlag und nach zwei Wochen war ich Eigentümer einer ehemaligen Autowerkstatt.
Nach zwei Monaten bezog ich das gründlich renovierte und umgestaltete Bürogebäude und richtete mich für ein halbes Jahr notdürftig unter dem Dach ein, bis die Autowerkstatt, in der ich seitdem wohne, meinen Bedürfnissen entsprechend instandgesetzt war.
Kussowski hatte recht behalten, als er mir eine große Zukunft prophezeite. Nicht nur dafür bin ich ihm dankbar. Der Zufluss der Mandate nahm nicht ab und inzwischen wählte ich aus, welche ich annahm. Seine Hoffnung, mich nicht noch einmal zu benötigen, ging dagegen nicht in Erfüllung.

18 Monate nach der Verkündung seines Freispruchs, als ich zufällig wieder einmal an einem Montagabend die Nachrichten im Televisionsapparat verfolgte, sah ich einen kurzen Bericht über einen dilettantischen Banküberfall. Zur Hauptgeschäftszeit war der mit einer Pistole bewaffnete Täter merkwürdigerweise mit einer Schaufel in seiner linken Hand in eine gut besuchte Bank gestürmt, hatte einmal in die Luft geschossen und am Schalter alles Bare verlangt. Ein Mann vom Wachpersonal hatte auf den Täter geschossen und statt diesem einen Stahlpfosten getroffen, von dem die Kugel mit kaum verminderter Energie in einen Kinderwagen abgelenkt wurde, wo sie den Körper eines drei Monate alten Mädchens in der Bauchgegend zerfetzte. Der Täter schoss ein zweites Mal und traf den Sicherheitsangestellten in das linke Bein, der Mann brach zusammen und krümmte sich vor Schmerzen. Dann nahm der Täter von der Schalterangestellten die kleineren und größeren Scheine entgegen und stopfte soviel wie möglich in die Taschen seiner Kleidung und in seinen Hosenbund, ließ die Schaufel zurück und eilte leicht torkelnd zum Ausgang, wo bereits zwei Polizeibeamte, die zufällig in der Nähe

Streife fuhren und den Vorfall beobachtet hatten, auf ihn warteten. Ich dachte sofort an Kussowski, obwohl der Täter nicht gezeigt wurde und nichts auf ihn hinwies. Die wesentlichen Nachrichten nimmt man eben nicht mit dem Verstand auf, sondern mit anderen Sinnen, die noch nicht erforscht, vielleicht nicht erforschbar, sind und für die es keine Bezeichnung gibt. Mit denen wird anderes und Wahrhaftigeres erfasst als ein vorgestanztes Klischee, das die tiefere Wirklichkeit nicht treffen kann. In der Nacht schlief ich unruhig wie seit Monaten nicht mehr. Ich hatte Albträume von zerfetzten Babyleichen, die sich mehrmals mit dem eingeschlagenen Schädel der toten Emma zu schweißtreibenden Visionen vermischten, ohne dass sich die Bilder zu einem zusammenhängenden Traumgeschehen ordneten. So ging es auch die nächste Nacht und bis zum nächsten Mittwochmorgen, an dem ich unausgeschlafen in meinem Arbeitszimmer saß. Während ich mit verhaltener Begeisterung einen drittklassigen, zwar emotionsvollen, aber argumentlosen Schriftsatz in einer Erbschaftsstreitigkeit aus der täglichen Post las, wurde mir ein Telefonat durchgestellt. Denn seit meinem Umzug ging ich selten selbst ans Telefon, wohingegen ich mir niemals die Unsitte angewöhnen würde, meine Sekretärin für mich anrufen zu lassen, um dann verbunden zu werden und hierdurch meinem Gesprächspartner zu demonstrieren, dass meine Zeit kostbarer ist als seine.

„Da ist die JVA für Sie", sagte sie, und dann meldete sich eine müde, abgekämpfte Stimme, die ich – nicht eigentlich überrascht – sofort als die Kussowskis erkannte: „Hallo, Doc. Könnten Sie mal herkommen?"

„Ja", sagte ich, „ich bin gleich da", und hängte ein.

Im Knast wartete ich über eine Dreiviertelstunde, die mir wie eine Ewigkeit vorkam, bis Kussowski endlich durch die gegenüberliegende Tür von dem Schnauzbärtigen, der wahrscheinlich immer noch auf seine Beförderung hoffte, hereingeführt wurde.

„Diesmal habe ich wirklich Scheiße gebaut, Doc", begrüßte er mich. „Wissen Sie noch, wie Sie mir diese komischen Gedichte von den Müttern und den gekillten Kindern vorgelesen haben?"

Ich drehte mir nickend eine Zigarette und warf ihm das Päckchen Tabak zu. Kussowski fehlte immer noch der linke untere Schneidezahn, aber er hatte sich daran gewöhnt und lispelte nicht mehr. Seine Augen waren rot und vom vielen Weinen verquollen. Er hatte etwas, aber kaum merklich zugenommen, seine Haare waren etwas länger als früher, hingen in öligen Strähnen in sein Gesicht, und seine Fingernägel waren immer noch oder wieder blutig gekaut.

„Erzählen Sie", eröffnete ich auch auf verbaler Ebene unsere erste Begegnung seit fast anderhalb Jahren.

„Emma ging es nicht gut", setzte Kussowski seine Schilderung an. „Sie hatte zuerst keine Lust mehr zu Spaziergängen, die sie immer so gern hatte, sie fraß weniger und manchmal gar nicht, und dann hab ich gemerkt, dass sie aus ihrem Hinterteil blutete. Der Tierarzt hat zuerst nichts festgestellt und hat dann die Blutwerte bestimmt. Die waren eine Katastrophe, die Leber arbeitete kaum noch und eigentlich, meinte der Tierarzt, müsste sie schon tot sein. Die Leber war hin, da saß ein dicker, fetter Tumor, zu machen war da gar nix. Wieso gerade Emma? Sie hat niemandem was getan und gesoffen hat sie auch nicht. Ich sollte sie nicht zu lange leiden lassen, sagte mir der Tierarzt. Auf keinen Fall zu lange warten und sie nicht quälen, die Schmerzen wären jetzt schon sehr schlimm. Er gab mir ein teures Mittel mit, das ihr einigermaßen gegen die Schmerzen half."

Für Kussowski brach langsam, aber stetig eine Welt zusammen, denn Emma war sein Ein und Alles. Er berichtete, wie er Emmas Zustand täglich genau beobachtet hatte, um den richtigen Zeitpunkt zu finden, den er immer wieder hinausschob. Er kaufte ihr nur noch bestes Tartar und Frikadellen, kochte Hühner für sie, bis sie schließlich auch diese hundlichen Delikatessen nicht mehr anrührte, meistens apathisch in ihr Schicksal ergeben herumlag und Kussowski mit verzweifelten Bernsteinaugen ansah.

Kussowski fand, dass er die Sache selbst zu Ende bringen musste, das sei er Emma schuldig. Die unpersönliche Spritze eines unbeteiligten Tierarztes schien ihm kein würdiger Abgang für Emma. Auch schöpfte er zwischendurch Hoffnung und glaubte kurzfristig an eine Fehldiagnose, wenn Emma aus unerfindlichen Gründen wie in gesunden Zeiten bettelnd am Abendtisch saß oder sich schweifschwenkend vor ihre vor dem Stuhl liegende Leine setzte und ihn zum Spaziergang aufforderte, auf dem sie dann allerdings sehr schnell ermüdete, nicht mehr weiter woll-

te und hierdurch Kussowskis haltlose Hoffnungsschimmer wieder zum Verglimmen brachte. Kussowski erinnerte sich an einen alten Kumpel, der eine Walter PK besaß und ihm noch einen Gefallen schuldete, aus einer alten Geschichte, die nie in die Akten der Staatsanwaltschaft gelangt war, wo sie eigentlich hingehört hätte. Er lieh sich die Waffe und sechs Schuss, um Emma zu gegebener Zeit selbst zu erlösen. Dabei hatte er sich zu viel zugemutet. Am Montag, dem 10.3.1997, war es soweit. Emma, die jeden Tag ein Stückchen schwächer geworden war, konnte sich nicht mehr bewegen. Ihr Gesicht war von Ödemen verquollen und Kussowski war klar, dass ein weiterer Aufschub nicht vertretbar war, obwohl sie am Abend zuvor noch fröhlich ein großes Stück abendbrotlichen Käse von ihm erbettelt und mit Genuss gefressen hatte. Da sie nicht in der Lage war zu gehen, bestellte Kussowski ein Taxi, steckte die durchgeladene Knarre ein, holte eine Schaufel, die er sich unter den Arm klemmte und wartete mit Emma auf seinen Armen auf den Wagen. Der Taxifahrer weigerte sich, Emma zu transportieren und erklärte Kussowski, schließlich sei er ja kein Viehtransporter. Kussowski griff mit einer Hand zu, während er mit der anderen Emma weiter an seine Brust drückte und hob den schmächtigen Taxifahrer an seinem Jackenrevers etwa 10 Zentimeter über den Boden, wobei er tonlos und leise sagte: „Pass auf, du kleines Stück Scheiße, du fährst uns jetzt zum Wald, dafür wirst du bezahlt und wenn du hier nicht parierst, polier ich dir deine Fresse so, dass dich deine Frau und deine Kinder noch nach Jahrzehnten nicht wiedererkennen."
Daraufhin fuhr der Taxifahrer ohne weiteren Widerstand Emma und Kussowski zum Waldrand. Unterwegs ließ Kussowski anhalten und kaufte in einem Supermarkt eine Flasche weißen Schnaps. Am Waldrand angekommen zahlte Kussowski die Fahrt, gab den Rest seines Geldes als Trinkgeld und murmelte: „Nix für ungut, Nerven durchgegangen."
Dann suchte er im Wald einen besonders schönen Platz für Emmas Grab.
„Ich schaufelte und schaufelte, die Erde war verdammt hart. Dazwischen machte ich den Bommi halb leer, aber der hatte überhaupt keine Wirkung, ich war noch nicht mal angesoffen. Nix. Emma ist mühsam aufgestanden, obwohl sie sich kaum noch bewegen konnte, kam zu dem Loch, schnüffelte an der frischen Erde und kontrollierte interessiert, was

ich da machte. Doc, das war so furchtbar, das kann sich keiner vorstellen! Als ich einen Meter tief gegraben hatte, nahm ich die Waffe. Ich streichelte Emma noch mal zum Schluss und setzte die Wumme an ihren Nacken. Dann schoss ich in ihr Genick. Sie war sofort tot. Ihr Körper entkrampfte sich und als ich sie in die Kuhle hob, kam sie mir doppelt so schwer vor wie sonst. Als sie da lag, hatte ich plötzlich das Gefühl, das Grab wäre nicht tief genug. Also wieder raus und noch einen Meter. Ich fühlte nix mehr, im Bommi war auch nur noch ein Viertel. Dann Emma wieder rein und Erde drüber. Es hat mir das Herz gebrochen. Die Stelle würde ich wiederfinden. Ich hab ein paar Steine draufgelegt. Dann bin ich zurück zur Stadt gelatscht und hab unterwegs im Gehen den Rest Bommi reingekippt. Und dann war da an der Ecke diese Bank. Na ja, die Waffe hatte noch 5 Schuss und wo ich schon mal hier war, konnte ich ja auch reingehen. Da drinnen war schwer was los. Ich bin also zur Kasse, die Schaufel hatte ich unter den Arm geklemmt, knall einmal in die Luft, halte der Tussi am Schalter die Wumme vor ihre Nase und bitte höflich um Auszahlung. Irgend so'n Arsch in Uniform ballert daraufhin los. Neben mir stand ein Kinderwagen und plötzlich brüllt eine Frau neben mir auf. Ich ballere zurück und erwisch den Arsch im Bein, hoffentlich hab ich die Kniescheibe getroffen und dieses Schwein hinkt bis zum Schluss. Der Kinderwagen war voller Blut. Dann hamm' se mich festgenommen. Is ja sowieso alles egal."
„Herr Kussowski", sagte ich nach dieser eindrucksvollen Schilderung, „das ist furchtbar. Diesmal wird's auch nicht einfach, aber ich hol Sie hier wieder raus. Mindeststrafe sind 5 Jahre und mit der Flasche Bommi krieg ich die Milderung hin. Den Tod des Kindes haben Sie nicht beabsichtigt, wegen Mordes kann Sie keiner zur Verantwortung ziehen."
Kussowski schaute mich mit rot geweinten Augen an und sagte: „Davon werden das kleine Mädchen und Emma auch nicht mehr lebendig."
Ich wiederholte beschwörend: „Sie sind kein Mörder und ein Hund, Herr Kussowski, wird maximal 15 Jahre alt, also circa fünfmal weniger als die durchschnittliche menschliche Lebenserwartung, dann stirbt er. Aber glücklicherweise sind Hunde, anders als Menschen, ersetzbar; ein neuer Hund tröstet über den Verlust des alten. Jeder hat seine Eigenart, jeder ist liebenswert, hat eine eigene, unverwechselbare Persönlichkeit

und keiner wird je vergessen. Ich hol Sie hier wieder raus, dann kommt ein neuer Hund und irgendwann ist Ihr Leben wieder in Ordnung. Sie können weder was für den Tod des Kindes noch für den Tod Emmas. Sie müssen die Zukunft im Auge haben. Sie sitzen vielleicht 3 bis 4 Jahre. Inzwischen können Sie im Knast irgendeinen Beruf erlernen und sich eine Perspektive schaffen, es ist nie zu spät!"

Meine Worte kamen mir selber leer vor. Aber in dieser Situation, die auch mich stark erschütterte, fiel mir nichts Besseres ein.

Dann sah ich Kussowski zum ersten und einzigen Mal weinen. Er gestand. Aber was er gestand, war nicht seine Tat. Hier lag alles offen auf der Hand, es gab darüber nichts mehr zu offenbaren. Nein, aber er spielte zum ersten Mal, seit wir uns begegneten, und vielleicht überhaupt zum ersten Mal, nicht mehr den harten Burschen, den nichts erschüttern kann, sondern riss die Fassade seiner Persönlichkeit auf. Vielleicht war das die tiefere Tragik Kussowskis. Vielleicht hatte ihn Zeit seines Daseins die sich mit äußerster gefühlloser Härte gegen alles und jeden durchsetzende Idealfigur, der er gerecht werden wollte und die ihm den einzig für ihn vorstellbaren Schutz versprach, daran gehindert, die Selbstdisziplin zu entwickeln und die Verantwortung zu übernehmen, die notwendig ist, um ein anständiges Leben zu führen und sich aus der vorgezeichneten Bahn zu befreien. Jetzt weinte er und trauerte um seinen Hund. Was er bereute, war allerdings nicht der gezielte Schuss auf den Wachmann, den fand er völlig in Ordnung. Aber er fühlte sich verantwortlich für den Tod eines drei Monate alten Kindes. Sicherlich nicht zu Unrecht. Auf derartiges sind wir nicht vorbereitet, keiner von uns, nicht Dr. Legatz, nicht ich und schon gar nicht Kussowski, der schon für einfachere Situationen nicht gewappnet war. Wir sind auf Erfolg und Misserfolg gedrillt, wir wissen, wie wir Siege erringen und Niederlagen verkraften können. Aber für die wirklichen Katastrophen fehlt eine Gebrauchsanweisung. Ich hoffte allerdings, eine strafrechtliche Verantwortung teilweise widerlegen zu können, da ja schließlich nicht sein Schuss, sondern der Schuss des Wachmanns für den Tod des Babys kausal war.

„Es sieht alles bald ganz anders aus", sagte ich zum Abschied, als der Schließer Kussowski in Richtung des Gefangenentrakts abführte und die Tür in meine Gegenrichtung zur Freiheit geöffnet wurde. Kussowski

gab mir die Hand und sagte, so als ob es sich um einen konventionellen Kurzbesuch unter Bekannten gehandelt hätte: „Nett, dass Sie mich besucht haben, Doc. Auf Wiedersehen."
Auf Wiedersehen hatte er noch nie zu mir gesagt.

Als ich mich am Mittag des folgenden Tages im Knast einfand, sagte mir der Schnauzbärtige, der Pfortendienst hatte: „Gestern Nacht ist Kussowski abgegangen, den können Sie nicht mehr besuchen", denn Schließer haben nicht nur einen merkwürdigen Humor, sondern auch eine merkwürdige Ausdrucksweise.
„Ist er ausgebrochen?", fragte ich.
„Nein, der hat sich heute Morgen gegen 2.00 Uhr in seiner Zelle erhängt."
Ich war fassungslos. Ein nicht enden wollender Schauder lief mir über den Nacken und in mir entstand eine grenzenlose Leere. Draußen setzte ich mich auf eine Bank und versuchte, mir eine Zigarette zu drehen. Dies gelang mir erst, nachdem ich zwei Blättchen zerrissen hatte, weil meine Finger zitterten. Ich rauchte, saß eine Stunde auf der Bank, dachte an nichts und fühlte mich wie erschlagen. Irgendwann spürte ich, dass Tränen über mein Gesicht liefen, dort schnell trockneten und meine Füße eiskalt waren. Da stand ich auf und ging nach Haus. Meiner Angestellten erklärte ich kurz, dass Kussowski tot sei und ich heute keinen Termin mehr wahrnehmen könne, holte meinen Hund, der friedlich geschlafen hatte und der die Grausamkeit dieser Welt allenfalls von seinen Genen her kannte und unternahm mit ihm bis zum frühen Morgen einen Waldgang. An Einzelheiten kann ich mich nicht mehr erinnern, außer dass wir zwei oder drei Mal frisch aufgewühlte Erde im Wald sahen und ich darunter Emma vermutete.
Die nächsten Tage war ich immer noch außer mir und kaum zu gebrauchen. Glücklicherweise standen Zivilprozesse und keine Strafverfahren an, und ich hatte überall gute Vorarbeiten geleistet. In mündlichen Verhandlungen passiert in Zivilverfahren nicht viel. Alles wird schriftsätzlich vorgetragen, in der mündlichen Verhandlung findet allenfalls ein kurzer Meinungsaustausch statt, meistens sind lediglich die schriftsätzlich angekündigten Anträge zu stellen. Ich war ungewöhnlich

aggressiv und hielt mich oft nur mühsam unter Kontrolle. Bald drohte mir eine meiner Angestellten mit Kündigung und fast wäre mir ein scheidungswilliger Mandant aufgrund einer sehr unhöflichen Äußerung abgesprungen, womit ich mich um mindestens 15.000 Mark Honorar gebracht hätte. Ich entschuldigte mich bei meiner Angestellten mit einem Strauß von 30 roten Rosen, mit klangvollen Worten und mit einem Glas 30 Jahre alten Cognac, einem heißen Espresso, einem großen Stück edelster Zartbitterschokolade und einer wertvollen Havanna, die ich bei unserer nächsten Besprechung servierte, bei dem scheidungswilligen Mandanten.

Dann richtete ich Kussowskis Beerdigung aus. Immerhin verdankte ich ihm die Bekanntschaft mit den Bepelzten und den Durchbruch meiner Anwaltskarriere. Am dritten Tag nach seinem Tod war ein Schreiben eingetroffen, das er in der Knastpost aufgegeben hatte, mit folgendem Text: „Hallo Doc, ich kann nicht mehr. Ich freue mich auf ein Wiedersehen mit Emma und vielleicht spielen wir dann zusammen in einem gütigen Himmel mit dem kleinen Mädchen. Sie können nix dafür, ich mache am Donnerstagmorgen Schluss. Den Strick habe ich mir schon besorgt. Mit freundlichen Grüßen Kussowski."

Kussowski war eben reichlich sentimental und nicht nur in den Möglichkeiten schriftlicher Mitteilung beschränkt, dachte ich, während ich kopfschüttelnd und mit großer Wehmut seine vielleicht letzten Worte las. Ob Hunde in den Himmel kommen? Für Hunde glaube ich an das Paradies, für Menschen nicht. Für Kussowski und Emma wird es kein Wiedersehn geben. Ich stimme aus vollem Herzen dem großen, weisen Chilenen zu, der in der Nänie für seinen gestorbenen Hund gedichtet hat:

„Und ich, Materialist, der nicht daran glaubt,
dass es den verheißenen himmlischen Himmel
für irgendeinen Menschen gibt,
glaube für diesen Hund oder für jeden Hund
an den Himmel, ja, ich glaube an einen Himmel,
in den ich nicht komme, doch wo er mich erwartet,
seinen Fächerschwanz schwenkend,
damit es mir bei der Ankunft nicht an Freundschaft fehle."

Mit Mühe fand ich einen protestantischen Pfarrer, der sich gegen üppiges Entgelt bereitfand, einen Trauergottesdienst für Kussowski auszubringen, nachdem der katholische Pastor unseres Bezirks abgelehnt hatte. Gottes Tore sind eben, je nach Konfession und Lebenswandel, nicht für jeden gleichweit geöffnet. Ich gab eine einfache Todesanzeige auf mit dem Text: „Peter Kussowski: 10.10.1954 bis 13.3.1997", und setzte als Motto darüber: „Wer ohne Schuld ist, werfe den ersten Stein." Denn an einem Selbstmord ist keiner schuldlos, die Verantwortung trifft alle. Pulverkopf hatte zum Suizid richtig bemerkt:
„Menschen-Recht und -Vorrecht. – Wir Menschen sind die einzigen Geschöpfe, welche, wenn sie missraten, sich selber durchstreichen können, wie einen missratenen Satz,– sei es, dass wir dies zur Ehre der Menschheit oder aus Mitleiden mit ihr oder aus Widerwillen gegen uns tun."
Dazwischen fraß sich ein Gedanke immer stärker in meine Seele, setzte sich dort fest und wucherte wie ein Geschwür: Hätte ich die Verteidigung Kussowkis damals nicht infolge einer Lüge übernommen, würden das kleine Mädchen und er heute noch leben. Er hätte nach einem frühen Geständnis seine Haftstrafe wahrscheinlich jetzt gerade fast zur Hälfte abgebrummt, der Rest wäre vielleicht nach zwei Dritteln zur Bewährung ausgesetzt worden und er läge nicht als ein Häufchen Asche in der Urne. Ihm war durch die Untersuchungshaft Unrecht geschehen, und wie Gewalt Gewalt nach sich zieht, wird Unrecht mit Unrecht beantwortet. Habe ich nicht durch den Freispruch das Weiterwuchern des Unrechts perpetuiert, statt es, wie es meine Aufgabe ist, zu unterbrechen? Obwohl mir rational klar war, dass Schuldvorwürfe gegen mich jeglicher Logik entbehrten, konnte ich mich ihnen, ähnlich wie seinerzeit die Zeugin, nicht entziehen, spielte gedanklich unzählige Male die Zusammenhänge durch und drohte, in unfruchtbare, abwegige, selbstzerstörerische Depressionen abzugleiten, deren erste sichtbare Zeichen die Auseinandersetzungen mit meiner Sekretärin und dem scheidungswilligen Mandanten gewesen waren.
Zur Beerdigung fanden sich außer dem Pfarrer und mir der Wirt und zwei Kumpels aus dem „Halben Stier" auf dem Melatenfriedhof ein. Der Hagere war inzwischen selbst an Leberzirrhose gestorben, die Kumpels und der Wirt erkannten mich abermals nicht. Wir bewältigten ge-

meinsam die Trauerfeier vor Kussowskis Urne, sangen in voller Lautstärke und jeder in einer anderen falschen Tonart, aber voller Inbrunst und Gedenken an Kussowski die von einer Orgel angestimmten Kirchenlieder und hörten andächtig den Worten des Geistlichen zu. Während wir wenig fröhlich grölten:

„Solls ja so sein,
dass Straf und Pein
auf Sünde folgen müssen,
so fahr hier fort
und schone dort
und lass mich
hier wohl büßen."

hörte ich die Tür sich öffnen und ein weiterer Trauergast setzte sich in die hinterste Reihe. Nach Beendigung des Trauergottesdienstes erkannte ich den Spätankömmling. Dr. Legatz kam auf mich zu und sagte: „Es tut mir leid."
„Ja", sagte ich tonlos und einfach, „nett, dass Sie gekommen sind."
„Ich komme nicht wegen Kussowski, ich komme Ihretwegen. Ich habe Sie mehrfach im Gericht beobachtet. Es geht Ihnen nicht gut."
„Nein", antwortete ich.
„Sie fühlen sich verantwortlich. Aber Sie sind es nicht. Wenn Sie mir versichern, dass dieses Gespräch unter uns bleibt, werde ich Ihnen etwas mitteilen, was Ihnen vielleicht weiterhilft."
„Ja, Sie können versichert sein."
„Ich hatte damals von Anfang an Zweifel, dass Kussowski der Täter war, andererseits sah nach Aktenlage alles danach aus. Ich habe Sie als Pflichtverteidiger ausgewählt, weil ich mir sicher war, Sie würden Kussowski zu einem Geständnis bewegen, wenn er die Tat begangen hätte. Aber ich will es mal so ausdrücken: Wenn eine hochbegabte Zeugin einem weniger begabten Versicherungsagenten mit ihrer Aussage widerspricht, würde ich auf dessen Aussage hin niemals eine Verurteilung aussprechen. Ich brauche Sie nicht an das Beratungsgeheimnis zu erinnern, aber Sie dürfen annehmen, dass ich meine Kammer gut im Griff habe. Das

mit dem Geldstück war eine sehr gute Leistung, aber Sie sollten Ihren Beitrag zum Freispruch im Fall Kussowski nicht zu hoch einschätzen."
Diese Worte brachten Klarheit und Erlösung und die Zwangsidee meiner vermeintlichen Schuld fiel von meiner Seele. Einer meiner Grundsätze, „Selten ist etwas, wie es scheint", bewahrheitete sich abermals, wie schon oft. Ich lächelte Dr. Legatz dankbar an und wir drückten uns die Hände. Trotz immer noch bestehender Zweifel, ob Dr. Legatz die Wahrheit gesagt hatte, schüttelte ich meine sinnlosen, versponnenen, müßigen Zwangsgedanken in der Sekunde nach seinem Geständnis ab und beschloss, ihm zu glauben. Nach einer weiteren Woche hatte ich den Fall Kussowski, der mit dieser Erklärung seinen Abschluss fand, auch für mich beendet – vergessen werde ich ihn nie.
Ich ging wieder mit alter Kraft an meine Fälle. „Wer spricht vom Siegen? Überstehen ist alles", hatte ein Antipode des vergessenen Dichters in einem Requiem auf einen verstorbenen Freund formuliert. Seitdem habe ich keinen Kapitalverbrecher mehr verteidigt. Aber manchmal langweile ich mich mit meinen Zivilprozessen und vermisse den Adrenalinrausch, in den mich der Kussowskiprozess versetzt hatte. Der starke Adrenalinstoß unterbindet kurzfristig das körperliche Schmerzempfinden, der länger anhaltende auch das seelische. Es gibt nichts der Anspannung des Verteidigers in einem Verbrechensprozess Vergleichbares und vielleicht bin ich irgendwann einmal wieder so weit. Das Leben geht weiter.

Weitere Krimis in der Edition Lempertz

Mörderischer Fastelovend
266 Seiten,
125 x 190 mm,
Softcover,
ISBN 978-3-941557-69-7
9,99 €

Eiskalt in Nippes
192 Seiten,
125 x 190 mm,
Softcover,
ISBN 978-3-939284-14-7
9,99 €

Feuer in Rondorf
240 Seiten,
125 x 190 mm,
Softcover,
ISBN 978-3-939284-55-0
9,99 €

Alle Krimis auch als E-Books!

Weitere Krimis in der Edition Lempertz

Vingstblüten im Herbst

224 Seiten
12,5 x 19 cm,
Softcover,
ISBN 978-3-943883-17-6,
9,99 €

Nachts in Kalk

224 Seiten,
125 x 190 mm,
Softcover,
ISBN 978-3-939284-57-4,
9,99 €

Alaaf für eine Leiche

200 Seiten,
12,5 x 19 cm,
Softcover,
ISBN 978-3-943883-70-1,
9,99 €

Alle Krimis auch als E-Book!

Melaten Macchiato

192 Seiten,
125 x 190 mm,
Softcover,
ISBN 978-3-943-883-68-8,
9,99 €

Raucher sterben früher

224 Seiten,
125 x 190 mm,
Softcover,
ISBN 978-3-943883-19-0,
9,99 €

Find us on Facebook

www.facebook.com/kriminalistenroman
www.kriminalistenroman.de
www.kriminalistenroman.com

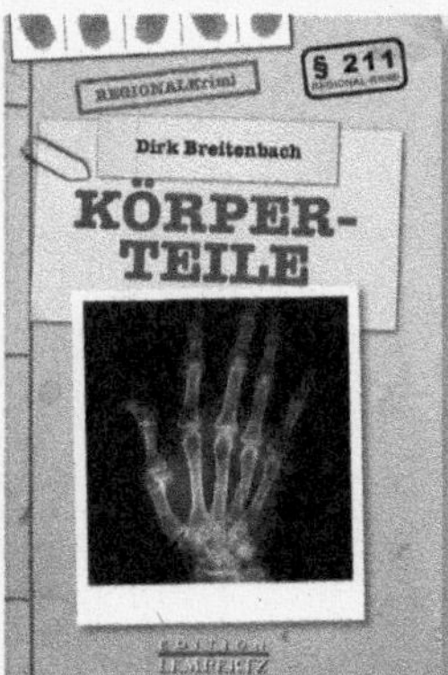

Körperteile

ca. 192 Seiten,
125 x 190 mm,
Softcover,
ISBN 978-3-945152-56-0
9,99 €

Weitere Krimis in der Edition Lempertz

Ein Mord zuviel

272 Seiten,
125 x 190 mm,
Softcover,
ISBN 978-3-939908-84-5,
9,99 €

Mörderische Habgier

287 Seiten,
125 x 190 mm,
Softcover,
ISBN 978-3-939908-85-2,
9,99 €

Alles hat seinen Preis

256 Seiten,
125 x 190 mm,
Softcover,
ISBN 978-3-941557-73-4,
9,99 €

Alle Krimis auch als E-Book!

Der Teufel in uns
272 Seiten,
125 x 190 mm,
Softcover,
ISBN 978-3-939284-26-0,
9,99 €

Pützchens Mord
264 Seiten,
125 x 190 mm,
Softcover,
ISBN 978-3-943883-18-3,
9,99 €

Rosenmordtag in Dottendorf
248 Seiten,
125 x 190 mm,
Softcover,
ISBN 978-3-943883-67-1,
9,99 €

Weitere Krimis in der Edition Lempertz

Schleusermord
248 Seiten,
125 x 190 mm,
Softcover,
ISBN 978-3-939284-88-8,
9,99 €

Schachtleichen
216 Seiten,
125 x 190 mm,
Softcover,
ISBN 978-3-943883-20-6,
9,99 €

Mord in der Nordkurve
216 Seiten,
125 x 190 mm
Softcover,
ISBN 978-3-943883-69-5,
9,99 €

Find us on Facebook

www.facebook.com/
AndreasSchnurbuschKriminalromane

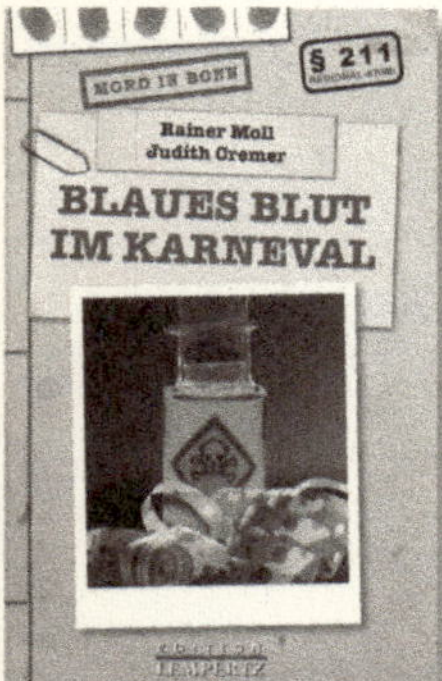

Blaues Blut im Karneval
Judith Cremer / Rainer Moll

192 Seiten
125 x 190 mm
Softcover,
ISBN 978-3-945152-90-4,
9,99 €

Alle Krimis auch als E-Books!

Bestellen Sie hier:

Edition Lempertz
Hauptstraße 354, 53639 Königswinter,
Tel.: 0 22 23 / 90 00 36, Fax 0 22 23 / 90 00 38,
E-Mail: info@edition-lempertz.de
www.edition-lempertz.de